KB017144

우리가 가졌던 '황홀한 천재' 이상 다시 읽기
읽을수록 새롭고, 천천히 음미하고 싶은 그의 문장들

이상의 문장

| **임채성** 주해 |

판테온하우스

"자살은 몇 번이나 나를 찾아왔다. … 모든 것이 다 하나도 무섭지 아니한 것이 없다. 그 가운데에도 이 '죽을 수도 없는 실망'은 가장 큰 좌표에 있을 것이다. 나는 지금 희망한다. … 다만, 이 무서운 기록을 다 써서 마치기 전에는 나의 그 최후에 내가 차지할 행운은 찾아와주지 말았으면 하는 것이다. … 펜은 나의 최후의 칼이다."

_ 첫 장편소설 《12월 12일》 서문

서문을 대신하여

산묵집

—〈오감도〉 작자의 말

왜 미쳤다고들 그러는지. 대체 우리는 남보다 수십 년씩 뒤떨어져도 마음 놓고 지낼 작정이냐. 모르는 것은 내 재주도 모자랐겠지만 게을러빠지게 놀고만 지내던 일도 좀 뉘우쳐 보아야 아니 하느냐. 열아문여남은 개쯤 써보고서 시 만들 줄 안다고 잔뜩 믿고 굴러다니는 패들과는 물건이 다르다. 이천 점에서 삼십 점을 고르는데 땀을 흘렸다. 삼십일 년 삼십이 년 일에서 용 대가리를 떡 꺼내어놓고 하도들 야단에 배암 꼬랑지커녕 쥐 꼬랑지도 못 달고 그만두니 서운하다. 깜박 신문이라는 답답한 조건을 잊어버린 것도 실수지만 이태준, 박태원 두 형이 끔찍이도 편을 들어준 데는 절한다. 첨籤, 간단히 적거나 표하여서 붙이는 작은 쪽지 — 이것은 내

새 길의 암시요, 앞으로 제 아무에게도 굴하지 않겠지만 호령하여도 에코echo, 반향, 울림 — 가 없는 무인지경은 딱하다. 다시는 이런 — 물론 다시는 무슨 다른 방도가 있을 것이고, 우선 그만둔다. 한동안 조용하게 공부나 하고 딴은 정신병이나 고치겠다.

— 1937년 6월 《조광》

★ 목 차 ★

서문을 대신하여　　산묵집 — 〈오감도〉 작자의 말

제 비

2장 금 홍

3장 오 감 도

4장 멜 론

5장 거 울

1장

제 비

절뚝발이도 살 수 있을까.
절뚝발이도 살게 하는 그렇게 관대한 세계가
지상에 어느 한 귀퉁이에 있을까?

— 첫 장편소설 《12월 12일》에서

보고도 모르는 것을 폭로시켜라

보고도 모르는 것을 폭로시켜라. 그것은 발명보다 발견! 거기에도 노력은 필요하다. 李箱

— **1929년 2월 경성고공 졸업사진첩**

어느 시대에도

어느 시대에도 그 현대인은 절망한다. 절망이 기교를 낳고 기교 때문에 또 절망한다.

— 1936년 3월 13일 《시와 소설》

꿈은 나를

꿈은 나를 체포하라 한다.

현실은 나를 추방하라 한다.

— 1939년 7월 《문장》

나의 애송시

지용芝溶, 시인 정지용의 〈유리창〉 — 또 지용의 〈말〉 중간 '검정콩 푸렁콩을 주마'는 대문이 저에게는 한량없이 매력 있는 발표입니다.

— 1936년 1월 《중앙》

서망율도

삼동에 배꽃이 피었다는 동리에는 마른 나무에 까마귀가 간수처럼 앉아 있을 뿐이었다.

비탈에서는 적톳빛 죄수들이 적토를 헐어낸다. 느끼하니 냄새를 풍기는 진창길에 발만 성가시게 적시고 그만 갈 바를 잃었다.

강으로나 가 볼까 — 울면서 수채화 그리던 바위 위에서 나는 도[度, 도수] 없는 안경알을 닦았다. 바위 아래 갈피를 잡지 못하는 3월 강물이 충충하다[밝거나 산뜻하지 못하고 흐림]. 시원찮은 별이 들었다 놨다 하는 밤섬을 서[西]에 두고 역청[瀝青, 흑갈색]을 풀어 놓은 것 같은 물결을 나는 몇 번이나 몇 번이나 나려다보았다.

향방의 풍토는 모발 같아

건드리면 새빨개진다.

갯가에서 짐 푸는 소리가 한가하다. 개흙 묻은 장작더미 곁에서 낮닭이 겨웁고, 배들은 다 돛폭을 내렸다. 벌써 내려놓은 빨랫방망이 소리가 얼마 만에야 그도 등 뒤에서 들려왔다. 나는 별안간 사람이 그리워졌다.

갯가에서 한 집 목로木壚, 널빤지로 좁고 기다랗게 만든 상을 놓고 술을 파는 선술집를 들렀다. 손이 없다.

무명조개 껍데기가 너덧 석쇠 놓인 화롯가에 헤뜨려져 있을 뿐. 목로 뒷방에서 아주머니가 인사 없이 나온다. 손 베어질 것 같은 소복에 반지는 끼지 않았다.

얼큰한 달래 나물에 한 잔 술을 마시며 나는 목로 위에 싸늘한 성모聖母를 느꼈다. 아픈 혈족의 '저'를 느꼈다.

향방의 풍토는
모발 같아
건드리면
새빨개진다.

그러고 나서는
혈족이 저물도록

내 아픈 데가 닿아서

부드러운 구두 속에서도

일마다 아리다.

밤섬이 싹을 틔우려나 보다. 걸핏하면 빰 얻어맞는 눈에 강 건너 일판한 지역이 그냥 노오랗게 헝클어져서는 흐늑흐늑해보인다.

— 1936년 3월 《조광》

내가 좋아하는 화초와 내 집의 화초

나는 지금 집이 없습니다. 물론 화초도 없습니다. 그전 우리 집 뒤곁이 꽤 넓어서 화초가 많았습니다. 그러나 화초를 좋아하지 않았나 봅니다.

옥잠화라는 꽃이 있습니다. 미망인 같대서 좋아합니다. 혹 그 꽃이 가다가 눈에 띠이면 나는 좀 점잖지 못한 눈으로 보는 버릇이 있습니다.

__ 1936년 5월 《조광》

아름다운 조선말

—— 아름다운 조선말 가운데도 내가 그중 아름답게 생각하는 말 다섯 가지와 자랑하고 싶은 점

무관無關, 서로 허물없이 가까운 관계한 친구가 하나 있대서 걸핏하면 성천成川, 평안도 성천에를 가고 가고 했습니다. 거기서 서도인西道人, 황해도와 평안도 사람 말이 얼마나 아름다운지를 깨쳤습니다.

들어 있는 여관 아이들이 손客, 손님을 가리켜 '나가네'라고 그리는 소리를 듣고 '좋은 말이구나!' 했습니다. 나같이 표표한 여객이야말로 '나가네'란 말에 딱 필적하는 것같이 회심會心, 마음에 흐뭇하게 들어맞음. 또는 그런 상태의 마음의 음향이었습니다. 또 '눈깔사탕'을 '댕구알'이라고들 그럽니다. '눈깔사탕'의 깜찍스럽고 무미한 어감에 비하여 '댕구알'이 풍기는 해학적인 여운이 여간 구수하지 않습니다.

그리고 어서어서 하고 재촉할 제 '엉야 — '하고 콧소리를 내어서 좀 길게 끌어 잡아당기는 풍속이 있으니 그것이 젊은 여인네인 경우에 눈이 스르르 감길 듯이 매력적입니다.

그러고는 지용의 시 어느 구절엔가 "검정콩 푸렁콩을 주마"하는 '푸렁'소리가 언제도 말했지만 잊을 수 없는 아름다운 말솜씨입니다.

불초 이상은 말끝마다 참 참 소리가 많아 늘 듣는 이들의 웃음을 사는 데 제 딴에는 참 소리야말로 참 아름다운 화술인 줄 믿고 그리는 것이거늘 웃는 것은 참 이상한 일입니다.

_ 1936년 9월 《중앙》

가을의 탐승처

'사꾸라'라는 꽃을 나는 그렇게 장하게 여기는 자가 아닙니다. 연이然而, 그러나 이 '사꾸라'가 가을에 진짜 단풍보다도 훨씬 단풍답게 홍엽이 지는 것을 보고, 거 제법이라고 여겼습니다. 허니 가을에 아무도 가려고 들지 않는 우이동으로 어디 슬쩍 가보는 것이 탐승탐자探勝探字, 경치 좋고, 좋은 글을 찾아다님에 어울리는 노릇이 아닐까 하는 소생의 우안愚案, 어리석은 생각입니다. 가을에 금강산을 찾는 것은 어째 백 원짜리 지폐를 한꺼번에 수천수만 장 목도하는 것 같아서 소생 같은 소심한 자에게는 좀 송구스러운 일이 아닌가 하는 것 또한 소생의 우론입니다.

— 1936년 10월 《조광》

모색

바구니의 삼베 보를 벗기자 머루와 다래가 나왔다.

내게 사달라는 것이다. 하지만 나는 머루와 다래의 덜 익은 맛을 좋아하지 않는다. 그래서 들어가지 않겠다고 하였다.

도대체 어처구니없이 젊다.

그리고 또 하나의 바구니에는 복숭아가 가득 들어 있었다. 하지만 그것은 복숭아 같은 모양을 하고 있다는 것만으로써 무릇 복숭아는 아니다. 새파랗고 조그마한 다른 과실이었다. 그러나 이건 복숭아인 것이다.

나는 그것을 조금씩 먹어 보고 깜짝 놀랐다. 대체로 내 혓바닥은 약하다. 금세 맹목盲目, 이성을 잃고 사물을 제대로 판하지 못함이 될 상하다.

촌사람들, 특히 아해들은 아귀염치없이 먹을 것을 탐하는 사람처럼 입을 물들이며 먹는 것이었다. 나는 그들의 혀가 초인간적으로 건강한데 혀를 차지 않을 수 없었다. 아니, 촌사람만도 아니다. 파는 사람 자신부터가 열심히 먹으면서 장사를 하는 것이다. 그건 그렇게 먹음으로써 다른 사람들에게 식욕을 일으킬 수 있다는 속셈도 있을 것이다. 참으로 늘어진 팔자라 하겠다.

한 사람은 오구랑[꼬부랑] 노파로서 불행한 운명 때문에 50평생을 이미 꼬깃꼬깃 구겨 버리고 말았다. 보기만 해도 가엾은 상이다. 그리고 또 한 사람은 어처구니없이 젊다. 그것은 어머니다.

젖먹이 어린놈은 더럽혀진 장난감처럼 삐이삐이하고 때로 심술궂게 악을 쓴다. 그런데 어머니는 거의 무신경이다. 그뿐인가. 때 묻은 젖을 축 늘어뜨리고서 맛나게 머루만 씹고 있다.

과연 노파는 한 푼이라도 더 돈으로 바꾸고 싶은 노파심에서였을 것이다. 먹지도 않고, 그 곁에서 수연만장[垂涎萬丈, 몹시 먹고 싶어 침을 만 길이나 흘림] 하는 나에게 하나쯤 먹어 보는 것도 좋다, 그리고 먹음직하거든 제발 좀 사 달라고 얼굴은 울음 반 웃음반이다.

나는 나대로의 노파심 때문에 하여간 나는 사지 않을 테니 필요 없다고 말한다.

그러자 이번에는 어린 것에게 젖을 먹이느라고 잠시 먹던 걸 중지하고 있던 그 젊은 어머니에게 권하는 것이었다. 아마 그녀는 노파의 며느리일 것이다.

며느리는 다시 복숭아와 머루를 그 시원한 즙을 입속 가득히 스며들도록 넣으면서 음향 효과도 신명지게 씹고 있다.

무엇보다도 나는 이 십칠이나 팔밖에 안 되는 새댁이 어떻게 어린놈을 낳았을까 하고 그것이 불가사의해서 견딜 수 없었던 것이다.

서방은 건장한 농사꾼일 것이다. 약간 나이가 위인. 아니면 나이가 아래일까?

부부의 비밀 — 노파의 저 쭈글쭈글한 얼굴에 나타난 단념과 만족의 표정. 아들의 행복은 바로 노파의 행복인 것이다.

그리고 이 새댁도 어느덧 저 세피아 색으로 반짝반짝거리는 노파가 될 것이다.

그리고 지금 제 가슴팍에 매달려 있는 젖먹이 때문에 자기의 오십 평생을 희생한 것도 잊고서 단념과 만족의 생을 보낼 것이다.

또 새 며느리를 맞이할 때도 산엔 다래와 머루가 익을 것이다. 그땐 그것이 벌써 전매특허가 되어 버렸을지 모른다. 어느덧 모색은 마을에 내려와 저 빈약한 장사치들도 다 돌아가 버렸다.

그러나 저 노파의 자태는 다만 홀로 조세장려 표항(標杭, 표지)' 곁에서 애닯게도 고요히 호젓하였다. 아마 그것도 노파의 노파심에서 일 것이다. 젊은 어머니의 자태는 이미 그 곁에 없다.

__ 死後 발표, 1960년 12월《현대문학》

여상 사제

약수

Epigram

행복

십구 세기식

슬픈 이야기

실낙원

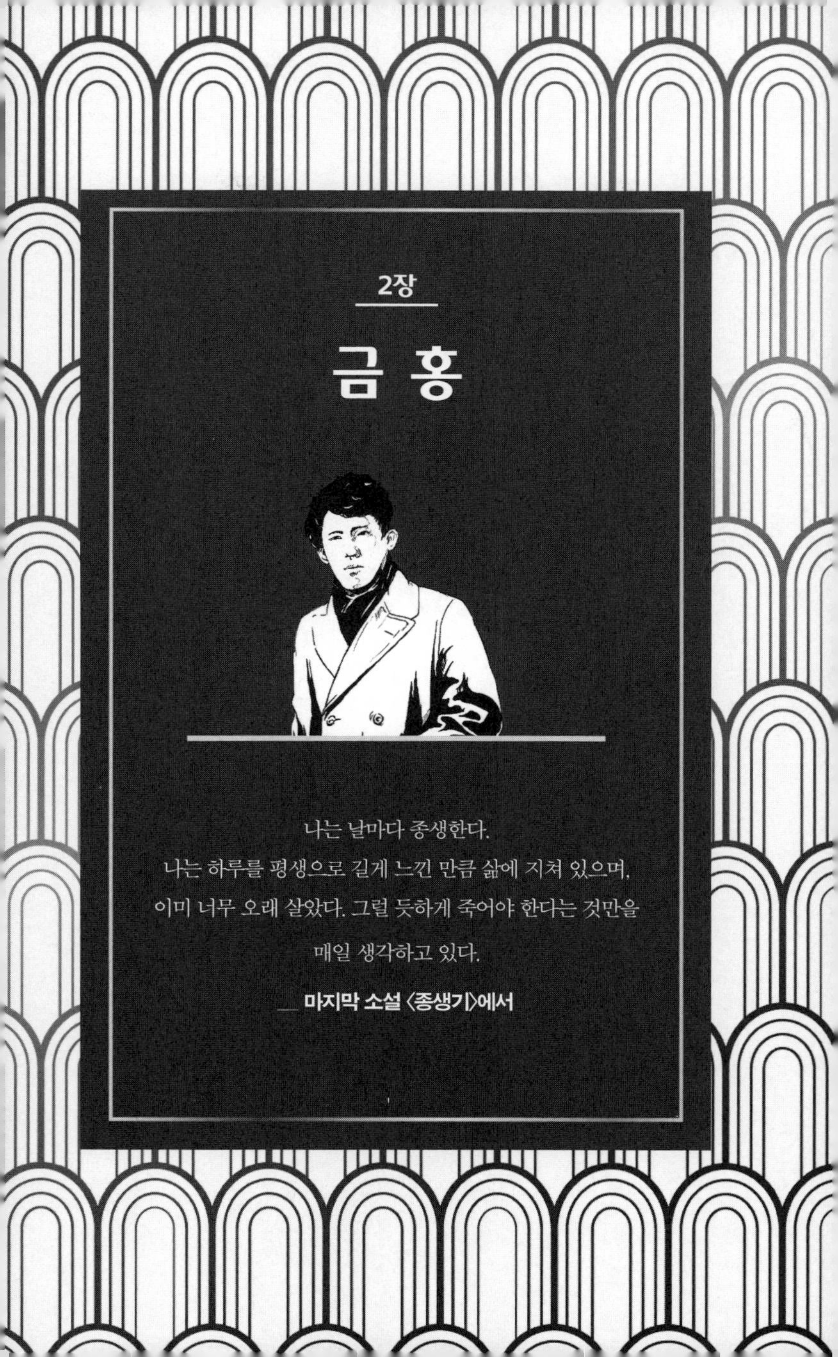

2장

금홍

나는 날마다 종생한다.
나는 하루를 평생으로 길게 느낀 만큼 삶에 지쳐 있으며,
이미 너무 오래 살았다. 그럴 듯하게 죽어야 한다는 것만을
매일 생각하고 있다.

__ **마지막 소설 〈종생기〉에서**

여상 사제

—— **"그 슬프고도 흐늑흐늑한 소꿉장난을 지금껏 잊으려야 잊을 수는 없습니다."**

지난여름 뒷산 머루를 많이 따먹고 입술이 젖꼭지 빛으로 까맣게 물든 것을 보았습니다. 지금 토실토실한 살 속으로 따끈따끈 포도주가 흐릅니다. 단 한 사람을 위한 잔치 단 한 번 잔치를 위하여 예비 된 이 병마개를 뽑기는커녕 아무나 만져 보는 것도 아닙니다. 그러나 자색紫色 복스러운 피부에서 겨우내 목초 내가 향긋하니 보랍니다.

삼단 같은 머리에 다홍빛 댕기가 고추처럼 열렸습니다. 물동이 물도 가만히 있는데 댕기는 왜 이렇게 흔들리나요. 꼭 쥐어야지요. 너무 대롱대롱 흔들리다가 마음이 달뜨기 쉬웁습니다.

이 봄이 오더니 저고리에 머리때가 유난히 묻고, 묻고 하는 것이 이상합니다. 아랫배가 싸르르 아프다는 핑계로 가야 할 나물 캐러도 못 가곤 합니다.

도회와 달리 떠들지 않고 오는 봄, 조용히 바뀌는 아이 어른, 그만해도 다섯 해 전 거상居喪, 부모의 상을 당함 입은 몸이 서도 650리에 이런 처녀를 처음 보았고, 그 슬프고도 흐늑흐늑한 소꿉장난을 지금껏 잊으려야 잊을 수는 없습니다.

— 1936년 4월 《여성》

약수

바른대로 말이지 나는 약수보다도 약주를 좋아하는 편입니다.

술 때문에 집을 망치고, 몸을 망치고 해도 술 먹는 사람이면 후회하는 법이 없지만 병이 나으라고 약물을 먹었는데 낫지 않고 죽었다면 사람은 이 트집 저 트집 잡으려 듭니다.

우리 백부께서 몇 해 전에 뇌일혈로 작고하셨는데 평소에 퍽 건강하셔서 피를 어쨌든지 내 짐작으로 화인火印, 장에서 곡식을 되는 데 쓰도록 관아에서 낙인을 찍어 공인하여 만든 되 한 되는 쏟았건만 일주일을 버티셨습니다. 마지막에 돈과 약을 물 쓰듯 해도 오히려 구할 길이 없는지라 백부께서 나더러 약수를 길어 오라는 것입니다. 그때 친구 한 사람이 악박골지금의 서울 종로구 현저동 바로 넘어서 살았는데, 그저 밥, 국, 김치, 숭늉 모두가 약물로 뒤범벅이었건만 그의 가족들은 그리 튼튼하지도 못할 뿐 아니라 그 먼저 해에는 그의 막내

누이를 폐환으로 잃어버렸습니다. 그래서 나는 이것은 미신이구나 하고 병을 들고 악박골로 가서 한 병 얻어 가지고 오는 길에 그 친구 집에 들러서 내일은 우리 집에 초상이 날 것 같으니 사퇴 시간에 좀 들러달라고 그래놓고 왔습니다.

백부께서는 혼란된 의식 가운데서도 이 약물을 아마 한 종발이나 잡수셨던가 봅니다.

그리고 이튿날 낮에 운명하셨습니다. 임종을 마치고 나는 뒷곁으로 가서 5월 속에서 잉잉거리는 벌떼, 파리 떼를 보고 있었습니다. 한물 진 작약 꽃이 파리하나 가만히 졌습니다.

익키! 하고 나는 가만히 깜짝 놀랐습니다. 그래서 또 술이 시작입니다.

백모는 공연히 약물을 잡수시게 해서 그랬느니 마니 하고 자꾸 후회를 하시길래 나는 듣기 싫어서 자꾸 술을 먹었습니다.

"세분 손님, 약주 잡수세욧." 소리에 어깨를 으쓱거리면서 그 목로 집 마당을 마음에 맞는 친구들과 어우러져서 서성거리는 맛이란 굴비나 암치(소금에 절여 말린 암컷 민어)를 먹어가면서 약물을 퍼먹고 급기야 체하여 배탈이 나고 그만두는 프래그머티즘(pragmatism, 실용주의)에 견줄 것이 아닙니다.

나는 술이 거나 — 하게 취해서 어떤 여자 앞에서 몸을 비비

꼬면서 '나는 당신 없이는 못 사는 몸이오.'하고 얼러보았더니 얼른 그 여자가 내 아내가 되어 버린 데는 실없이 깜짝 놀랐습니다. 애 — 이건 참 땡이로구나 하고 삼 년이나 같이 살았는데 그 여자는 삼 년이나 같이 살아도 이 사람은 그저 세계에 제일 게으른 사람이라는 것 밖에는 모르고 그만둔 모양입니다. 게으르지 않으면 부지런히 술이나 먹으로 다니는 게 또 마음에 안 맞았다는 것입니다. 한번은 병이 나서 신애[신열] — 로 앓으면서 나더러 약물을 떠오라기에 그것은 미신이라고 그랬더니 뾰로통하는 것입니다.

아내가 가버린 것은 내가 약물을 안 길어다 주었대서 그런 것 같은데, 또 내가 '약주'만 밤낮 먹으러 다니는 것이 보기 싫어서 그런 것도 같고, 하여간 나는 지금 세상이 시들해져서 그날그날이 심심한데 술 따로 안주 따로 판다는 목로 조합 결의가 아주 마음에 안 들어서 못 견디겠습니다.

누가 술만 끊으면 내 위해 주마고 그러지만 세상에 약물 안 먹어도 사람이 살겠거니와 술 안 먹고는 못사는 사람이 많은 것을 모르는 말입니다.

— 1936년 7월 《중앙》

Epigram

밤이 이슥한데 나는 사실 그 친구와 이런 회화를 했다, 는 이야기를 염치 좋게 하는 것은 요컨대 천하의 의좋은 내외들에게 대한 통명이다. 친구는

"여비?"

"보조래도 해줬으면 좋겠다는 말이지만."

"둘이 간다면 내 다 내주지."

"둘이?"

"임이와 결혼해서 —"

여자 하나를 두 남자가 사랑하는 경우에는 꼭 싸움들을 하는 법인데, 우리는 안 싸웠다. 나는 결이 좀 났다, 는 것은 저는 벌써 임이와 육체까지 수수하고 나서 나더러 임이와 결혼하라니까 말이다.

나는 연애보다 공부를 해야겠어서 그 친구더러 여비를 좀 꾸어달란 것인데 뜻밖에 회화가 이 모양이 되고 말았다.

"그럼, 다 그만두겠네."

"여비두?"

"결혼두."

"건 왜?"

"싫여!"

그러고 나서는 한참이나 잠자코들 있었다. 두 사람의 교양이 서로 뺨을 친다든지 하고 싶은 충동을 참느라고 그런 것이다.

"왜 내가 임이와 그런 일이 있었대서 그러나? 불쾌해서!"

"뭔지 모르겠네!"

"한 번, 꼭 한 번밖에 없네. 독미毒味, 음식에 독이 들어 있는지 먼저 확인하는 일란 말이 있지."

"순수허대서 자랑인가?"

"부러 그러나?"

"에피그람이지."

암만해도 회화로는 해결이 안 된다. 회화로 안 되면 행동인데 어떤 행동을 하나. 물론 싸워서는 안 된다. 친구끼리는 정다워야 하니까. 그래서 우리는 우리 두 사람의 공동의 적을 하나 찾기로

한다. 친구가

"이를 알지? 임이 첫 남자!"

"자네는 무슨 목적으로 타협을 하려 드나."

"실연허기가 싫어서 그런다구나 그래 둘까."

"내 고집두 그 비슷한 이유지."

나는 당장에 허둥지둥한다. 내 인색한 논리는 눈살을 찌푸린다. 나는 꼼짝할 수가 없다. 이렇게까지 나는 인색하다. 친구는

"끝끝내 이러긴가?"

"수세 두, 공세 두 다 우리 집어치세."

"연간히 겁을 집어먹은 모양일세그려!"

"누구든지 그야 타락허기는 싫으니까!"

요 이야기는 요만큼만 해둔다. 임이 남자가 셋이 되었다는 것을 누설한댔자 그것은 벌써 비밀도 아무것도 아니다.

__ **1936년 8월《여성》**

행복

달이 천심天心, 하늘 한가운데에 왔으니 이만하면 족하다. 물은 아직 좀 덜 들어온 것 같다. 축은축축한 모래와 마른 모래의 경계선이 월광 아래 멀리 아득하다. 찰락찰락 — 한 열아문 미터는 되나 보다. 단애斷崖, 깎아지른 듯한 낭떠러지 바위 위에 우리들은 걸터앉아 그 한순간을 기다리고 있다.

"자, 인제 그만 일어나요."

마흔아홉 개 꽁초가 내 앞에 무슨 푸성귀 싹처럼 헤어져 있다. 나머지 담배가 한 대 탄다. 이것이 다 타는 동안 나는 마지막 결심을 할 수 있어야 한단다.

"자, 어서 일어나요."

선이도 일어났고, 이제는 정말 기다리던 그 순간이 닥쳐왔나 보다. 나는 선이 머리를 걷어 치켜 주면서

"겁이 나나?"

"아—뇨."

"좀 춥지?"

"어떤가요?"

입술이 뜨겁다. 쉰 개째 담배가 다 탄 까닭이다. 이제는 아무래도 피할 도리가 없다.

"자, 그럼 꼭 붙들어요."

"꼭 붙드세요."

행복의 절정을 그냥 육안으로 넘긴다는 것이 내게는 공포였다. 이 순간 이후 내 몸을 이 지상에 살려둘 수 없다. 그렇다고 선이를 두고 갈 수도 없다.

그러나—

뜻밖에도 파도가 높았다. 이런 파도 속에서도 우리 둘은 한순간도 떨어지지 않고 어느 만큼이나 우리는 떠돌아다녔던지 드디어 피로가 왔다—

죽기 전.

이렇게 해서 죽나 보다. 우선, 선이 팔이 내 목에서부터, 풀려

나갔다. 동시에 내 팔은 선이의 허리를 놓쳤다. 그 순간 물 먹은 내 귀가 들은 선이의 단말마斷末魔, 숨이 끊어질 때 내는 짧은 비명.

"××씨!"

이것은 내 이름은 아니다.

나는 순간 그 파도 속에서도 정신이 번쩍 났다. 오냐, 그렇다면—

나는 죽어서는 안 된다.

나는 마지막 힘을 내어 뒷발을 한 번 탕 굴러보았다. 몸이 소스라친다. 목이 수면 밖으로 나왔을 때 아까 우리 둘이 앉았던 바위가 눈앞에 보였다. 파도는 밀물이라 해안을 향해 친다. 그래 얼마 안 가서 나는 바위 위로 기어오를 수 있었다. 나는 그냥 뒤도 안 돌아보고 걸어가 버리려다가 문득

선이를 살려야 하느니라

하는 악령의 묵시를 받지 않을 수 없었다. 월광에 오르내리는 검은 한 점, 내가 척 늘어진 선이를 안아 올렸을 때 선이 몸은 아직 따뜻하였다.

오호, 너로구나.

너는 네 평생을 두고 내 형상 없는 형벌 속에서 불행하리라. 해서 우리 둘은 결혼하였던 것이다.

규방에서 나는 신부에게, 행형[行刑, 형을 집행함]하였다. 어떻게?

가지가지 행복의 길을 가지가지 교재를 가지고 가르쳤다. 물론 내 포옹의 다정한 맛도.

그러나 선이가 한 번 미엽[媚靨, 보조개]을 보이려 드는 순간, 나는 영상[嶺上, 재의 꼭대기]의 고목처럼 냉담하곤 하는 것이다. 규방에는 늘 추풍이 소조히[고요하고 쓸쓸함] 불었다.

나는 이런 과로 때문에 무척 야위었다. 그러면서도 내, 눈이 충혈한 채 무엇인가를 찾는다. 나는 가끔 내게 물어본다.

'너는 무엇을 원하느냐? 복수? 천천히, 천천히 하여라. 네가 죽는 날에야 끝날 일이니까.'

'아니야! 나는 지금 나만을 사랑해줄 동정을 찾고 있지. 한 남자 혹 두 남자를 사랑한 일이 있는 여자를 나는 결코 사랑할 수 없어. 왜? 그럼, 나더러 먹다 남은 형해[形骸, 생명이 없는 육체]에 만족하란 말이람 ?'

'허 — 너는 잊었구나. 네 복수가 필[畢, 일정한 의무나 과정을 마침]하는 것이 네 낙명[落命, 죽음]의 날이라는 것을. 네 일생은 네가 부활하던 순간부터 이미 제단 위에 올려 놓여 있는 것을 어쩌누?'

그만 해도 석 달이 지났다. 형리의 심경에도 권태가 찾아왔다.

'싫다. 귀찮아졌다. 나는 한 번만 평민으로 살아 보고 싶구나. 내게 정말 애인을 다오.'

마호메트의 것은 마호메트에게로 돌려보내야 할 것이다. 일생을 희생하겠다던 장도壯圖, 큰 계획이나 포부를 나는 석 달 동안에 이렇게 탕진하고 말았다.

당신처럼 사랑한 일은 없습니다라든가, 당신만을 사랑하겠습니다라든가 하는 그 여자의 말은 첫사랑 이외의 어떤 남자에게 있어서도 인사 정도에 지나지 않는다, 는 것을 결코 잊어서는 안 된다.

"내 만났지."

"누구를요?"

"××"

"네 ―. 그래 결혼했대요?"

그것이 이렇게까지 선이에게는 몹시 걱정이 된다. 될 것이다. 나는 사실,

"아니 ― 혼자던데. 여관에 있다던데."

"그럼 결혼 아직 안 했군 그래. 왜 안 했을까."

슬픈 선이의 독백이여!

"추물이야, 살이 띵띵 찐 게."

"네? 거 그렇게까지 조소하려들진 마세요. 그래도 당신네들(? 이 들짜야말로 선이 천려의 일실一失이다)보담은 얼마나 인간미가 있는데 그래요. 그저 인간이 좀 부족하다 뿐이지."

나는 거기서 더 입이 떨어지지 않았다. 그만 후회도, 났다.

물론 선이는 내 선이 아니다. 아닐 뿐만 아니라 ××를 사랑하고, 그다음 ×를 사랑하고, 그다음….

그다음에 지금 나를 사랑한다, 는 체 해보고 있는 모양 같다. 그런데 나는 선이만을 사랑한다. 그러니까 우리는—

어떻게 해야만 좋을까까지 발전한 환술幻術, 사람의 눈을 어리어 속이는 기술이 뚝 천장을 새어 떨어지는 물방울에 와르르 무너져 버렸다. 창밖에서는 빗소리가 내 나태를 이러니, 저러니 하고 시비하는 것만 같은 벌써 새벽이다.

— 1936년 10월 《여성》

정조(貞操)

이런 경우 — 즉 '남편만 없었던들', '남편이 용서만 한다면' 하면서 지켜진 아내의 정조란 이미 간음이다. 정조는 금제禁制가 아니요 양심이다. 이 경우의 양심이란 도덕성에서 우러나오는 것을 가리키지 않고 '절대의 애정' 그것이다.

만일 내게 아내가 있고, 그 아내가 실로 요만 정도의 간음을 범한 때 내가 무슨 어려운 방법으로 곧 그것을 알 때 나는 '간음한 아내'라는 뚜렷한 죄명 아래 아내를 내어쫓으리라.

내가 이 세기에 용납되지 않는 최후의 한 꺼풀 막이 있다면 그것은 오직 '간음한 아내는 내어쫓으라'는 철칙에서 영원히 헤어나지 못하는 내 곰팡내 나는 도덕성이다.

비밀(秘密)

비밀이 없다는 것은 재산 없는 것처럼 가난할 뿐만 아니라 더 불쌍하다. 정치情痴, 색정에 빠져 이성을 잃은 상태 세계의 비밀 — 내가 남에게 간음한 비밀, 남을 내게 간음시킨 비밀, 즉 불의의 양면 — 이것을 나는 만금과 오히려 바꾸리라. 주머니에 푼전錢이 없을망정 나는 천하를 놀려먹을 수 있는 실력을 가진 큰 부자일 수 있다.

이유(理由)

나는 내 아내를 버렸다. 아내는 "저를 용서하실 수는 없었습니까" 한다. 그러나 나는 한 번도 '용서'라는 것을 생각해본 일은 없다. 왜? '간음한 계집은 버리라'는 철칙에 의혹을 가지는 내가 아니다. 간음한 계집이면 나는 언제든지 곧 버린다. 다만, 내가 한참 망설여 가며 생각한 것은 아내의 한 짓이 간음이가 아닌가 그것을 판정하는 것이었다. 불행히도 결론은 늘 '간음이다'였다. 나는 곧 아내를 버렸다. 그러나 내가 아내를 몹시 사랑하는 동안 나는 우습게도 아내를 변호하기까지 하였다. '될 수 있으면 그것이 간음은 아니라는 결론이 나도록' 나는 나 자신의 준엄 앞에 애걸하기까지 하였다.

악덕(惡德)

용서한다는 것은 최대의 악덕惡德이다. 간음한 계집을 용서하여 보아라. 한번 간음에 맛을 들인 계집은 두 번째도 세 번째도 간음하리라. 왜? 불의라는 것은 재물보다도 매력적인 것이기 때문에 —

계집은 두 번째 간음이 발각되었을 때 실로 첫 번째 보지 못하던 귀곡적鬼哭的, 귀신이 우는 것처럼 매우 처절함 기법으로 용서를 빌리라. 번번이 이 귀곡적 기법은 그 묘를 극하여 가리라. 그것은 여자라는 동물 천혜의 본질이다.

어리석은 남편은 그때마다 새로운 감상으로 간음한 아내를 용서하겠지 — 이리하여 실로 남편의 일생이란 '이놈의 계집이 또 간음하지나 않을까' 하고 전전긍긍하다가 그만두는 가엾이 허무한 탕진이리라.

내게서 버림을 받은 계집이 매춘부가 되었을 때 나는 차라리 그 계집에게 은화를 지불하고 다시 매춘할망정 간음한 계집을 용서하지도 버리지도 않는 잔인한 악덕은 범하지 말아야 한다고 나는 나 자신에게 타이른다.

— 1937년 4월 《삼사문학》

슬픈 이야기
— 어떤 두 주일 동안

그곳은 참 오래간만에 가 본 것입니다. 누가 거기를 가 보라고 그랬나 — 모릅니다. 퍽 변했습디다. 그 전에 사생寫生, 실물이나 실제 경치를 있는 그대로 본떠 그리는 일하던 다리 아 — 치가 모색暮色, 날이 저물어 가는 어스레한 빛 속에 여전하고 시냇물도 그 밑을 조용히 흐르고 있습니다. 양쪽 언덕은 잘 다듬어서 중간중간 연못처럼 물이 고였고 자그마한 섬들이 세간世間, 집안 살림에 쓰는 온갖 물건처럼 조촐하게 놓여있습니다. 게서 시냇물을 따라 좀 올라가면 졸업 기념으로 사진을 찍던 목교木橋, 나무다리가 있습니다. 그 시절 동무들은 다 뿔뿔이 헤어져서 지금은 안부조차 모릅니다. 나는 게까지는 가지 않고 걸상의자처럼 생긴 어느 나무토막에 앉아서 물속으로도 황혼이 오나 안 오나 들여다보고 앉았습니다. 잎새도 다 떨어진 나무들이 거꾸로 물속에 가 비쳤습니다. 또 전신주도 비쳤습니다. 물은 그런 틈사이로 잘 빠져서 흐르나 봅니다. 그 내려놓은 풍경을 만져 보거나 하는 일이 없습니다. 바람 없는 저녁입니다.

그러더니 물속 전신주에 달린 전등에 불이 들어왔습니다. 마치 무슨 중요한 '말씀' 같습니다. — '밤이 오십니다.' — 나는 고개를 들어서 땅 위의 전신주를 보았습니다. 얼른 — 불이 켜집니다. 내가 안 보는 동안에 백주白晝, 대낮를 한 병 담아서 놀던 전등이 잠깐 한눈을 판 것도 같습니다. 그래 밤이 오나 — 그러고 보니까 참 공기가 차갑습니다. 두루마기 아궁탱이소맷부리 속에서 바른손이 왼손을 아구엄지손가락과 다른 네 손가락 사이에 꼭 — 쥐고 땀을 흘리고 있습니다. 내 마음이 허공에 있거나 물속으로 가라앉았을 동안에도 육신은 육신끼리의 사랑을 잊어버리거나 게을리하지 않는가 봅니다.

머리카락은 모자 속에서 헝클어진 채 아무 소리도 없습니다. 어떻게 생각하면 이 가난한 모체母體, 몸를 의지하고 저러고 지내는 그 각 부분들이 무한히 측은한 것도 같습니다. 땅으로 치면 토박한 불모지 세음일 게니까 — 눈도 퀭하니 힘이 없고 귀도 먼지가 잔뜩 앉아서 주접생물체가 여러 가지 이유로 제대로 자라지 못하고 쇠하여지는 일이 들었습니다. 목에서는 소리가 제대로 나기는 나지만 낡은 풍금처럼 다 윤택이 없습니다. 콧속도 그저 늘 도배한 것 낡은 것 모양으로 구중중합니다. 20여 년이나 하나를 믿고 다소곳이 따라 지내온 그네들이 여간 가엾고 또 끔찍한 것이 아닙니다. 이런 그윽한 충성을 지금 그냥 없이 하고 모체 나는 망하려 드는 것입니다.

일신一身, 자기 한 몸의 식구들이 — 손 · 코 · 귀 · 발 · 허리 · 종아리 · 목 등 — 주인의 심사를 무던히 짐작하나 봅니다. 이리 비켜서고 저리 비켜서고 서로서로 쳐다보기도 하고 불안스러워하기도 하고 하는 중에도 서로서로 의지하고 여전히 다소곳이 닥쳐올 일을 기다리고만 있는 것 같습니다. 그러는 동안 꽤 어두워졌습니다. 별이 한 분씩 두 분씩 모여들기 시작합니다. 어디서 오시나. 굿 이브닝. 뿔뿔이 이야기꽃이 피나 봅니다. 어떤 별은 좋은 궐련을 피우고, 어떤 별은 정한 손수건으로 안경알을 닦기도 하고, 또 기념촬영을 하는 패도 있나 봅니다. 나는 그런 오붓한 회장을 고개를 들어 보지 않고 차라리 물속으로 해서 쳐다봅니다. 시각이 거의 되었나 봅니다. 오늘 밤의 프로그램은 — 참 재미있는 여흥이 가지가지 있나 봅니다. 금 단추를 단 순시가 여기저기서 들창을 닫는 소리가 들립니다. 갑자기 회장이 어두워지더니 모든 인원 얼굴이 활기를 띱니다. 그중에는 가벼운 흥분 때문에 인해 잠깐 입술이 떨리는 이도 있고, 의미 있는 듯한 미소를 주고받으면서 눈을 끔벅하는 이들도 있나 봅니다. '안드로메다',

'오리온' 이렇게 좌석을 정하고 퀄런도 다 꺼버렸습니다.

그때 누가 급히 회장 뒷문으로 허둥지둥 들어왔나 봅니다. 모든 별의 고개가 한쪽으로 일제히 기울어졌습니다. 근심스러운 체조, 그리고 숨결 죽이는 겸허로 하여 장내 — 넓은 하늘이 더 깊고 멀고 어둡고 멀어진 것 같습니다. 무슨 일인고 — 넓은 하늘 맨 뒤까지 들리는 그윽하나 결코 거칠지 않은 목소리의 음악처럼 유량한소리가 맑고 또렷함 말씀이 들려옵니다. — 여러분 오늘 저녁에는 모두들 일찍 돌아가시라는 전령입니다. 우 — 들 일어나나 봅니다. '발루아velour, 가는 털실을 두 겹으로 짜서 털이 서게 한 직물' 검정 모자는 참 품이 있어 보이고, 서반아'에스파냐(스페인)'의 음역어식 '망토' 자락도 퍽 보기 좋습니다. 에나멜 구두가 부드러운 융단을 딛는 소리가 빠드득빠드득 꽈리 부는 소리처럼 납니다. 뿔뿔이 걸어서들 갑니다. 인제는 회장이 텅 빈 것 같고 군데군데 전등이 몇 개 남아 있나 봅니다. 늙은 숙직인이 들어오더니 그나마 하나씩 둘씩 꺼 들어 갑니다. 삽시간에 등불도 다 꺼지고 어둡고 답답한 하늘 넓이에는 '츄잉검', '캐러멜' 껍데기가 여기저기 헤여져 있습니다.

무슨 일이 있으려나 — 대궐에 초상이 났나 보다 — 나는 팔짱을 끼고 오랫동안 잊어버렸던 우두 자국을 만져 보았습니다. 우리 어머니도 우리 아버지도 다 얽으셨습니다. 그분들은 다 마음이 착하십니다. 우리 아버지는 손톱이 일곱밖에 없습니다. 궁내부 활판소에 다니실 때 손가락 세 개를 두 번에 잘리셨습니다. 우리 어머니는 생일도 이름도 모릅니다. 맨 처음부터 친정이 없는 까닭입니다. 나는 외갓집이 있는 사람이 퍽 부럽습니다. 그러나 우리 아버지는 장모 있는 사람을 부러워하시지는 않으십니다. 나는 그분들께 돈을 갖다 드린 일도 없고 엿을 사다 드린 일도 없고 또 한 번도 절을 해본 일도 없습니다. 그분들이 내게 경편화바닥만 고무로 만들고 겉돌이는 가죽이나 베로 만든 신발를 사주시면 나는 그것을 신고 두 분이 모르는 골목길로만 다녀 다 해뜨려 버렸습니다. 그분들이 월사금다달이 내던 수업료을 주시면 나는 그분들이 못 알아보는 글자만을 골라서 배웠습니다. 그랬건만 한 번도 나를 사살잔소리를 늘어 놓음하신 일이 없습니다. 젖 떨어져서 나갔다가 이십삼 년 만에 돌아왔더니 여전히 가난하게 사십디다. 어머니는 내 대님과 허리띠를 접어주셨습니다. 아버지는 내 모자와 양복저고리를 걸기 위한 못을 박으셨습니다. 동생도 다 자랐고, 막냇누이도 새악시꼴이 단단히 배겼습니다. 그렇건만 나는 돈을 벌 줄 모릅니다. 어떻게 하면 돈을 버나요? 못 법니다, 못 법니다.

동무도 없어졌습니다. 내게는 어른도 없습니다. 버릇도 없습니다. 뚝심도 없습니다. 손이 내 뺨을 만집니다. 남의 손같이 차디

차구나 — '무슨 생각을 그렇게 하시나요? 이렇게 야위었는데.' 모체가 망하려 드는 기색을 알아차렸나 봅니다. 여내[이내] 위문이 끊이지 않습니다. 그러면 무얼 하나. — 속절없지 — 내 마음은 벌써 내 마음 최후의 재산이던 기사들까지도 몰래 다 내다 버렸습니다. 남은 것이라곤 약 한 봉지와 물 한 보새기 뿐입니다. 어느 날이고 밤 깊이 너희들이 잠든 틈을 타서 살짝 망하리라. 그 생각이 하나 적혀 있을 뿐입니다. 우리 어머니 아버지께는 고하지 않고 우리 친구들께는 전화하지 않고 — 기아[棄兒, 부모 또는 육아의 의무가 있는 사람이 아이를 몰래 내어 다 버림]하듯이 망하렵니다.

하하 — 비가 오시기 시작입니다. 살랑살랑 물 위에 파문이 어지럽습니다. 고무신 신은 사람처럼 소리가 없습니다. 눈물보다도 고요합니다. 공기는 한층이나 더 차갑습니다. 까치나 한 마리 — 참 이 스며들 듯하는 비에 까치집이 새지나 않나 모르겠습니다. 인제는 까치도 살기가 어려워서 경성 근방에서는 다 없어졌나 봅니다. 이렇게 궂은비가 오는 밤에는 우는 사람이 많을 것입니다. 건너편 양옥집 들창이 유달리 환 — 하더니 인제 누가 그 들창을 안으로 닫아 버립니다. 따뜻한 방이 눈을 감고 — 실없는 장난을 하려나 봅니다. 마음대로 하라지요 — 하지만 한데[바깥]는 너무 춥고 빗방울은 차차 굵어갑니다. 비가 오네, 비가 오네나

— 인제 비가 들기만 하면 날이 드윽하렸다갑자기 추워짐 — 그런 계절에 대한 근심이 마음을 불안하게 하는 때 나는 사람이 불현듯 그리워지나 봅니다. 내 곁에는 내 여인이 그저 벙어리처럼 서 있는 채입니다. 나는 가만히 여인의 얼굴을 쳐다보면 참 희고도 애처롭습니다. 이렇게 어두침침한 밤에 몸시계처럼 맑고도 깨끗합니다. 여인은 그 전에 월광 아래서 오래오래 놀던 세월이 있었나 봅니다. 아 — 저런 얼굴에 — 그러나 입 맞출 자리가 하나도 없습니다. 입 맞출 자리란 말하자면 얼굴 중에도 정히 아무것도 아닌 자그마한 빈 터전이어야만 합니다. 그렇건만 이 여인의 얼굴에는 그런 공지가 한 군데도 없습니다. 나는 이 태엽을 감아도 소리 안 나는 여인을 가만히 가져다가 내 마음에다 놓아두는 중입니다. 텅텅 빈 내 모체가 망할 때, 나는 이 '시몬'과 같은 여인을 체한 채 그리렵니다. 이 여인은 내 마음의 잃어버린 제목입니다. 그리고 미구未久, 앞으로 곧에 내어다 버릴 내 마음을 잠시 걸어 두는 한 개 못입니다. 육신의 각 부분들도 이 모체의 허망한 것을 묵인하고 있나 봅니다. 여인 — 내 그대 몸에는 손가락 하나 대지 않으리다. 죽읍시다. "Double Platonic Suicide인가요?" 아니지요 — 두 개의 Single Suicide지요. 나는 수첩을 꺼내서 짚었습니다. 오늘이 십일월 십육일이고 오는오는 공일 날이 십이월 일

일이고 그렇다고. "두 주일이군요." 참 그렇군요. 여인의 창호지 같이 창백한 얼굴에 금이 가면서 웃음이 가만히 내다보나 봅니다. 여인은 내 그윽한 공책에다 악보처럼 생긴 글자로 증서를 하나 쓰고 지장을 찍어주었습니다. "틀림없이 같이 죽어드리기로." — 네 — 감사하다 뿐이겠습니까. 나는 내가 제일 좋아하는 노래를 생각하며 휘파람을 불었습니다. 나는 세상의 모든 죄송스러운 일을 잊어버리기로 결심하였습니다. 그리고 깨끗한 손수건을 기처럼 흔들었습니다. 패배의 기념입니다. "저기 저 자동차들은 비는 오는데 어디를 저렇게 갑니까네." 그 고개 넘어 성모의 시장이 있습니다." "일 원짜리가 있다니 정말 불을 지르고 싶습니다." 왜요? 자동차들은 헤드라이트로 물을 튀기면서 언덕 너머로 언덕 너머로 몰려갑니다. 오늘같이 척척한 밤공기 속에서는 분도 좀 더 발라야 하고, 향수도 좀 더 강렬한 것이 소용될 것 같습니다. 참 척척합니다. 비는 인제 제법 옵니다. 모자 차양에서도 물이 뚝뚝 떨어집니다. 두루마기는 속속들이 젖어서 인제는 저고리가 젖기 시작했습니다. 아무도 보는 사람이 없습니다. 아무도 없는데 뉘게다가 부끄러워해야 합니까. 나는 누구나 만나거든 부끄러워해드리렵니다. 그러나 그이는 내가 왜 부끄러워하는지 모릅니다. 내 속에 사는 악마는 고생살이 많이 한 사람 모양으로 키가 작습니다. 또 체중도 몇 푼어치 안 되나 봅니다. 악가는 어디 가서 횡재를 하고 돌아왔습니다. 장갑을 벗으면서 초췌하나 즐거운 얼굴을 잠깐 거울 속으로 엿보나 봅니다. 그러고 나서는 깨끗한 도화지 위에 단색으로 풍경화를 한 장 그립니다.

거기도 언젠가 한 번은 왔다 간 일이 있는 항구입니다. 날이 좀 흐렸습니다. 반찬도 맛이 없습니다. 젊은 사람이 젊은 여인을 곁에 세우고 우체통에 편지를 넣습니다. 찰삭 — 어둠은 물과 같이 출렁출렁하나 봅니다. 우체통 안으로 꼭두서니 빗물이 차갑게 튀어서 편지가 젖었을까 생각해봅니다. 젊은 사람이 입맛을 다시더니 곁에 섰던 여인과 어깨를 나란히 부두를 향하여 걸어갑니다. 몇 시나 되었나 — 네 시? 해는 어지간히 서로 기울고 음산한 바람이 밀물 내음새를 품고 불어옵니다. "담배를 다섯 갑만 주십시오. 그리고 오십 전짜리 초콜릿도 하나 주십시오." 여보 하릴없이 실감개 같지 — "자, 안녕히 계십시오." 골목은 길고 포도鋪道, 돌 · 시멘트 · 아스팔트 따위를 깔아 단단하게 다진 도로에는 귤껍질이 여기저기 헤어졌습니다. 뚜 — 부두에서 들려오는 기적 소리가 분명합니다. 뚜 — 이 뚜 — 소리에는 엷은 보라색을 칠해야 합니다. 부두올시다. 에그 여기도 버스가 있구려. 마스트돛대 위에서 깃발이 오늘은 숨이 차서 헐떡헐떡 야단입니다. 젊은 사람은 앞가슴 둘째 단추를 빼어놓습니다. 누가 암살을 하면 어떻게 하게 — 축항築港, 항구의 물은 마루젱당시 팔리던 잉크병 상표새까맣습니다. 나무토막이 떴습니다. 저놈은 대체 어디서 떨어져 나온 놈인고 — 참 갈매기가 나네. 오늘은 헌 옷을 입었습니다. 길이 진가 봅니다. 허공 주에도 길이 진가 봅니다. 자 — 탑시다. 선벽은 검고 굴 딱지가 많이 붙었습니다. 하여간 탑시다. 시간이 다 된 모양이지 — 뚜 — 뚜뚜 — 떠나나 보. 나 좀 드러눕겠소. "저도요!" 좀 동그란 들창으로 좀 내다봐야겠군 — 항구에는 불이 들어왔습니다. 여인의 이마를 좀 짚어봅니다. 따끈따끈해요. 팔팔 끓습니다. 어쩌나 — 그러지 마우. 담배를 피워 물었습니다. 한 개 피우고 두 개 피우고 잇대어 세 개를 피우고 네 개 다섯 개 이렇게 해서 쉰 개를 피우는 동안에 결심을 하면 됩니다. "여보 그동안에 당신일랑 초콜릿이나 잡수시오." 선실에도 불이 켜졌습니다. 모두들 피곤한가 봅니다. 마흔 개, 마흔한 개 — 이렇게 해서 어느 사이에 마흔아홉 개를 태워버렸습니다. 혀가 아려서 못 견디겠습니다. 초저녁이 흔들립니다. 여보 — 이 꽁초 늘어선 것 좀 봐요 — 마흔아홉 개요 — 일어나요 — 인제 갑판으로 나갑시다. 여인은 다소곳이 일어나건만 여전히 말이 없습니다. 흐렸군 — 별도 없이 바다는 그냥 문을 닫은 것처럼 어둡습니다. 소금 냄새 나는 바람이 여인의 치맛자락을 날립니다. 한 개 남은 담배에 불을 붙여 물고 — 요거 한 대가 다 타는 동안에 마지막 결심을 하면 됩니다. 여보, 서럽지는 않소? 여인은 머리를 좌우로 흔들었습니다. 다 탔소. 문을 닫어라 — 배를 부서 버리는 미끄러운 소리 — 답답한 야음을 떠미는 힘든 소리 — 바다가 깨어지는 요란한 소리 — 굿바이. 악마는 이 그림 한구석에 차근차근 사인을 하였습니다.

두 주일이 속절없이 지나가고 공일날이 닥쳐왔습니다. 강변 모래밭을 나는 여인과 함께 걷고 있었습니다. 나는 기침을 합니다. 콜록콜록 — 콜록 — 감기가 촉상觸傷, 찬 기운에 몸이 닿아서 병일 일어남이 되었습니다. 바람이 상류를 향하여 인정없이 불어옵니다. 내 포켓에는 걱정이 하나 가득 들어 있습니다. 여인은 오늘 유달리 키가 작아 보이고 또 생기가 없어 보입니다. 내 그럴 줄을 알았지요. 당신은 너무 젊습니다. 그렇게 젊은 몸으로 — 이렇게 자꾸 기일이 천연遷延, 일이나 날짜 등을 오래 끌어 미룸되는 데서 나는 불안이 점점 커갈 뿐입니다. 바람을 띵띵 먹은 돛폭을 둘씩 셋씩 세워서 상매선상선이 뒤에 뒤이어 올라가고 있습니다. 노래나 한마디 하시구려 — 하늘은 차고 땅은 젖었습니다. 과자보다도 가벼운 여인의 체중이였습니다. 기치이 납니다. 저리가 봅니다. 방풍림 우거진

속으로 철로가 놓여 있습니다. 까치 한 마리도 없이 낙엽은 낙엽대로 쌓여서 이 세상에 이렇게 황량한 데가 또 있겠습니까. 나는 여인의 팔짱을 끼고 질컥질컥하는 낙엽을 디디면서 동으로 동으로 걸었습니다. 자갈 실은 화물차가 자그마한 기적을 울리며 우리 곁을 지나갑니다. 우리는 서서 그 동화 같은 풍경을 한없이 바라보았습니다. 가끔 가다가는 낙엽 위로 길도 있습니다. 그러나 사람은 하나도 만날 수가 없습니다. 어디까지든지 황량한 인외경人外境, 사람이 살고 있지 않는 곳입니다. 나는 야트막한 여인의 어깨를 어루만지면서 그 장미처럼 생긴 귀에다 대고 부드럽게 발음하였습니다. 집이 갑시다. "싫어요 — 저는 오늘 아주 나왔어요." 닷새만 더 참아요. "참지요 — 그러나 그렇게까지 해서라도 꼭 죽어야 하나요? "그러믄요. 죽은 셈 치고 그 영혼을 제게 빌려주실 수는 없나요." 안 됩니다. "언제든지 죽어드리겠다는 저당을 붙여도." 네.

세상에 이런 일도 또 있습니까? 나는 주머니 속에서 몇 벌 편지를 꺼내서 그 자리에서 다 찢어버렸습니다. 군君이 이 편지를 받았을 때에는 나는 벌써 아무개와 함께 이 세상 사람이 아니리라는 내 마지막 허영심의 레터페퍼편지지였습니다. 그러나 그게 뭐란 말입니까. 과연 지금 나로서는 혼자 내 한 명命을 끊을 만한 자신이 없습니다. 수양이 못 되었습니다. 그러나 힘써 얻어 보오리다. 까치도 오지 않는 이 그윽한 숲 속에 이 무슨 난데없는 떼상장喪章, 상중에 있음을 나타내거나 조의를 표하기 위하여 옷깃이나 소매 따위에 다는 이름표이 쏟아진 것입니다. 여인은 새파래졌습니다.

— 1937년 6월 《조광》

실낙원

소녀

소녀는 확실히 누구의 사진인가 보다. 언제든지 잠자코 있다. 소녀는 때때로 복통이 난다. 누가 연필로 장난을 한 까닭이다. 연필은 유독하다. 그럴 때마다 소녀는 탄환을 삼킨 사람처럼 창백하다고 한다.

소녀는 때때로 각혈을 한다. 그것은 부상당한 나비가 와서 앉는 까닭이다. 나뭇가지는 부러지고 만다.

소녀는 단정短艇, 작은 배 가운데 있었다 — 군중과 나비를 피해 냉각된 수압이, 냉각된 유리의 기압이, 소녀에게 시각만을 남겨주었다. 그리고 허다한 독서가 시작된다. 덮은 책 속에 혹은 서재 어떤 틈에 곧잘 한 장의 '얇은 것'이 되어 숨고는 한다.

내 활자에 소녀의 살결 냄새가 섞여 있다. 내 제본에 소녀의 인두 자국이 남아 있다. 이것만은 어떤 강렬한 향수로도 헷갈리게 하는 수 없을 — 사람들은 그 소녀를 내 처라고 해서 비난하였다. 듣기 싫다. 거짓말이다. 정말 이 소녀를 본 놈은 하나도 없다.

그러나 소녀는 누구나의 처가 아니면 안 된다. 내 자궁 가운데, 소녀는 무엇인가를 낳아 놓았으니, 그러나 나는 아직 그것을 분만하지 않았다. 이런 소름 끼치는 지식을 내어버리지 않고서야 — 그렇다는 것이 — 체내에 먹어 들어오는 연탄처럼 나를 부식시켜 버리고야 말 것이다.

나는 이 소녀로 화장火葬해버리고 그만두었다. 내 비공鼻孔, 콧구멍으로 종이 탈 때, 나는 그런 냄새가 어느 때까지라도 저회低徊, 머리를 숙이고 생각에 잠겨 왔다 갔다 함하면서 사라지려 하지 않았다.

육친의 장

기독'그리스도'의 음역어에 혹사한 한 사람의 남루한 사나이가 있었다. 다만, 기독에 비해 눌변이요, 어지간히 무지한 것만이 틀리다면 틀렸다.

연기 오십유일年紀伍十有一.

나는 이 모조 기독을 암살하지 않으면 안 된다. 그렇지 않으면 내 일생을 압수하려는 기색이 바야흐로 농후하다.

다리 한쪽을 절름거리는 여인 하나가 언제든지 돌아선 자세로 내게 육박한다. 내 근육과 골편과 또 약소한 입방의 혈청과의 원가 상환을 청구하는 모양이다. 그러나 — 내게 그만한 돈이 있을까. 소설을 써봐야 푼돈도 되지 않는다. 이런 흉장의 배상금을 — 도리어 — 물어내라 그러고 싶다. 그러나 — 어쩌면 저렇게 심술궂은 여인일까. 나는 이 추악한 여인으로부터도 도망가지 않으면 안 된다.

단 한 개의 상아 스틱, 단 한 개의 풍선.

묘혈에 계신 백골까지 내게 무엇인가를 강요하고 있다. 그 인감은 이미 실효된 지 오래다. 하지만 그것은 꿈에도 생각하지 않고 '그 대상으로 나는 내 지능의 전부를 기권하리라.'

칠 년이 지나면 인간 전신의 세포가 최후의 하나까지 교차된다고 한다. 칠 년 동안 나는 이 육친들과 관계없는 식사를 하리라. 그리고 당신네를 위하는 것도 아니고, 또 칠 년 동안은 나를 위하는 것도 아닌 새로운 혈통을 얻어 보겠다 — 하는 생각을 하여서는 안 된다.

돌려보내라고 하느냐. 칠 년 동안 금붕어처럼 개흙만을 토하고 지내면 된다. 아니 — 메기처럼.

실낙원

천사는 어디에도 없다. 파라다이스는 빈터다. 때때로 두세 명의 천사를 만날 때가 있다. 제각각 다 쉽사리 내게 키스를 해준다. 그러나 홀연히 즉시 죽어버린다. 마치 웅봉雄蜂, 벌의 수컷처럼 —

천사는 천사끼리 싸움을 하였다는 소문도 있다.

나는 B군에게 내가 향유하고 있는 천사의 시체를 처분해버리겠다고 이야기할 생각이다. 그러면 여러 사람을 웃길 수도 있을 것이다. 사실 S군 같은 사람은 깔깔 웃을 것이다. 그도 그럴 것이 S군은 5척이 넘는 훌륭한 천사의 시체를 십 년 동안이나 충실하게 보관해온 경험이 있으니까 —

천사를 다시 불러서 돌아오게 하는 응원기 같은 기는 없을까. 천사는 왜 그렇게 지옥을 좋아하는지 모르겠다. 지옥의 매력이 천사에게도 차차 알려진 것은 아닐까.

천사의 키스에는 색색이 독이 들어 있다. 키스를 당한 사람은 꼭 무슨 병이든지 앓다가 그만 죽어 버리는 것이 예사다.

면경(面鏡, 거울)

철 필 달린 펜촉 하나, 잉크병, 글자가 적혀 있는 지편(모두가 한 사람 것).

부근에는 아무도 없는 것 같다. 그리고 그것은 읽을 수 없는 학문이 아닌가 싶다. 남아 있는 체취를 유리의 '냉담한 것' 덕德하지 아니하니, 그 비장한 최후의 학자는 어떤 사람이었는지 조사할 길이 없다. 이 간단한 장치의 정물은 '투탕카멘'처럼 적적하고 기쁨을 보이지 않는다.

피만 있으면, 최후의 혈구 하나가 죽지만 않았으면, 생명은 어떻게라도 보존되어 있을 것이다.

피가 있을까. 혈흔을 본 사람이 있나. 그러나 그 난해한 문학의 끄트머리에 사인이 없다. 그 사람은 — 만일 그 사람이라는 사람이 그 사람이라는 사람이라면 — 아마 돌아오리라.

죽지는 않았을까 — 최후의, 한 사람의 병사의 논공조차 행하지 않을 — 영예를 일신에 지고 지루하다. 그는 필시 돌아올 것인가. 그래서 피로에 가늘어진 손가락을 놀려서는 저 정물을 운전할 것인가. 그러면서도 결코 기뻐하는 기색을 보이지는 아니하리라. 지껄이지도 않을 것이다. 문학이 되어버리는 잉크에 냉담하리라. 그러나 지금은 한없는 정밀이다. 기뻐하는 것을 거절하는 투박한 정물이다. 정물은 부득부득 피곤하리라. 유리는 창백하다. 정물은 골편까지도 노출한다.

시계는 왼쪽 방향으로 움직이고 있다. 그것은 무엇을 계산하는 '미터'일까. 그러나 그 사람이라는 사람은 피곤하였을 것도 같다. 저 칼로리의 삭감 — 모든 기계는 연한이다. 거진거진 — 잔인한 정물이다. 그 강의 불굴하는 시인은 왜 돌아오지 아니할까. 과연 전사하였을까. 정물 가운데, 정물 가운데 정물을 저며 내고 있다. 잔인하지 아니한가. 초침을 포위하는 유리 덩어리에 담긴 지문은 소생하지 아니하면 안 될 것이다. 그 비장한 학자의 주의를 환기하기 위하여.

자화상

여기는 도무지 어느 나라인지 분간할 수 없다. 거기는 태고와 전승하는 판도版圖, 어떤 세력이 미치는 영역 또는 범위가 있을 뿐이다. 여기는 폐허다. 피라미드와 같은 코가 있다. 그 구멍으로는 '유구한 것'이 드나들고 있다. 공기는 퇴색되지 않는다. 그것은 선조가 혹은 내 전신이 호흡하던 바로 그것이다. 동공에는 창공이 의고하여 있으니 태고의 영상의 약도다. 여기는 아무 기억도 유언 되어 있지는 않다. 문자가 닳아 없어진 석비처럼 문명에 잡다한 것이 귀를 그냥 지나갈 뿐이다. 누구는 이것이 데스마스크라고 했다. 또 누구는 데스마스크는 도적맞았다고 했다.

죽음은 서리와 같이 내려 있다. 풀이 말라 버리듯이 수염은 자라지 않은 채 거칠어갈 뿐이다. 그리고 천기 모양에 따라서 입은 커다란 소리로 외친다. 수류水流처럼.

월상(月像)

그 수염 난 사람은 시계를 꺼내어 보았다. 나도 시계를 꺼내어 보았다. 늦었다고 그랬다.

일주야一晝夜, 새벽부터 밤까지 만 하루나 늦어서 달이 떴다. 그러나 그것은 너무나 심통한 차림이었다. 만신창이 — 아마 혈우병인가도 싶었다.

지상에는 금시바로 지금 산비酸鼻, 슬프거나 참혹하여 콧마루가 시큰함할 악취가 미만彌漫, 널리 가득 차 그들먹함하였다. 나는 달이 있는 반사 방향으로 걷기 시작하였다. 그러나 걱정스러웠다. — 어떻게 달이 저렇게 비참한가 하는 —

작일昨日, 어제의 일을 생각하였다. — 그 암흑을 — 그리고 내일의 일도 — 그 암흑을 — 달은 지지하게도 행진하지 않는다. 나의 그 겨우 있는 그림자가 상하上下, 오르락내리락함하였다. 달은 제 체중에 견디기 어려운 것 같았다. 그리고 내일의 암흑의 불길을 징후하였다.

나는 이제 다른 말을 찾아내지 않으면 안 되게 되었다. 나는 엄

동과 같은 천문과 싸워야 한다. 빙하와 설산 가운데 동결하지 않으면 안 된다. 그리고 달에 대한 일은 모두 잊어버려야 한다. —새로운 달을 발견하기 위하여—

금시로 나는 도도한 대 음향을 들으리라. 달은 타락할 것이다. 지구는 피투성이가 되리라. 사람들은 전율하리라. 부상한 달의 악혈惡血, 죽은피 가운데 유영하면서 드디어 결빙하여 버리고 말 것이다.

이상한 괴기가 내 골수에 침입하여 들어오는가 싶다. 태양은 단념한 지상 최후의 비극을 나만이 예감할 수가 있을 것 같다.

드디어 나는 내 전방에 질주하는 내 그림자를 추격하여 앞설 수 있었다. 내 뒤에 꼬리를 이끌며, 내 그림자가 나를 쫓는다.

내 앞에 달이 있다. 새로운 — 불과 같은 — 혹은 화려한 홍수 같은 —

— 死後 발표, 1939년 2월 《조광》

산책의 가을

산촌여정

조춘점묘

추등잡필

병상 이후

동경(東京)

공포의 성채

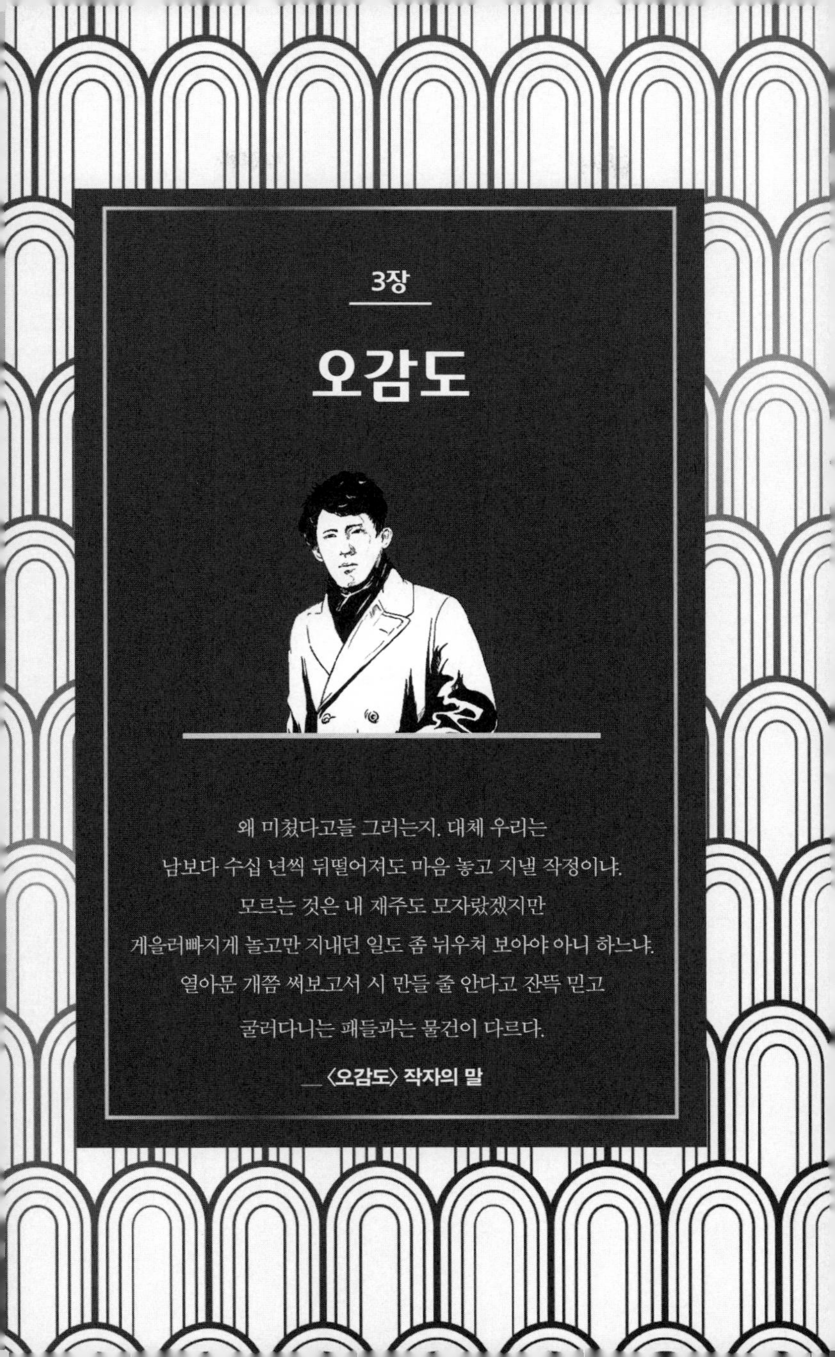

3장

오감도

왜 미쳤다고들 그러는지. 대체 우리는
남보다 수십 년씩 뒤떨어져도 마음 놓고 지낼 작정이냐.
모르는 것은 내 재주도 모자랐겠지만
게을러빠지게 놀고만 지내던 일도 좀 뉘우쳐 보아야 아니 하느냐.
열아문 개쯤 써보고서 시 만들 줄 안다고 잔뜩 믿고
굴러다니는 패들과는 물건이 다르다.

_〈오감도〉 작자의 말

산책의 가을

여인 유리장 속에 가만히 넣어 둔 간쓰메 밀크캔 우유, 그렇지 구멍을 뚫지 않으면 밀크는 안 나온다. 단홍백 혹은 녹, 이렇게 색색이 칠로 발라 놓은 레테르letter, 라벨의 아름다움 외에, 그리고 의외로 묵직한 포옹의 즐거움밖에는 없는 법이니, 여기 가을과 공허가 있다.

×

비 오는 백화점의 적寂, 고요! 사람이 없고 백화가 내 그림자나 조용히 보존하고 있는 거리에 여인은 희붉은 종아리를 걷어 추켜 연분홍 스커트 밑에 야트막이 묵직이 흔들리는 곡선! 라디오는 점원 대표, 서럽게 애수를 높이 노래하는 가을 스미는 거리에 세상 것 다 버려도 좋으니 단 하나, 가지가지 과일보다 훨씬 맛남직한 도색桃色, 복숭아꽃 빛깔 종아리 고것만은 참 내놓기가 아깝구나.

×

윈도 안의 석고[石膏, 마네킹] — 무사는 수염이 없고, 비너스는 분 안 바른 살갗이 찾을 길 없고, 그리고 그 장황한 자세에 단념이 없는 윈도 안의 석고다.

×

소다의 맛은 가을이 섞여서 정맥주사처럼 차고, 유니폼 소녀들 허리에 번쩍번쩍하는 깨끗한 밴드, 물방울 떨어지는 유니폼에 벌거벗은 팔목 피부는 포장지보다 정한 포장지고, 그리고 유니폼은 피부보다 정한 피부다. 백화점 새 물건 포장 — 밴드를 끄나풀처럼 꾀어들고 바쁘게 걸어오는 상자 속에는 물건보다도 훨씬훨씬 호기심이 더 들었으리라.

×

여름은 갔는데 검둥 사진은 왜 허물이 안 벗나. 잘된 사진의 간줄간줄한 소녀 마음이 창백한 월광 아래서 감광지에 분 바르는 생각 많은 초저녁.

×

과일가게는 문이 닫혔다. 유리창 안쪽에 과일 호흡이 어려서는 살짝 향훈에 복숭아 — 비밀도 가렸으니 이제는 아무도 과일 사러 오지는 않으리라. 과일은 마음껏 굴려 보아도 좋고, 덜 익은 수박 같은 주인 머리에 부딪혀 보아도 좋건만, 과일은 연연! 복숭아의 향훈에, 복숭아의 향훈에 복숭아에 바나나에—

×

인쇄소 속은 죄 좌左다. 직공들 얼굴은 모두 거울 속에 있었다. 밥 먹을 때도 일일이 왼손이다. 아마 또 내 눈이 왼손잡이였는지 모르지만, 나는 쉽사리 왼손으로 직공과 악수하였다. 나는 교묘하게 좌 된 지식으로 직공과 회화하였다. 그들 휴게(휴식)와 대좌하여 — 그런데 웬일인지 그들의 서술은 우右다. 나는 이 방대한 좌와 우의 교차에서 속 거북하게 졸도할 것 같기에 그냥 문밖으로 뛰어나갔더니, 과연 한 발자국 지났을 적에 직공은 일제히 우로 돌아갔다. 그들이 한인閑人, 한가하고 일이 없는 사람과 대화하는 것은 꼭 직장 밖에 있는 조건인 것을 알 수 있었다.

×

청계천 헤벌어진 수채집 안에서 버린 물이 집 밖으로 흘러 나가도록 만든 시설 속으로 비행기에서 광고 삐라, 향국鄕國, 고국 또는 고향의 동해童孩, 어린아이는 거진 삐라같이 삐라를 주우려고 떼 지었다 헤어졌다 지저분하게 흩날린다. 마꾸닝마크닌. 일본 한 제약회사에서 만든 회충약 회충 구제. 그러나 한 동해도 그것을 읽을 줄 모른다. 향국의 동해는 죄다 회충이다. 그래서 겨우 수챗구멍에서 노느라고 배 아픈 것을 잊어버린다. 동해의 양친은 쓰레기라서 너희 동해를 내다 버렸는지는 모르지만 빼빼 마른 송사리처럼 통제 없이 왱왱거리며 잘도 논다.

×

롤러스케이트 장의 요란한 풍경, 라디오 효과처럼 이것은 또 계절의 웬 계절 위조일까. 월색[달빛]이 푸르니 그것은 흡사 교외의 음향! 그런데 롤러스케이트 장은 겨울 — 이 땀 흘리는 겨울 앞에 서서 찌꺼기 여름은 소름 끼치며 땀 흘린다. 어떻게 저렇게 겨울인 체 잘도 하는 복사빙판[인조빙판] 위에 너희 인간들도 결국 알고 보면 인간모형인지 누가 아느냐.

— 1934년 10월 《신동아》

산촌여정

향기로운 MJB미국산 '커피' 상표의 미각을 저버린 지도 이십여 일이나 됩니다. 이곳에는 신문도 잘 아니 오고, 체전부우체부는 이따금 하도롱hard-rolled paper, 다갈색 종이로 봉투나 포장지를 만듦 빛 소식을 가져옵니다. 거기에는 누에고치와 옥수수의 사연이 적혀 있습니다. 마을 사람들은 멀리 떨어져 사는 일가 때문에 수심이 생겼나 봅니다. 나도 도회에 남기고 온 일이 걱정됩니다.

건너편 팔봉산에는 노루와 멧도야지가 있답니다. 그리고 기우제 지내던 개골창까지 내려와서 가재를 잡아먹는 '곰'을 본 사람도 있습니다. 동물원에서밖에 볼 수 없는 짐승 산에 있는 짐승들을 사로잡아다가 동물원에 갖다 가둔 것이 아니라, 동물원에 있는 짐승들을 이런 산에다 내려 놓아준 것만 같은 착각을 자꾸만 느낍니다. 밤이 되면, 달도 없는 그믐칠야漆夜, 옻칠한 듯 어두운 밤에 팔봉산도 사람이 침소로 들어가듯이 어둠 속으로 아주 없어져 버립니다.

그러나 공기는 수정처럼 맑아서 별빛만으로도 넉이 좋아하는 《누가복음》을 읽을 수 있을 것 같습니다. 그리고 또 참별이 도회에서보다 갑절이나 더 많이 나옵니다. 하도 조용한 것이 처음으로 별들의 운행하는 기척이 들리는 것도 같습니다.

객줏집 방에는 석유 등잔을 켜놓습니다. 그 도회지의 석간夕刊과 같은 그윽한 냄새가 소년 시절의 꿈을 부릅니다. 정형소설가 정인택으로 추정! 그런 석유 등잔 밑에서 밤이 이슥하도록 '호까' — 연초갑지 — 를 붙이던 생각이 납니다. 벼쨍이가 한 마리가 등잔에 올라앉아서 그 연둣빛 색채로 혼곤한 내 꿈에 영어 'T'자를 쓰고 건너 걷듯이, 유다른 기억에다는 군데군데 '언더라인'을 그어 놓습니다. 나는 슬퍼하는 것처럼 고개를 숙이고 도회의 여차장이 차표 찍는 소리와도 같은 그 음악을 가만히 듣습니다. 그러면 그것이 또 이발소 가위 소리와도 같아집니다. 나는 눈까지 감고 가만히 또 자세히 들어봅니다.

그리고 비망록을 꺼내어 머룻빛 잉크로 산촌의 시정을 기록합니다.

그저께 신문을 찢어버린

때 묻은 흰나비

봉선화는 아름다운 애인의 귀처럼 생기고

귀에 보이는 지난날의 기사

얼마 후면 목이 마릅니다. 자리물 — 심해처럼 가라앉은 냉수를 마십니다. 석영질 광석 냄새가 나면서 폐부에 한란계寒暖計, 온도계 같은 길을 느낍니다. 백지 위에 싸늘한 곡선을 그리라면 그릴 수도 있을 것 같습니다.

청석青石 얹은 지붕에 별빛이 내리 쬐이면 한겨울에 장독 터지는 것 같은 소리가 납니다. 벌레 소리가 요란합니다. 가을이 이런 시간에 엽서 한 장 적을 만큼 천천히 오기 때문입니다. 이런 때 무슨 재주로 광음光陰, 시간의 흐름을 헤아리겠습니까? 맥박소리가 방안을 시계로 만들어버리고, 그 장침과 단침의 나사못이 돌아가느라 양쪽 눈이 번갈아 간질합니다. 코로 기계기름 냄새가 드나듭니다. 석유 등잔 밑에서 졸음이 오는 기분입니다.

'파라마운트' 회사 상표처럼 생긴 도시 소녀가 나오는 꿈을 조금 꿉니다. 그러다가 어느 사이에 도시에 남겨두고 온 가난한 식구들을 꿈에 봅니다. 그들은 포로들의 사진처럼 나란히 늘어서 있습니다. 그리고 내게 걱정을 시킵니다. 그러면 그만 잠이 깨어 버립니다.

죽어버릴까 그런 생각을 하여 봅니다. 벽 못에 걸린 다 해어진 내 저고리를 쳐다봅니다. 서도천리를 나를 따라 여기 와 있습니다. 그려!

등잔 심지를 돋우고 불을 켠 다음 비망록에 철필로 군청 빛 '모'를 심어갑니다. 불행한 인구가 그 위에 하나하나 탄생합니다. 조밀한 인구가 —

내일은 온종일 화초만 보고 놀리라, 탈지면에다 '알코올'을 묻혀서 온갖 근심을 문지르리라, 이런 생각을 먹습니다. 너무도 꿈자리가 뒤숭숭해서 그러는 것입니다. 화초가 피어 만발하는 꿈, '그라비어Gravur, 사진 제판에 사용되는 인쇄법' 원색판 꿈, 그림책을 보듯이 즐겁게 꿈을 꾸고 싶습니다. 그러면 간단한 설명을 위하여 상쾌한 시를 지어서 칠 '포인트' 활자로 배치하는 것도 좋습니다.

도회에 화려한 고향이 있습니다. 활엽수만으로 된 산이 고향의 시각을 가려버린 이 산촌에 팔봉산 허리를 넘는 철골전신주가 소식의 제목만을 부호로 전하는 것 같습니다.

아침에 볕에 시달려서 마당이 부스럭거리면 그 소리에 잠을 깹니다. 하루라는 '짐'이 마당에 가득한 가운데 새빨간 잠자리가 병균처럼 활동합니다. 잔 석유 등잔에 불이 아직 켜져 있습니다. 그 안에 소실된 밤의 흔적이 낡은 조끼 '단추'처럼 남아 있습니다. 어젯밤을 방문할 수 있는 '요비링[초인종]'입니다. 지난밤의 체온을 방 안에 내던진 채 마당에 나서면 마당 한 모퉁이에는 화단이 있습니다. 불타오르는 듯한 맨드라미꽃 그리고 봉선화.

지하에서 빨아올리는 이 화초들의 정열에 호흡이 부쩍 더워오는 것 같습니다. 여기 처녀 손톱 끝에 물들일 봉선화 중에는 흰 것도 섞여 있습니다. 흰 봉선화도 붉게 물들까? — 조금 이상스러울 것 없이 흰 봉선화는 꼭두서니 빛으로 곱게 물듭니다.

수수깡 울타리에 '오렌지' 빛 여주가 열렸습니다. 당콩[강낭콩] 넝쿨과 어우러져 '세피아' 빛을 배경으로 한 폭의 병풍입니다. 이 끝으로는 호박 넝쿨 그 소박하면서도 대담한 호박꽃에 '스파르타' 식 꿀벌이 한 마리 앉아 있습니다. 녹황색에 반영되어 '세실. B. 데밀[〈십계〉, 〈삼손과 델릴라〉 등을 만든 미국의 유명 영화감독]'의 영화처럼 화려하며 황금색으로 사치합니다. 귀를 기울이면 '르네상스' 응접실에서 들리는 선풍기 소리가 납니다.

야채 ‘사라다’에 놓이는 ‘아스파라거스’ 잎사귀 같은 화초가 있습니다. 객줏집 아해에게 물어봅니다. “기상꽃 — 기생화란 말입니다. 무슨 꽃이 피나 — 진홍 비단 꽃이 핀답니다.”

선조先祖, 조상가 지정하지 아니한 ‘조세트여름 옷감’ 치마에 ‘웨스트민스터영국산 담배 이름 연초를 감아놓은 것 같은 도회 기생의 아름다움을 연상하여 봅니다. 박하보다도 훈훈한 ‘리그래 츄잉껌’ 냄새, 두꺼운 장부를 넘기는 듯한 그 입맛 다시는 소리 — 그러나 아마 여기 기생꽃은 분명히 혜원조선 시대 화가 신윤복의 호의 그림에서 보는 것 같은 — 혹은 우리가 소년시대에 봤던 인력거에서 홍일산붉은색 양산을 바쳐 쓰던 지난날 삽화 속의 기생일 것 같습니다.

청둥호박이 열렸습니다. 호박꽃 자리에 무시루떡 — 그 훅훅 끼치는 구수한 김에 좇아서 증조할아버지의 시골뜨기 망령들은 정월 초하룻날, 한식날 오시는 것입니다. 그러나 저 국가 백 년의 기반을 생각하게 하는 넓적하고도 묵직한 안정감과 침착한 색채는 ‘럭비’ 공을 안고 뛰는 이 ‘제너레이션’의 젊은 용사의 굵직한 팔뚝을 기다리는 것도 같습니다.

유자가 익으면 껍질이 벌어지면서 속이 삐져나온답니다. 하나를 따서 실 끝에 매어서 방에다 걸어둡니다. 물방울 져 떨어지는 풍염豐艶, 얼굴 생김새가 살지고 아름다움한 미각 밑에서 연필 같이 수척하여 가는 이 몸에도 조금씩 살이 오르는 것 같습니다. 그러나 이 야채도, 과일도 아닌 '유머러스'한 용적에는 아무런 향기가 없습니다. 다만 세숫비누에 한 겹씩 한 겹씩 해소되는 내 도회의 육향만이 방 안에 배회할 뿐입니다.

팔봉산 올라가는 초경草徑, 수풀로 덮인 지름길 입구 모퉁이에 최OO 송덕비와 또 OOOO 아무개의 영세불망비가 항공우편 '포스트'처럼 서 있습니다. 듣자니 그들은 다 아직도 생존하여 계시다고 합니다. 우습지 않습니까.

교회가 보고 싶었습니다. 그래서 '예루살렘' 성역을 수만 리 떨어져 있는 이 마을의 농민들까지도 모두 사랑하는 신 앞에서 회개하고 싶었습니다. 발길이 찬송가 소리 나는 곳으로 갑니다. '포플러' 나무 밑에 '염소' 한 마리를 매어 놓았습니다. 구식으로 수염이 났습니다. 나는 그 앞에 가서 그 총명한 동공을 들여다봅니다. '세룰 로이드'로 만든 정교한 구슬을 '오브라 — 드oblato, 투명한 전분지'로 싼 것 같이 맑고 투명하고 깨끗하고 아름답습니다. 도색

눈자위가 움직이면서 내 삼정三停, 머리와 이마의 경계 및 코끝과 턱 끝과 오악伍岳, 이마 · 코 · 턱 · 좌우 관골이 고르지 못한 빈상을 업신여기는 중입니다.

옥수수밭은 일대 관병식입니다. 바람이 불면 갑주甲冑, 갑옷과 투구 부딪치는 소리가 우수수 납니다. '카 — 마인carmine, 연지벌레에서 뽑아낸 홍색 물감' 빛 꼬고마군인이 벙거지에 꽂던 붉은 털가 뒤로 휘면서 너울거립니다. 팔봉산에서 총소리가 들렸습니다. 장엄한 예포소리가 분명합니다. 그러나 그것은 내 곁에서 소조小鳥, 작은 새의 간을 떨어뜨린 공기총 소리였습니다. 그러면 옥수수 밭에서 백 · 황 · 흑 · 회, 또 백, 가지각색의 개가 퍽 여러 마리 열을 지어서 걸어 나옵니다. '센슈얼'한 계절의 흥분이 이 '코사크Cossack, 카자흐의 영어식 이름' 관병식을 한층 더 화려하게 합니다.

산삼이 풀어져 흐르는 시내의 징검다리 위에는 백채 씻은 자취가 남아 있습니다. 풋김치의 청신한 미각이 안약 '스마일'을 연상시킵니다. 나는 그 화성암으로 반들반들한 징검다리 위에 삐뚤어진 N자로 쪼그리고 앉았노라면 물동이를 이고 주저하는 두 젊은 새악시가 있습니다. 나는 미안해서 일어나기는 일어났으면서도 일부러 마주 보면서 그리고 걸어갑니다. 스칩니다. '하도롱' 빛 피부에서 푸성귀 냄새가 납니다. '코코아' 빛 입술은 머루와 다래로 젖어 있습니다. 나를 쳐다보지 못하는 동공에는 정제된

창공이 '간쓰메'가 되어 있습니다.

M백화점 '미소노1930년대 일본 화장품 이름' 화장품 '스윗걸'이 신은 양말은 이 새악시들의 피부색과 똑같은 소맥 빛이었습니다. 삐뚜름이 붙인 유선형 모자 고양이 배에 '화 — 스너Fastener, 지퍼나 클립고 같이 분리된 것을 잠그는 데 쓰는 기구의 총칭를 장치한 가벼운 '핸드백' — 이렇게 도회의 참신하다는 여성을 연상하여 봅니다. 그리고 새벽 '아스팔트'를 구르는 창백한 공장 소녀들의 회충과도 같은 손가락을 연상하여 보니다. 그 온갖 계급의 도회 여인들의 연약한 피부 위에는 그네들의 온갖 육중한 지문을 느끼지 않습니까.

그러나 가난하나마 무명같이 튼튼한 피부에는 오점이 없고, '츄잉껌', '초콜레이트' 대신 달짝지근한 꼬아리를 부는 이 숭굴숭굴한 시골 새악시들을 나는 끔찍이 알고 싶습니다. 축복하여 주고 싶습니다. 교회는 보이지 않습니다. 도회인의 교활한 시선이 수줍어서 수풀 사이로 숨어버리고 종소리의 여운만이 근처에 냄새처럼 남아서 배회하고 있습니다. 혹 그것은 안식을 잃은 내 혼이 들은바 환청에 지나지 않았는지도 모릅니다.

조발 한복판에 높은 뽕나무가 있습니다. 뽕 따는 새악시가 전공부電工夫, 전기기사처럼 높이 나무 위에 올랐습니다. 순백의 가장 탐스러운 과실이 열려 있습니다. 둘이서는 나무에 오르고 하나이 나무 밑에서 다랭이를 채우고 있습니다. 한두 잎만 따도 다랭이가 철철 넘치는 민요의 무대면舞臺面, 무대 위에 나타나는 장면이나 정경입니다.

조 이삭은 다 말라 죽었습니다. '코르크'처럼 가벼운 이삭이 근심스럽게 고개를 숙였습니다. 오 — 비야 좀 오려무나. 해면처럼 물을 빨아들이고 싶어 죽겠습니다. 그러나 하늘은 금禁한 듯이 구름 한 점 없이 푸르고 맑고 부숭부숭핏기 없이 조금 부은 듯한 모양하니 깊지 못한 뿌리의 SOS가 암반 아래를 흐르는 지하수에 다다르겠습니까.

두 소년이 고무신을 벗어들고 시냇물에 발을 잠가 고기를 잡습니다. 지상의 원한이 스며 흐르는 정맥 — 그 불길하고 독한 물에 어떤 어족이 살고 있는지 — 시내는 대지의 신열을 뚫고 벌판이 기울어진 방향으로 흐르고 있습니다. 그것은 가을의 풍설風說, 바람처럼 떠도는 소문입니다.

가을이 올 터인데 와도 좋으냐고 쏘근쏘근 하지 않습니까. 조 이삭이 초례청醮禮廳, 초례를 치르는 장소 신부가 절할 때 나는 소리처럼 부스스 — 구깁니다. 노회한 바람이 조입새에게 난숙을 최촉하는 것입니다. 그러나 조의 마음은 푸르고 초조하고 어렵니다.

조밭을 어지럽힌 자는 누구냐 — 기왕 한 될 조여든 — 그런 마음으로 그랬나요. 몹시도 어지럽혀 놓았습니다. 누에 — 호호[戶戶, 집집]에 누에가 있습니다. 조 이삭보다도 굵직한 누에가 삽시간에 뽕잎을 먹습니다. 이 건강한 미각은 왕후와 같이 존경스러우며 치사스럽습니다. 그러나 뽕이 떨어졌습니다. 온갖 폐백이 동난 것과 같이 새악시들의 석열[惜熱, 애석해 하는 열기]은 허둥지둥하는 것입니다.

×

야음을 타서 새악시들은 경장[輕裝, 가벼운 옷차림]으로 나섭니다. 얼굴의 홍조가 가리키는 방향으로 — 뽕나무에 우승컵이 놓여 있습니다. 그리로만 가면 되는 것입니다. 조밭을 짓밟습니다. 자외선에 맛있게 그슬은 새악시들의 발이 그대로 조 이삭을 문지르고 '스크럼'입니다. 그리하여 하늘에 닿을 지성이 천고마비 잠실[蠶室, 누에치는 방] 안에 있는 성스러운 귀족 가축들을 살찌게 하는 것입니다. '콜레트 부인[프랑스의 여류 소설가]의 〈빈묘〉[牝猫, 암고양이]을 생각하게 하는 말캉말캉한 '로맨스'입니다.

간이학교 곁집 길가에서 들여다보이는 방에 누에 틀이 떠들고 있습니다. 편발처녀[머리를 땋아 내린 처녀]가 맨발로 기계를 건드리고 있습니다. 그러면 기계는 허리를 스치는 가느다란 실이 간지럽다는 듯이 깔깔 대소[大笑, 크게 웃음]하는 것입니다. 웃으며 지근대이며 명산 ××명주가 짜여 나오니 열댓 자 수건이 성묘 갈 때 입을 때때옷을 만들고, 시집살이 설움을 씻어주며, 또 꿈과 꿈을 말소하는 쓰레받기도 되고 — 이렇게 실없는 내 환희입니다.

담뱃가게 곁방 안에는 오늘 황혼을 미리 가져다 놓았습니다. 침침한 몇 '가론Gallon, 부피의 단위로 정확한 표현은 갤런'의 공기 속에 생생한 침엽수가 울창합니다. 황혼에만 사는 이민 같은 이국 초목에는 순백의 갸름한 열매가 무수히 열렸습니다. 고치 — 귀화한 '마리아'들이 최신 지혜의 과일을 단려한 맵시로 따고 있습니다. 그 아들의 불행한 최후를 슬퍼하며 '크리스마스트리'를 헐어 들어가는 '피에다Pieta, 예수의 시체를 안고 슬퍼하는 마리아상' 화폭 전도입니다.

학교 마당에는 '코스모스'가 피어 있고 생도들은 글을 배우고 있습니다. 그들은 열심히 간단한 산술을 놓아 그들의 정직과 순박함을 지혜와 교활로 환산하고 있습니다. 탄식할 이식산利息算, 이자 계산이 아니겠습니까. 족보를 찢어 버린 것과 같은 흰 나비 두어 마리가 백묵 냄새 나는 화단 위에서 번복飜覆, 고치거나 바꾸는 일이 무상합니다. 또 연식 '테니스' 공의 마개 뽑는 소리가 음향의 흔적이 되어서는 등고선의 각 점 모양으로 남아 있는 것 같습니다. 이 마당에서 오늘 밤에 금융조합 선전 활동사진회가 열립니다. 활동사진? 세기의 총아 — 온갖 예술 위에 군림하는 '넘버' 제8 예술의 승리. 그 고답적이고도 탕아적인 매력을 무엇에다 비하겠습니까. 그러나 이곳 주민들은 활동사진에 대해서 한낱 동화적 인 꿈을 갖고 있습니다. 그림이 움직일 수 있는 이것은 홍모紅毛, 붉은 머리 오랑캐의 요술을 배워 온 것 같으면서도 같지 않은 동포의 부러운 재간입니다.

활동사진을 보고 난 다음에 맛보는 담백한 허무 — 장주장자의 호접몽이 이러하였을 것입니다. 나의 동글납작한 머리가 그대로 '카메라'가 되어 피곤한 '더블렌즈'로 나마 몇 번이나 이 옥수수가 무르익어 가는 초추初秋, 초가을의 정경을 촬영하였으며 영사하였던가 — '플래시백Flashback, 순간적인 장면 전환'으로 흐르는 엷은 애수 — 도회에 남아 있는 몇몇 고독한 '팬'에게 보내는 단장의 '스틸'입니다.

밤이 되었습니다. 초열흘 가까운 달이 초저녁이 조금 지나면 나옵니다. 마당에 멍석을 펴고 전설 같은 시민이 모여듭니다. 축음기 앞에서 고개를 갸웃거리는 북극 '펭귄' 새들이나 무엇이 다르겠습니까. 짧고도 기다란 인생을 적어 내려갈 편전지便箋紙, 편지지 — '스크린'이 박모薄暮, 땅거미 속에서 '바이오그래피Biography, 전기'의 예비표정입니다. 내가 있는 건너편 객줏집에 든 도회풍 여인도 왔나 봅니다. 사투리의 합음합창이 마당 안에서 들립니다.

시작입니다. 부산 잔교가 나타납니다. 평양 모란봉입니다. 압록강 철교가 역사적으로 돌아갑니다. 박수와 갈채를 받은 명감독의 얼굴이 보이지 않습니다. 십분 휴식시간에 조합 이사의 통역이 있었습니다.

달은 구름 속에 있습니다. 금연 — 이라는 느낌입니다. 연설하는 이사 얼굴에 전등의 '스포트라이트'도 비쳤습니다. 산천초목이 다 경동할 일입니다. 전등 — 이곳 촌민들은 ××행 자동차 '헤드라이트' 외에 전등을 본 일이 없습니다. 그 눈이 부시게 밝은 광선속에서 창백한 이사는 강단降壇, 단상에서 내려옴하였습니다. 우매한 백성들은 이 이사의 웅역에 한 사람도 박수치지 않았습니다. — 물론 나도 그 우매한 백성 중의 하나일 수밖에 없었습니다만 —.

밤 열한 시가 지나서 영화감상의 밤은 '해피엔드'였습니다. 조합원들과 영사기사는 이 촌 유일의 음식점에서 위로회를 열었습니다. 나는 객사로 돌아와서 죽어가는 등잔 심지를 돋우고 독서를 시작하였습니다. 그것은 이웃 방에 묻고 계신 노신사께서 내 나타懶惰, 나태와 우울을 훈계하는 뜻으로 빌려주신 고우다 로한辛田露伴, 일본의 소설가 박사의 지은 바 《인의 도》라는 진서입니다. 개가 멀리서 끊일새 없이 이어 지저됩니다. 그윽한 '하이칼라' 방향을 못 잊어 군중은 아직도 헤어지지 않았나 봅니다.

구름이 걷히고 달이 나왔습니다. 벌레가 무도회의 창문을 열어놓은 것처럼 왓작 요란스럽습니다. 알지 못하는 노방路傍의 사람을 사모하는 도회인적인 향수가 있습니다. 신간 잡지의 표지와 같이 신선한 여인들 — '넥타이'와 동갑인 신사들 그리고 창백한 여러 동무들 — 나를 기다리지 않는 고향 — 도회에 내 나체의 말씀을 번역하여 보내주고 싶습니다. 잠 — 성경을 채자採字, 좋은 글을 가려 뽑음 하다가 엎질러 버린 인쇄 직공이 아무렇게나 주워 담은 지리멸렬한 활자의 꿈. 나도 갈가리 찢어진 사도가 되어서 세 번 아니라 열 번이라도 굶는 가족을 모른다고 그럽니다.

근심이 나를 제한 세상보다 큽니다. 내가 갑문을 열면 폐허가 된 이 육신으로 근심의 조수가 스며들어 옵니다. 그러나 나는 나의 '메소이스트masochist' 병마개를 아직 뽑지는 않습니다. 근심은 나를 싸고돌며 그러는 동안에 이 육신은 풍마우세風磨雨洗, 바람에 갈리고 비에 씻김로 저절로 다 말라 없어지고 말 것입니다.

밤의 슬픈 공기를 원고지 위에 깔고 창백한 동무에게 편지를 씁니다. 그 속에는 자신의 부고訃告, 죽음을 알림도 동봉하였습니다.

__ **1935년 9월 27일~10월 11일 《매일일보》**

조춘점묘

보험 없는 화재

격장隔墻, 담장 사이에서 불이 났다. 흐린 하늘에 눈발이 성기게 날리면서 화염은 오적어烏賊魚, 오징어 모양으로 덩어리 먹을 퍽퍽 토한다. 많은 약품을 취급하는 큰 공장이란다. 거대한 불더미 속에서는 간헐적으로 재채기하듯이 색다른 연기 뭉텅이가 내뿜긴다. 약품이 폭발하나 보다.

역亦, 역시 송구스러운 말이나 불구경 싫어하는 사람은 없는 것 같다. 뒤꼍으로 돌아가서 팔짱을 끼고 서서 턱살 밑으로 달려드는 화광을 쳐다보고 서 있자니, 얼굴이 후끈후끈해 들어오는 것이 꽤 할 만하다. 잠시 황홀한 엑스타제 속에 놀아본다.

불을 붙여놓고 보니까 뜻밖에 너무도 엉성한 그 공장 바라크Barrack, 가건물는 삽시간에 불길에 휘감겨 버리고, 그 휘말린 혓바닥이

인접한 게딱지 같은 빈민굴을 향해 널름거리기 시작해서야 겨우 소방대가 달려왔다. 인제 정말 재미있다, 삼방三方, 세 방면으로 호 — 스를 들이대고는 빈민굴 지붕 위에 올라서서 야단들이다. 하릴없이 깝친다.

이만큼 떨어져서 얼굴이 뜨거워 못 견디겠으니 거친 화염 속에 들어서다시피 바싹 다가선 소방대는 어지간하다면서 여전히 점점 더 사나워지는 훈훈한 불길을 쬐고 있자니까, 인제는 게서 더는 못 견디겠는지 호 — 스 꼭지를 쥔 채 지붕에서 뛰어 내려온다. 그러면 그렇지, 하고 그 실오라기만도 못한 물줄기를 업신여기자니까, 이번에는 호 — 스를 화염 쪽에서 돌려서 잇닿은 빈민굴을 막 축이기 시작한다. 이미 화염에 굴뚝 빨래 널어놓은 장대를 그슬리기 시작한 집에서 들은 세간 기명器皿, 살림살이에 쓰는 여러 가지 기구을 끌어내느라 허겁지겁 야단법석이더니 헐어내기 시작이다.

타는 것에서 손을 떼고, 성한 집을 헐어내는 이유는 심한 서북풍에 화염의 진로를 차단하자는 속셈일 것이다. 그러나 아직 불은 붙지도 않았는데 덮어놓고, 헐리고, 물을 끼얹고 해서 세간 기명을 그냥 엉망으로 만들어버렸다. 빈민굴 주민들로 보면 이보다 더 억울한 일은 없을 것이다.

하도 들이 몰리고 내몰리면서 좁은 골목 안에서 복작질을 치기에 좀 내다보니까 삼층장 · 의걸이 · 양푼 · 납세 독촉장 · 바이올린 · 여우 목도리 · 다 해진 돗자리 · 단장 스파이크 · 구두 · 구공탄 · 풍로 등 이따위 나부랭이가 장이 서다시피 내쌓였다. 그중 이부자리는 물벼락을 맞아서 이미 결딴난 것이 보기에도 사납다.

그제야 여기까지 타들어 오려나보다 하고 선뜩 겁이 난다. 그래, 집으로 얼른 들어가 보니 어머니가 덜—덜— 떨면서 때 묻은 이불 보퉁이를 뭉쳤다 끌렀다 하면서 갈팡질팡하신다. 문득, 코웃음이 나오는 것을 참으면서 — 그건 그렇게 싸서 어디다 내놓을 작정이십니까? — 하고 묻는다. 생각해보면, 남의 셋방 신세니 불에 다 탄대야 집 한 채 탄 것의 몇 분의 일도 못되리라.

불길은 인제 서향 유리창에 환 — 하다. 타려나 보다. 타면 탔지 하는 일종 비유하기 어려운 허무한 생각에서 다시 뒤꼍으로 돌아가서 불구경을 계속한다.

그동안에도 만일 불이 정말 이 일대를 소진하고야 말 작정이라면 제일 먼저 꺼내 와야 할 것이 무엇일까를 생각하여 보았다.

그러나 아무것도 선뜻 떠오르는 게 없다. 그럼, 다 타도 좋다는 심리인가. 아마 그런 게다. 어머니는 그 다 떨어진 포대기와 빈대로 들끓는 반닫이가 무한히 아까운 모양이다.

또 저 걸레 나부랭이를 길에 내놓았다가 그것들을 줄레줄레 들고 찾아갈 곳이 있나 그것도 생각해봤으나 그 역시 없다. 일가 혹은 친구 — 내 한 몸뚱이 같으면 몰라도 이 때 묻은 가족을 일시에 말없이 수용해줄 곳은 암만해도 없는 것이다.

불행히 불은 예까지 오기 전에 꺼졌다. 그 좋은 불구경이 너무 하잘것없이 끝난 것도 섭섭했지만, 그와 달리 무엇이라고 형언할 수 없는 적막을 느꼈다.

듣자니 공장은 화재보험을 든 덕분에 일 파운드짜리 알코올병 하나 꺼내 놓지 않고도 수만 원의 보상을 받으리라고 한다. 화재보험 — 참 이것은, 어떤 종류의 고마운 하느님보다도 훨씬 더 고마운 하느님이 틀림없다.

어머니는 어찌 되든지 간에 그때 마음 같아서는 "빌어먹을! 몽땅 다 타버리지" 하고 실없이 심술이 났다. 재산도 걸레 조각도 없는 알몸뚱이가 한번 되어 보고 싶었던 게다. 물론 '화재보험 하느님'이 내게 아무런 보상도 줄 바는 아니련만….

— 1936년 3월 3일 《매일신보》

단지(斷指)한 처녀

들판이나 나무에 핀 꽃을 똑 꺾어본 일이 없다. 그건 야생 것을 더 귀하다고 한답시고 해서 그런 게 아니라 대체가 성격이 비겁하게 생겨먹은 탓이다.

못 꺾는 축보다는 서슴지 않고 꺾을 수 있는 사람이 역시 — 매사에 잔인하다는 소리를 듣는 수는 있겠지만 — 영단英斷, 지혜롭고 용기 있는 결단이란 우수한 성격적 무기를 가진 게 아닌가 한다.

끝엣누이 동무 되는 새색시가 그 어머니 임종에 왼손 무명지를 끊었다. 과연 동양 도덕의 최고 수준을 건드렸다고 해서 무슨 상인지 돈 삼 원을 탔단다. 세월이 세월 같으면 번듯한 홍문이 서야 할 계제에 돈 삼 원이란 어떤 도량형법으로 산출한 액수인지는 알 바 없거니와 그 보다도 잠깐 이 단지한 새색시 자신이 되어 생각을 해보니 소름이 끼친다. 사뭇 식도로다 한 번 찍어 안 찍히는 것을 두 번 찍고, 세 번 찍고, 열 번 찍어 안 넘어가는 나무가 없다는 격으로 기어이 찍어 떨어뜨렸다니, 그 하늘이 동할 효성도 효성이지만, 우선 이 끔찍끔찍한 잔인성은 상상만 해도 몸서리가 치고도 오히려 남음이 있다. 이렇게 해서 더러 죽은 어머니를 살리는 수가 있다니, 그것을 의학이 어떻게 교묘하게 설명해 줄진 모르나 도무지 신화 이상의 신화다.

원체 동양 도덕으로는 신체발부에 창이瘡痍, 상처를 내는 것은 엄중히 취췌한다고 과문이 들어왔거늘, 그럼 이 무시무시한 훼상을 왈, 그중에도 으뜸이라는 효도의 극치로 대접하는 역설적 이론의 근거를 찾기 어렵다.

무슨 물질적인 문화에 그저 맹종하자는 것이 아니라 시대와 생활 시스템의 변천을 좇아서 거기에 따르는, 역시 새로운, 즉 이 시대와 이 생활에 준구準矩, 근거되는 적확한 윤리적 척도가 생겨야 할 것이 아니라 의식적으로 입법해내야 할 것이다.

단지斷指, 손가락을 자르거나 깨물던 일 — 이 너무도 독한 도덕 행위는 오늘 우리가 짊어지고 있는 어떤 종류의 생활 시스템이나 사상적 프로그램으로 재어보아도 일종의 무지한 야만적 사실임을 부정하기 어려운 외에 아무 취할 것이 없다.

알아보니까, 학교도 변변히 못 가본 규중처녀라니, 물론 학교에서 얻어 배운 것은 아니겠고, 그렇다면 — 어른들의 호랑이 담배 먹는 옛이야기나, 그렇지 않으면 울긋불긋한 각설이 떼의 효자충신전이 트여준 것임이 틀림없을 것이다. 그 밖에는 손가락을 잘라서 죽는 부모를 살릴 수 있다는 가엾은 효법을 이 새색시에게 여실히 가르쳐줄 수 있을 만한 길이 없다. 아 — 전설의 힘의 이렇듯 큼이여.

그러자 수삼일 전에 이 새색시를 보았다. 어머니를 잃은 크나큰 슬픔이 만면에 형언할 수 없는 추색을 빚어내는 새색시의 인상은 독하기는커녕 어디 한 군데 흠 잡을 데조차 없는 가련하고 온순한, 그야말로 하디토머스 하디, 영국의 소설가의 '테스' 같은 소녀였다. 누이는 그냥 제 일처럼 붙들고 울고 하는 곁에서 단지에 대한 그런 아포리즘aphorism, 금언 · 격언 · 경구처럼 삶의 교훈 등을 간결하게 표현한 글과는 다른 감격과 슬픔을 느끼지 않을 수 없었다. 기적으로 상처는 도지지도 않고 그냥 아물었으니 하늘이 무심치 않다고 생각했다.

하여간 이 양이나 다름없이 부드럽게 생긴 소녀가 제 손가락을 넓적한 식도로다 데꺽 찍어 내었다는 것은 꿈에도 생각할 수 없다.

다만 그의 가련한 무지와 가중한 전통이 이 새색시에게 어머니를 잃고, 자기는 평생 불구자가 되게 한 이중의 비극을 낳게 한 것이다.

극구 칭찬하는 어머니와 누이에게 억제하지 못할 슬픔은 슬쩍 감추고 일부러 코웃음을 치고 — 여자란 대개가 도무지 잔인하게 생겨 먹었습니다. 밤낮으로 고기도 썰고, 두부도 썰고, 생선대가리도 죽이고, 나물도 뜯고, 버들가지를 꺾어서는 피리도 만들고, 피륙도 찢고, 버선감도 싹둑싹둑 썰어내고, 허구한 날 하는 일이 일일이 잔인하기 짝이 없는 것뿐이니, 아따 제 손가락 하나쯤은 비웃 (생선) 한 마리 토막 치는 셈만 치면 찍히지 — 하고 흘려버린 것은 물론 기변이요, 속으로는 역시 그 갸륵한 지성과 범키 어려운 일편단심에 아파하지 않을 수 없었고, 존경하는 마음으로 하여 머리 수그리지 않을 수 없었다.

불행히 시대에서 비켜선 지고한 효녀 그 새색시! 그래, 돈 삼 원에다 어느 신문 사회면 저 아래에 칼표 딱지만 한 우메구사短新, 단신를 장만해준 것밖에 무엇이 소저小姐, 아가씨의 적막해진 무명지 억울한 사정을 가로맡아 줍디까. 당신을 공경하면서 오히려 '단지'를 미워하는 심사 저 뒤에는 아주 근본적으로 미워해야 할 무엇이 가로놓여 있는 것을 소저 그대는 꿈에도 모르리다.

_1936년 3월 5일 《매일신보》

차생윤회(此生輪廻)

길을 걷노라면 '저런 인간일랑 좀 죽어 없어졌으면' 하고 골이 벌컥 날만큼, 이 세상에 살아 있지 않아도 좋을, 산댔자 되레 가지가지 해독이나 끼치는 것밖에 재주가 없는 인생들을 더러 보곤 한다. 일전에 영화 〈죄와 벌〉에서 얻어들은 '초인법률초월론'

이라는 게 뭔지는 모르지만 진보한 인류 우생학적 위치에서 보자면, 가령 유전성이 확실히 있는 불치의 난병자, 광인, 주정酒精, 알코올 중독자, 유전의 위험이 없어도 접촉 혹은 공기 전염이 꼭 되는 악저惡疽, 흉한 종기의 유자, 또 도무지 어떻게도 손을 댈 수도 없는 절대 걸인 등은 다 자진해서 죽든지 그렇지 않으면 모종의 권력으로 일조일석에 깨끗이 소탕하는 게 옳을 것이다. 극흉 극악의 범죄인 역시 그 종자를 절멸시켜야 옳다. 그런데 이것만은 현행 법률이 잘 행사해준다. 그러나 — 법률에 대한 어려운 이론을 알 바 없거니와 — 물론 충분한 증거와 함께 범죄 사실이 노현露顯, 겉으로 드러남한 경우에 한해서이다.

영화 〈프랑켄슈타인〉에 나오는 지상 최고의 흉악한 용모의 소유자가 여기에도 있다면 그 흉리에는 어떤 극악의 범죄 계획을 내함內含, 안에 숨김하고 있다 하더라도, 다만 그의 그 용모 골상이 흉악하다는 이유만으로는 법률이 그에게 판재나 처리를 할 수는 없으리라. 그런 경우에 법률은 미행을 붙여서 차라리 그 자의 범죄 현장을 탐탐耽耽, 위엄 있게 주시함히 기다릴 것이다. 의아한 자는 벌하지 않는다니 그럴 법하다.

×

그러나 또 생각해 보면 걸인도 없고, 병자도 없고, 범죄인도 없는, 하여간 오늘 우리 눈에 거슬리는 온갖 것이 다 깨끗이 사라져 버린 타작마당 같은 말쑥한 세상은, 만일 그런 것이 지상에 실현할 수 있다면, 지상은 그야말로 심심하기 짝이 없는 권태 그것과도 같은 세상일 것이다. 그로 인해 자선가의 허영심도 채울 길이 없을 것이며, 의사도, 변호사도, 아니 재판소도, 온갖 것이 모두 소용이 없어질 것이고, 따라서 그날이 그날 같을 것이니, 이래서야 참, 정말 속수무책으로, 바야흐로 할 일이 없어질 것이다. 이런 춘풍태탕春風駘蕩, 봄 경치가 화창하고 한가로운 모양한 세월 속에서 어쩌다가 우연히 부스럼이라도 좀 나는 사람이 하나 있다면 참괴慙愧, 부끄러움를 이기지 못하여 천하 만민 앞에서 아주 깨끗하게 일신을 자결할 것이고, 또 그런 세상의 도덕이 그러기를 무언중에 요구해 놓아둘 것이다.

×

그게 겁이 나서 그런지는 모르지만, 천하의 어떤 우생학자도, 초인법률초월론자도 행정가에 대하여 정말 이 '살아 있지 않아도 좋을 인간들'의 일제一齊, 여럿이 한꺼번에한 학살을 제안하거나 요구하지는 않나 보다. 혹 그런 일이 전대에는 더러 있었는지는 모르지만, 일찍이 한 번도 이런 대영단적大英斷的, 지혜롭고 용기 있는 큰 결단 우생학을 실천한 행정가는 없지 않았나 싶다. 없을 뿐만 아니라 나환자 사구금이니, 빈민구제 기관이니, 시료병실이니 해서, 어쨌든 이네들의 생명에 대하여 아무런 위협도 가하지 않을 뿐 아니라, 한편 그윽이 보호하는 기색 또한 무르녹는다. 가령, 종로에서 전차를 기다리자면 '나리 한 푼 줍쇼!' 하고 달려든다. 더러는 준다. 그중에는 '내 십 전 줄 테니, 다시는 거지 노릇 하지 마라'고 한 부인이 있다니, 구복(拘腹, 배를 잡고 웃음)할 일이다. 또 점두(店頭, 가게 앞)에 그 호화 장려한 풍모로 나타나서 '한 푼 줍쇼!' 소리를 될 수 있는 대로 듣기 싫게 연발하는 인간에게도 불성문(不成文, 묻지 않음)으로 한 푼 주어 보내기로 되어 있다. 그래서 암암리에 사람들은 이 지상의 암을 잘 기를 뿐만 아니라 은연히 엄호하기조차 한다. 이 또한 눈에 띄지 않는 모순이다.

×

즉, 그런 그다지 많지 않은, 그러나 절대 적지 않은 한 층을 길러서 이쪽이 제 생활의 어떤 원동력을 거기서 얻자는 것인지도 모른다. 목숨이 끊어지지 않을 만큼만 먹여 살려서는 그런 것이 역연(歷然, 분명하고 또렷함)히 지상에 있다는 것을 사실로 지적해서는 제 삶의 가치와 레이션데틀(존재 이유)를 교만하게 긍정하자는 기획일 것이다. 그러면서 부절히 이 악저로 하여 고통과 협위를 느끼는 중에 '네놈이 어디 나 같은 인간이 될 수 있나 보자.' 라는 형언할 수 없는 어떤 투쟁심을 흉중에 축적해서는 '저게 겨우내 안 죽고 또 살아.' 하는 의외에도 생활의 원동력을 급취하자는 것일 게다.

×

하루 종로를 오르내리는 동안에 세 번 적선을 베푼 일이 있다. 파기록적이전 기록을 깨뜨림 사실임이 틀림없다. 한 푼 받아들고 연해 고개를 끄덕이고 꽁무니를 빼는 꼴을 보면서 '네놈 덕에 내가 사람 노릇 하는 것이다. 알기나 아니?' 하고 심히 궁한 허영심에서 고소苦笑, 쓴웃음하였다. 자신 역시 지상에서 살 자격이 그리 없다는 것을 가끔 느끼는 까닭이다. 그러나 다음 순간,'나를 먹여 살리는 내 바로 상부구조가 또 이렇게 만족해하겠지!' 하고 소름이 연이어 쫙 끼쳤다. 그때의 나는 틀림없이 어떤 점잖은 분들의 허영심과 생활 원동력을 제공하기 위하여 꾸벌꾸벌하는 '거지적 존재'구나. 눈의 불이 번쩍 나지 않을 수 없었다.

— 1936년 3월 10일 《매일신보》

공지에서

얼음이 아직 풀리기 전 어느 날, 덕수궁 마당에 혼자 서 있었다. 마른 잔디 위에 날이 따뜻하면 여기저기 쌍쌍이 벌려 놓일 사람 더미가 이날은 그림자도 안 보인다. 이렇게 넓은 마당을 텅 비워두는 뜻을 알 길이 없다. 땅이 심심할 것 같다. 땅도 인제는 초목이 우거지고, 기암괴석이 배치되는 데만 만족해하지 않을 것이다. 차라리 초목이 없고, 괴석이 없더라도, 집이 서고, 집 속에 사람들이 북적북적하고, 또 집과 집 사이에 참 아끼고 아껴서 남겨놓은 가늘고, 길고, 요리 휘고, 조리 휜 얼마간의 지면 — 즉, 길에는 늘 구두 신은 남녀가 뚜걱뚜걱 오고 가고, 여러 가지 차량이 굴러가고 하기를 희망할 것이다. 이렇게 땅의 성격도, 기호도 변하였을 것이다.

그래 이건 아마 겨울 동안 인마[人馬, 사람과 말]의 통행을 엄금해놓은 각별한 땅이 아닌가 하고, 대단히 겸연쩍어서 부리나케 대한문으로 내달으려니까, 하늘에 소리가 있으니 사람의 소리로다. — 그러나 역시 잔디밭 위에는 아무도 없고, 지난가을에 해뜨리고 간 캐러멜 싸개가 바람에 이리 날고 저리 날고 할 뿐이다.

그러나 다음 순간 반드시 덕수궁에 적을 둔 금리[金鯉, 비단잉어] 떼나 놀아야 할 연못 속에 겨울 차림을 한 남녀가 무수히 헤어져 놀고 있는 것이 눈에 띄었다. 하나도 육지에 올라선 이가 없이 말짱 그 손바닥만 한 연못에 들어서서는 스마트한 스케이팅을 즐기는 것이 아닌가.

요컨대 새로 발견된 공지로군 — 하고 경이의 눈을 옮길 길이 없어 가까이 다가서서는 새로 점령된 미끈미끈한 공지를 조심성스러이 좀 들여다보았다. 그러나 금리어 떼는 다 어디로 쫓겨 갔을까. 어족은 냉혈동물이라더니, 물이 얼어도 밑바닥까지만 얼지 않으면 그 얼음장 밑 냉수 속에서 족히 살아갈 수 있다는 것인가. 그러나 그 예리한 스케이트 날로 너무 걸커[긁어] 밀어 놓아서 얼음은 영 불투명하다. 투명만 하면 불그스레한 금리어 꽁지가 더러 들여다보이기도 하련만. — 여하간 이 손바닥만 한 연못이 깊으면 얼마나 깊을까. — 바닥까지 다 꽝꽝 얼었다면 어족은 일거에 몰사하였을 것이고, 얼음장 밑에 물이 흐르고 있다면 이 까닭 모를 소요에 얼마나 골치를 앓을까. 그러나 이 신기한 공지를 즐기기 위해서 그들은 어족의 두통 같은 것쯤은 가산하지 않았을 것이다.

그날 황혼 천하에 공지 없음을 한탄하며 뉘 집 이 층에서 저물어가는 도회를 내려다보고 있었다. 그때 실로 덕수궁 연못 같은, 날만 따뜻해지면 제 출몰에 해소될 엉성한 공지와는 비교도 안 되는 매우 훌륭한 공지를 하나 발견하였다.

××보험회사 신축용지라고 대서특필한 높다란 판장[板墻, 널빤지]으로 둘러막은 목산[目算, 눈어림] 범[凡] 천 평 이상의 명실상부 공지가

아닌가.

잡초가 우거졌다가 우거진 채 말라서 일면이 세피아 빛으로 덮인 실로 황량한 공지였다. 입추의 여지가 가히 없는 이 대도시 한복판에 이런 인외경의 감을 풍기는 적지 않은 공지가 있다는 것은 기적이 아닐 수 없다.

인마의 발자취가 끊긴 지 — 아니, 그건 또 처음부터 없었는지도 모르지만 — 오랜 이 공지에는 강아지 서너 마리가 모여 석양의 그림자를 끌고 희롱한다. 정말 공지 — 참말이지 이 세상에는 이제 공지라고는 없다. 아스팔트를 깐 뺀질한 길도 공지가 아니다. 질펀한 논밭, 임야, 석산, 모두 아무개의 소유답이요, 아무개 소유의 산갓[산림]이요, 아무개 소유의 광산인 것이다. 생각하면, 들에 나는 풀 한 포기가 공지에 뿌리를 내리지 못한다. 이치대로 하자면 우리는 소유자의 허락이 없이 일 보의 반보를 어찌 옮겨 놓으리오. 오늘 우리가 제법 교외로 산책할 수 있는 것은 아직도 세상인심이 좋아서 모두 묵허해주기 때문에 향유할 수 있는 치사[사치]다. 하나도 공지가 없는 이 세상에, 어디로 갈까 하던 차에 이런 공지다운 공지를 발견하고, 저기 가서 두 다리 쭉 뻗고 누워서 담배나 한 대 피웠으면 하고 나서 또 생각해보니까, 이것도 역 ××보험회사가 이윤을 기다리고 있는 건조물임을 깨달았다. 다만, 이 건조물은 콘크리트로 여러 층을 쌓아 올린 것과 달리, 잡초가 우거진 형태를 하고 있을 뿐인 것이다.

봄이 왔다. 가난한 방 안에 왜倭 꽈리 분 하나가 철을 찾아서 요리조리 싹이 튼다. 그 닷곱 한 되도 안 되는 흙 위에다가 늘 잉크병을 올려놓곤 하다가 싹 트는 것을 보고 잉크병을 치우고, 겨우내 그대로 두었던 낙엽을 거두고 맑은 물을 한 주발 주었다. 그리고 천하에 공지라곤 요 분 안에 놓인 땅 한 군데밖에는 없다며 좋아하였다. 그러나 두 다리를 뻗고 누워서 담배를 피우기에는 이 동글납작한 공지는 너무 좁다.

— 1936년 3월 12일 《매일신보》

도회의 인심

도회의 인심이란 어느 만큼이나 박해지려는지 알 길이 없다.

이런 이야기를 들은 일이 있다. 상해에서는 기아棄兒, 아이를 몰래 내다 버리는 일를 — 그것도 보통 죽은 것을 — 흔히 쓰레기통에다 한다고 한다. 새벽이면 쓰레기를 치우는 인부가 와서는 휘파람을 불어가며 쓰레기를 치우는데, 그는 이 흉악한 기아를 보고도 별반 놀라지 않을 뿐만 아니라 그 애총아총. 즉, 어린아이의 무덤을 이리 비켜놓고 저리 비켜놓고 해서 쓰레기만 치운 뒤 잠자코 돌아간다는 것이다. 요컨대, 기아야 뭐 그리 이상하랴. 다만, 이것은 쓰레기는 아니니, 내가 치우지 않을 따름이요, 어떻게 되건 나와는 상관없다 — 이 뜻이다.

설마 했지만, 또 생각해보면 있을 법도 한 일이다. 참 도회의 인심은 어느 만큼이나 박하고 말려는지 종잡을 수 없다.

이 나가야(연립주택)로 이사 온 지도 벌써 돌이 가까워져 오나 보다. 같은 들보 한 지붕 밑에 쭈욱 — 칸칸이 산다. 박서방, 김씨, 이상, 최주사 — 이렇게 크고 작은 문패가 칸칸이 붙어있다. 그러나 그들은 서로 사귀지 않는다. 그중에서도 직업은 서로 절대 비밀이다. 남편 혹은 나 같은 아내 없는 장성한 아들들은 앞문으로 드나든다. 그러나 아내 혹은 말만 한 누이동생들은 뒷문으로 드나든다. 남편은 아침 혹 낮에 나가면 대개 저녁 혹은 밤에나 들어온다.

그러나 아낙네들은 집에 있다. 저녁때가 되면 자연 쌀을 씻어야 하니 수도로 모여든다. 모여들면 남자들처럼 서로 꺼리고, 기피하지 않고, 곧잘 언어 노출증을 나타낸다. 그래서는 잠자코 있었으면 모를 이야기, 안 해도 좋을 이야기, 흉아잡이(다른 사람을 흉보는 일) 무릎맞춤이 시작되어서 가끔 여류 무용전(무용담)을 만들기도 한다. 그리하여 힘써 감추는 남편 씨의 직업도 탄로가 나서 바깥양

반의 자존심을 여지없이 분쇄하고 마는 것이다. 그러나 기압은 대체로 봐 무풍 상태다.

우리 집 변소 유리창에 똑바로 보이는 제2열 나가야 ○호 칸에 들은 젊은 세대는 작하昨夏, 지난해 여름 이래 내외 싸움이 끊일 새가 없더니, 가을에 들어서자 추풍낙엽과 같이 남편이 남편 직에서 떨어졌다. 부인은 ○○카페 화형花形, 얼굴 마담 여급이라는 것이다. '메리 위도Merry widow, 이혼녀'가 된 '화형'은 남편을 경질하기에는 환경의 이롭지 못함을 깨달았는지 결국 떠나버렸다. 지금 그 칸은 빈 채다. 물론 이사를 하는 경우에도 이웃에 인사를 하는 수고스러운 미덕은 이 나가야 규정에 없다. 그 바로 이웃 칸에 든 젊은이의 감상담에 의하면, 앓던 이가 빠진 것 같단다. — 왜냐하면, 그 풍기를 문란케 하는 종류의 레코드 소리를 더는 안 듣게 되었기 때문이다. 그 이웃에 사는 지방분이 아주 잘 침착된 젊은이는 젖먹이를 잃어버렸다. 그와 함께 그 죽은 아이 체중보다도 훨씬 더 많을 지방분도 깨끗이 잃어버렸다. 그러나 그 어린 애를 위해서나, 애어머니 지방분을 위해서나 부의 한 푼 있을 리 없다. 나도 훨씬 뒤에야 알았으니까 —

날이 훨씬 추워지자 우리 바로 격장에 사남매로 조직된 가족이 이사왔다. B전문학교에 다니는 오빠가 한 쌍, W여고보에 다니는 매씨妹氏, 남의 손아래 누이를 높여 이르는 말가 한 쌍 — 매일 석각이면 혼성 사중창 유행가가 우리 아버지의 완고한 사상을 괴롭힌다고 한다. 그렇건만 나는 한 번도 그 오빠들을 본 일이 없고, 누이 역시 한 번도 그 매씨들과 말을 나눠본 일이 없다.

정월에 반대편 이웃집에서 흰떡을 했다. 한 가락 주겠지 했더니 과연 한 가락도 안 준다. 우리는 지짐이만 부쳤다. 좀 줄까 하다가 흰떡 한 가락 안 주는 걸 뭘 하고 혼자 먹었다. 사남매 집은 원래 계산에 넣지 않은 이유가 그믐날 밤까지도 아무것도 부치지도 지지지도 않았기 때문이다. 그것은 흰떡과 지짐이를 그 이웃집에 기대하고 있는 수작이 아닌가도 싶었다. 그래서 미웠고, 계산에도 넣지 않았다. 물론 이것은 내 오해인지도 모르지만 —

해토解土, 겨우내 얼었던 땅이 봄이 되어 녹아서 풀림되면서 막다른 칸에 든 젊은이가 본처에서 일약 첩으로 실격한 사건이 생겼다. 그러나 아무도 그 젊은이를 동정하지 않고, 그 남편이 배불뚝이라고 험담만 실컷 하다가 나자빠졌다. 그리고 우리 집에는 나날이 찾아오는 빚쟁이의 수효가 늘어가기 시작했다. 그러다가 건물회사에서 집달리執達吏, 집행관를 데리고 나와 세간 기명 등속等屬, 나열한 사물과 같은 종류의 것들을 몰아서 이르는 말에다가 딱지를 붙이고 갔다. 집세가 너무 많이 밀렸다는 이유다. 이런 뒤법석이 일어난 것을 사남매는 모두 학교에 갔으니 알 길이 없고, 이쪽 이웃 역 어느 장님이 눈을 떴나 하는 식이다. 차라리, 나는 다행이라고 생각하였다. 동네방네가 죄다 알고 야단을 치면 더 창피하니.

"이리 오너라 — " — "누굴 찾으시오." — "×씨 집이오?" — "아뇨!" — "그럼 어디요 — " — "그걸 내가 아오?" 하는 문답이 우리 집 문간에서 있나 보더니 아버지 말씀이 — "알아도 안 가르쳐 주는 게 옳아!" — "왜요?" — "아 빚쟁일시 분명하니 그거 남 못 할 노릇 아니냐 —" 하신다. 도회의 인심은 대체 얼마나 박하고 말려고 이러나?

__ **1936년 3월 20일 《매일신보》**

골동벽

가령, 신라나 고려 시대 사람들이 밥상에다 콩나물도 좀 담고, 장조림도 담고, 또 약주도 따르고 해서 조석朝夕으로 올려놓고 쓰던 식기 나부랭이가 분묘 등지에서 발굴되었다고 해서 떠들썩하니, 대체 그것이 어쨌다는 것인지 알 수 없다. 그게 무엇이 그리 큰일이며, 그 사금파리 조각이 무엇이 그리 가치 높이 평가되어야 할 것이냐는 말이다. 황차況且, 하물며 또는 더군다나 그렇지도 못한 항아리 나부랭이를 가지고 어쩌니 저쩌니 하는 것을 보면 알 수 없는 심사다.

우리는 선조의 장한 일들을 잊어버려서는 안 된다. 그러나 오늘 눈으로 보아서 그리 값도 나가지 않는 것을 놓고 얼싸안고 혀로 핥고 하는 꼴은, 진보한 '커트 글라스' 그릇 하나를 만들어내는 부지런함에 비하면, 그 태타怠惰, 몹시 게으름의 극을 타기唾棄, 배척하거나 업신여김하고 싶다.

가끔 아는 이에게서 자랑을 듣는다. "내 이조 항아리 좋은 것을 우연히 싸게 샀으니 와 보시오 —"다. 싸다는 그 값이 절대 싸지도 않을뿐더러, 막상 가 보면 대개는 아무 예술적 가치도 없는 태작駄作, 보잘것없는 작품인 경우가 많다. 그야 오늘 우리가 미쓰코시 백화점 식기부주방용품을 판매를 담당하는 부서에서 살 수 없는 물건이니 볼 점이야 있겠지— 하지만 그 볼 점이라는 게 실로 하찮은 것이다.

항아리 나부랭이는 말할 것도 없이 그 시대에 있어 의식적으로 미술품으로 만들어진 것은 아니다. 간혹 꽤 미술적인 요소가 풍부하게 섞여 있는 것이 있기는 있되, 역시 여기餘技, 취미로 하는 기술이나 재간 정도요, 하다못해 꽃을 꽂으려는 실용이라도 실용을 목적으로 만들어진 것임이 틀림없다. 이것이 오랜 세월 지하에 파묻혔다가 시대도 풍속도 영 딴판인 세상 사람의 눈에 뜨이니 위선 역설적으로 신기해서 얼른 보기에 교묘한 미술품 같아 보인다. 이것을 순수한 미술품으로 알고 왁자지껄 하는 것은 가경可驚, 가히 놀랄만 함할 무지다.

어느 박물관에서 허다한 점수의 출토품을 연대순으로 진열해 놓고, 또 경향이며, 여러 가지 분류 방법을 적확히 구분해서 일목요연토록 해놓은 것을 구경하고, 처음으로 그런 출토품의 아름다움과 가치 있음을 느꼈다.

결국 골동품의 가치는 그런 고고학적인 요구에서 생기는 것일 것이다. 겸하여 느끼는 아름다운 심정은 선조에 대한 그윽한 향수에서 오는 것이 아닐까.

역사라는 학문을 부정할 수는 없으리라. 어느 시대의 생활양식, 민속, 민속예술 등을 알고자 할 때 비로소 골동품의 가치는 높아진다. 그러니까 골동품은 골동품만을 모아 놓는 박물관과 병존하지 않고는 그 존재 이유가 없을 뿐만 아니라 하등의 구실을 하지 못한다. 같은 시대의 것, 같은 경향의 것을 한데 모아 놓고 봄으로써 과연 구체적인 역사적인 지식을 얻을 수 있는 것이지 — 그러니까 물론 많을수록 좋다 — 그렇지 않고 외따로 떨어진 한 파편은 원인 피테칸트로푸스의 단 한 개의 골편처럼 너무 짐작을 세울 길에 빈곤하다. 심지어 그것을 항아리 한 개, 접시 두 조각해서 자기 침두枕頭, 베갯머리에 늘어놓고 그중에 좋은 것은 누가 알까 봐 쉬쉬 숨기기까지 하는 당세當世, 바로 이 시대 골동인 기질은 우선 아까 말한 고고학적 의의에서 가증한 일이요, 둘째 그 타기할 수전노적 사유관념에 지나지 않아 밉기 그지없다.

그러나 이 좋은 것을 쉬쉬하는 패쯤은 양민이다. 오 전에 사서 백 원에 파는 것을 큰 미덕으로 삼는 골동가도 있기 때문이다. 이는 실로 경탄할 화폐제도의 혼란이라고 할 수 있다. 모 씨는 하루 이런 이야기를 한다. — 요전에 샀던 것인데 깜빡 속았어. 그러나 오 원만 밑지고 겨우 다른 사람한테 넘겼지. 큰일 날 뻔 했어 — 위조 골동품을 모르고 고가에 샀다가 그것이 위조라는 것을 알자 산값에서 오 원만 밑지고 다른 사람에게 팔아먹었다는 성공 미담이다.

재떨이로 쓸 수도 없다는 점에 있어서 우선 제로에 가까운 가치밖에 없는 접시 한 개를 위조하는 심사를 상상하기도 어렵거니와 그런 귀매망량鬼魅魍魎, 도깨비와 귀신이 이렇게 공교하게 골동 세계를 떠돌고 있거니 생각하면 소름이 끼칠 일이다.

누구는 수만 원짜리 명도名刀, 이름난 칼를 샀다가 위조라는 것을 알고 눈물을 머금고 땅에 묻어 버렸다고 한다. 그러나 이 가짜 항아리, 접시 나부랭이는 속은 사람이 또 속이고, 또 다른 이를 속여서 잘하면 몇백 년도 더 견디리라. 하면 그동안 선대에는 이런 위조 골동품이 있었다네 — 하고 그것마저 유서 깊은 골동품이 되고 말 것이다.

이런 타기할 괴취미밖에 갖고 있지 않은 분들에게 위조— 골동품일랑은 눈에 띄는 대로 때려 부수시오 — 하고 권하기는커녕 골동품 — 물론 이 경우 순수한 미술품 말고 항아리 나부랭이를 말함 — 은 고고학적 민속학적 요구에서 박물관에 있어야만 값이 있는 것이지 그렇지 않은 건 전혀 의미가 없소. 그러니 죄다 박물관에 기부하시오, 라고 권하면 권하는 이에게 천한 놈이라고 꾸짖을 것이 뻔—하다.

— 1936년 3월 24~25일 《매일신보》

동심행렬

아침 길이 똑 — 보통학교 학동들 등교 시간과 마주치는 고로 자연 많은 어린이를 보게 된다. 그네들의 일거수일투족, 눈 한 번 끔벅하는 것, 말 한마디가 모두 경이다. 우선, 자신이 그런 아이들과 너무 멀고, 또 제 몸이 책보를 끼는 생활을 그만둔 지 너무 오래며, 학교 다니는 어린 동생들도 모두 — 성장해서 집안이 그런 학동을 기르는 분위기에서 퍽 멀어진 지가 오래되었기 때문이다. 그래서 그저 먼 — 꿈의 세계를 너무나 똑똑히 눈앞에 보는 것만 같아서 가슴이 뿌듯할 적이 많다.

학동들은 칠팔 세로 여남은 살까지 남녀가 뒤섞인 현란한 행렬이다. 이것도 엄격한 중고교육을 받은 우리로는 경이다. 자전거가 멋모르고 좁은 골목에 들어섰다가 혼이 난다. 암만 벨이 울려도 이 아침거리의 폭군들은 길을 비켜주지는 않는다. 자전거는 하는 수 없이 하마下馬를 하고 또 뭐라고 중얼거려도 보나 그런 것에 귀를 기울이는 사심이 없다. 저희끼리 이야기가 너무나 재미있어 견딜 수가 없는 것이다. 물론 누구하고 동무도 없고 행렬에도 끼기지 못하고 화제도 없는 인물은 골목 한편 인가 담벼락에 비켜서서 이 화려한 행렬에 공손히 길을 치워주어야 한다.

우리는 구경도 못 한 '란도셀Ransel, 일본 초등학생들이 등에 메는 책가방'이란 것을 하나씩 짊어졌다. 그것도 부럽다. 그 속에는 우리가 한 번도 갖고 놀아보지 못한 찬란한 그림책이 들었다. 십이 색 '크레용'도 들었다. 불란서 근대화파보다도 훨씬 무섭고 자유분방한 그들의 자유화를 기억한다. 우리는 일생을 통하여 기어코 완전한 거짓말 속에서 시종하라는 건가 보다. 우리는 이제 시작해서 저런 자유화 한 장을 그릴 수 있을까. '란도셀'이라는 것 속에는 하고많은 보배가 들어 있다. 그러나 장난꾼이들 '란도셀'이란 '란도셀'이 어쩌면 모조리 헤어져 떨어져서 헌털뱅이헌것을 속되게 이르는 말인고.

단발이 부쩍 늘었다. 여남은 살 먹은 여학동 단발한 것은 깨끗하고 신선하고 칠팔 세 여학동 단발한 것은 인형처럼 귀엽다.

남학동들은 일제히 양복이다. 양복에다가 보통학교 아동 이외에는 이행을 불허하는 경편輕便, 가볍고 편한 운동화들을 신었다. 그래서는 좁은 골목 넓은 길을 살과 같이 닫고 또 한 군데 한없이 머물러서는 장난한다. 이렇게 등교 시간 자체가 그네들에게는 황홀한 것이고 규정 이상의 과정인 것이다.

그중에는 셋 혹 넷 무더기가 져서 걸어가면서 무슨 책인지 한 책에 집중되어 열중한다. 안경 쓴 학동이 드문드문 끼었다. 유리에 줄이 좍좍 간 것이 제법 근시들이다.

무에 저리 재밌을까 — 하고 궁금해서 흘깃 좀 훔쳐본다. 양홍짙은 붉은색, 군청 등 현란한 극채색매우 짙은 색깔 판의 소년 잡지다. 그림은 무슨 군함 등속인가 싶다. 그러나 글자는 그저 줄이 죽죽 가 보일 뿐이지 눈에 들어오지 않는다.

보통학교 학동이 안경을 썼다는 것은 실사 해괴망측한 일이다. 일인 것이 첫째 깜찍스럽다. 하도 앙증스럽고 해서 처음에는 웃고 그만두었으나 생각해 보면 웃고 말 일이 아니다. 근시는 무슨 절름발이나 벙어리 같은 부류의, 그야말로 불구자라곤 할 수 없되 불구자는 불구자다. 세상에는 치레로 금테안경을 쓰는 못생긴 백성도 있기는 있으나 '오페라글라스' 비행사의 그 툭 불거진 안경 이외에 안경은 없는 게 좋다. 그것을 저런 아직 나이 들지 않은 연골 어린이들에게까지 씌우지 않으면 안 된다는 세상은 그리 고맙지 않은 세상임이 틀림없다.

예는여기에는 여러 가지 원인이 있겠으나 현대의 고도화한 인쇄술에도 트집을 아니 잡을 수 없다. 과연 보통학교 교과서만은 활자의 제한이 붙어서 굵직굵직한 것이 괜찮다. 그만만하면 선천적 근시안이 아닌 다음에는 활자 탓으로 눈을 옥지르거나 하는 일이 없을 것 같다.

그러나 학동들이 교과서만 주무르다 그만두느냐면, 천만에 우선, 참고서라는 것이 대개가 구 '포인트' 활자로 되어 먹었다. 급기 소년 잡지 등속에 이른즉슨 심지어 육 호 칠 '포인트' 반을 사용하여 오히려 태연한 출판업자 — 게다가 추악한 극채색을 덮어서 예의 학동들의 동공을 노리고 총공격의 자세를 일각도 게을리하지는 않는다.

아직도 안경 쓴 학동보다 안 쓴 학동의 수효가 더 많은 것으로 보아 한편 괴이하기도 하나, 아직 그들의 독서열이 사십 도에 이르지 않은 것을 차라리 다행히 생각하고 싶다. 누구에게라도 안경 상을 추장推奬, 권유함하고 싶다. 오늘 같은 부덕한 활자 허무 시대에 가하여 불완전한 조명장치밖에 없는 이 땅에 늘어갈 것은 근시안뿐일 터이니 말이다.

__ 1936년 3월 26일 《매일신보》

추등잡필

추석삽화

일 년 삼백육십일 그중의 몇 날을 추려 적당히 계절 맞춰 별러서 그날만은 조상을 추억하며 생의 즐거움에서 멀어진 지 오래된 그들 망령을 있다 치고 위로하는 풍속을 아름답다 아니할 수 없으리라.

이것을 굳이 뜻을 붙여 생각하자면 —

그날그날의 생의 향락 가운데서 때로는 사死의 적막을 가끔 상기해 보며, 그러함으로써 생의 의의를 더한층 깊이 뜻있게 인식하도록 하는 선인들의 그윽한 의도에서 나온 수법이 아닐까.

이번 추석날 나는 돌아가신 삼촌 산소를 찾았다. 지난 한식날은 비가 와서, 거기다 내 나태가 가하여 삼촌 산소에 가지 못했으니, 이번 추석에는 부디 가보아야겠고, 또 근래 이 삼촌이 지금껏 살아 계셨던들 하는 생각이 문득 드는 적이 많아서 중년에 억울히 가신 삼촌을 한번 추억해 보고도 싶고 한 마음에서 나는 미아리행 버스를 타고 나갔던 것이다.

온 산이 희고 온 산이 곡성[哭聲, 곡소리]으로 하여 은은하다. 소조한 가을바람에 추초[秋草, 가을철의 푸른 풀]가 나부끼는 가운데 분묘는 오 년 전에 비하여 몇 배수나 늘었다. 사람들은 나날이 저렇게들 죽어 가는구나 생각하니 저윽이 비감하다. 물론 오 년 동안에 더 많은 아기가 탄생하였으리라 — 그러나 그렇게 날로 날로 지상의 사람이 바뀐다는 것도 또한 슬픈 일이 아닌가.

다섯 번 조락[凋落, 초목의 잎 따위가 시들어 떨어짐]과 맹동[萌動, 싹이 틈]을 거듭한 삼촌 산소가 꽤 거친 모양을 바라보고 퍽 슬펐다. 시멘트로 땜질한 석상은 틈이 벌어졌고 친우 일동이 해 세운 석비도 좀 기운 듯싶었다.

분토[墳土, 무덤] 한 곁에 앉아 잠시 생전의 삼촌, 그 준엄하기 짝이 없는 풍모를 추억해 보았다. 그리고 운명하시던 날, 장사 지내던 날, 내 제복 입었던 날들의 일, 이런 다섯 해 전 일들이 내 심안을 쓸쓸히 지나가는 것이었다.

나는 또 비명을 읽어 보았다. 하였으되 —

공렴정직 신의우독 公廉正直信義友篤

금란결계 시동우락 金蘭結契矢同憂樂

중세최절 사우함통 中世摧折士友咸慟

한산편석 이표충정 寒山片石以表衷情

삼촌 구우[舊友, 옛 친구. 또는 사귄 지 오래된 친구] K씨의 작[作]으로 내 붓 솜씨다. 오늘 이 친우 일동이 세운 석비 앞에 주과[酒果, 술과 과일]가 없는 석상이 보기에 한없이 쓸쓸하다.

그때 고 이웃 분묘에 사람이 왔다. 중로[中老]의 여인네가 한 분, 젊은 내외인 듯싶은 남녀, 십 세 전후의 소학생이 하나, 네 사람이다. 젊은 남정네는 양복을 입었고 젊은 여인네는 구두를 신었다. 중로의 여인네가 보퉁이를 펴더니 주과를 갖춘 조촐한 제상을 차리는 것이다. 그리고 향을 피우고 잔을 갈아 부으며 네 사람은 절한다.

양복 입은 젊은 내외의 하는 절이 더한층 슬프다. 그리고 교복 입은 소학생의 하는 절은 너무나 애련하다.

중로의 여인네는 호곡[號哭, 소리를 내어 슬피 욺]한다. 호곡하며 일어날 줄을 모른다. 젊은 내외는 소리 없이 몇 번이나 향 피우고 잔 붓고 절하고 하더니 슬쩍 비켜서는 것이다. 소학생도 따라 비켜선다.

비켜서서 그들은 멀리 건너편 북망산을 손가락질도 하면서 잠시 담화하더니 돌아서서 언제까지라도 호곡하려 드는 어머니를 일으킨다. 그러나 좀처럼 일어나려 하지 않는다.

그때 이날만 있는 이 북망산 전속의 걸인이 왔다. 와서 채 제사도 끝나지 않은 제물을 구걸하는 것이다. 그 태도가 마치 제 것을 제가 요구하는 것과 같이 퍽 거만하다. 부처夫妻, 부부는 완강히 꾸짖으며 거절한다. 승강이가 잠시 계속된다.

이 광경을 바라보고 앉았는 동안에 내 등 뒤에서 이 또한 중로의 여인네가 한 분 손자인 듯싶은 동자 손을 이끌고 더듬더듬 내려오는 것이었다. 오면서 분묘 말뚝을 하나하나 자세히 조사한다. 필시 영감님의 산소 위치를 작년과도 너무 달라진 이 천지에서 그만 묘연히 잊어버린 것이리라.

이 두 사람은 이윽고 내 앞도 지나쳐 다시 돌아 그 이웃 언덕으로 올라간다. 그래도 좀처럼 여기구나 하고 서지 않는다.

건너편 그 거만한 걸인은, 시비의 무득함을 깨달았던지, 제물을 단념하고 다시 다음 시주를 찾아서 간다.

걸인은 동쪽으로 과부는 서쪽으로 —

해는 이미 일반日半, 정오을 지났으니 나는 또 삶의 여항閭巷, 백성의 살림집이 많이 모여 있는 곳으로 돌아가지 않으면 안 되리라. 코스모스 핀 언덕을 터벅터벅 내려오면서 그 과부는 영감님의 무덤을 찾았을까 걱정하면서 버스 선 곳까지 오니까 모퉁이 목로술집에서는 일장의 싸움이 벌어진 중이었다. 말할 것도 없이 거상居喪, 상중에 있음입은 사람끼리다.

— **1936년 10월 14~15일 《매일신보》**

구경(求景)

전문專門, 이상은 경성고등공업학교에서 건축을 전공했음한 것이 나는 건축인 관계상 재학 시대에 형무소 견학을 간 일이 더러 있다.

한번은 마포 벽돌 공장을 보러 간 일이 있는데, 그것은 건물을 보러 간 것이 아니라 벽돌 제조의 여러 가지 속을 보러 간 것이니까, 말하자면 건축 재료 제조 실제를 연구하는 한 시간이었다. 그러니까 죄수들의 생활이라든가 혹은 그들의 생활에 건물 구조를 어떻게 적응시켰나를 보러 간 것이 아니고, 다만 한 공장을 보러 간 것에 지나지 않는 것이니까, 직공들은 반드시 죄수들일 필요도 없거니와 또 거기가 하국何國의 형무소가 아니어도 좋다. 클래스 전부라야 열두 명이었는데 그날 간 사람은 겨우 칠팔 명에 불과하였다고 기억한다.

옥리의 안내를 받아 공장 각 부분을 차례차례 구경하기로 되었다. 구경하기 전에 옥리는 우리에게 부디부디 다음 몇 가지 점에 주의해달라고 일러주는 것이었다. 즉, 담배를 피우지 말 것, 그들에게 무슨 필요로든 절대 말을 건네지 말 것, 그네들의 얼굴을 너무 차근차근히 들여다보지 말 것 등이다. 차례대로 이윽고 견학이 시작되었다. 그러나 나는 처음부터 벽돌 제조 같은 것에는 추호의 흥미도 가지지는 않았다. 죄수들의 생활, 동정의 자태를 볼 수 있다는 것이 이 견학이 나로 하여금 즐겁게 하여 주는 이유의 전부였다. 나는 일부러 끝으로 좀 처지면서 그 똑같이 적토색 복장에 몸을 두르고 깃에다 번호찰을 붙인 이네들의 모양을 살피기로 하였다. 그런데 과연 아니나 다를까, 그들은 끝없는 증오의 시선을 우리에게 던지는 것이 아니냐? 나는 놀랐다. 가슴이 두근두근해왔다. 그리고 제출물에 겁이 나서 얼굴이 달아 들어오는 것을 어찌하는 수가 없었다. 너무나 똑똑히 불쾌한 표정을 지어 보이는 그들을 나는 차마 바로 쳐다보는 재주가 없었다.

자기의 치욕의 생활의 내면을 혹 치욕이라고까지 하지는 않더라도 결코 남에게 떠벌려 자랑할 것이 못 되는 제 생활의 내면을 어떤 생면부지 사람들에게 막부득이 구경시키지 않으면 안 되는 것을 누구나 다 싫어하리라. 앙불괴어천 부불작어인仰不愧於天俯不於人, 《맹자》에 나오는 말로 '우러러보아 하늘에 부끄럽지 않고, 굽어보아 사람에게 부끄럽지 않는 것'이란 뜻 ——

이런 심경에서 사는 사람이라도 그런 일 점의 흐린 구름이 지지 않은 생활을, 남이 그야말로 구경거리로 알고 보러 달려들 때는 적이 불쾌할 것이다. 황차況且, 하물며 죄수들이 자기네의 치욕적 생활을 백일 아래서 여지없이 구경거리로 어떤 몇 사람 앞에 내놓지 않으면 안 되는 경우에 그들의 심통함이 또한 복역의 괴로움보다 오히려 배대倍大, 더욱 큼할 것이다.

소록도의 나원癩院, 나환자 시설을 보고 온 이의 이야기를 들으면 아무리 석존'석가모니'를 높여 이르는 말 같은 자비스러운 얼굴을 한 사람이 내도하여도 그들은 그저 무한한 증오의 눈초리로 맞이할 줄밖에 모른다 한다. 코가 떨어지고 수족이 망가진 자기네 추악한 군상을 사실 동류 이하의 어떤 사람에게도 보이기 싫을 것이다. 듣자니 그네들끼리는 희희낙락하기도 하며 때로는 연애까지도 할 듯 싶은 일이 다 있다 한다. 형무소 죄수들도 내가 본 대로는 의외로 활발하게 오히려 생활난에 쪼들려 헐떡헐떡하는 사바의 노역꾼들보다도 즐거운 듯이 일하고 있는 것이었다. 다만, 그러면서도 남의 어떤 눈도 싫어하는 까닭은 말하자면 대등의 지위를 떠난 연한憐恨, 불쌍하게 여기는 마음, 모멸, 동정, 기자忌恣, 시기와 방종, 이런 것을 혐오하는 인정 본연의 발로와 다름없는 것이 아닐까 한다.

가량 천형병天刑炳, 하늘이 내리는 큰 벌과 같은 병의 병원病源, 병이 생긴 근본적인 원인을 근절코자 할진대, 보는 족족 이 병 환자는 살육해 버려야 할는지도 모르지만 기왕 끔찍한 인정을 발휘해서 그들을 보호하는 바에는 될 수 있는 대로 그들의 심정을 거슬려 주어서는 안 될 것이다. 그러하다면 그들이 제일 싫어하는 '구경'을 절대로 금해야 할 것이다. 형무소 같은 것은 성히 구경시켜서 죄과를 미연에 방지하는 것이 좋지나 않을까 하는 생각이 들기도 하지만, 좀처럼 구경을 잘 시키지 않는 것은 역시 죄수 그들의 심정을 건드리지 않도록 하는 깊은 용의에서가 아닌가 한다.

— 1936년 10월 16일 《매일신보》

예의(禮儀)

걸핏하면 끽다점喫茶店, 다방에 가 앉아서 무슨 맛인지 알 수 없는 차를 마시고 또 우리 전통에서는 무던히 먼 음악을 듣고 그리고 언제까지라도 우두커니 머물러 있는 취미를 업신여기리라. 그러나 전기기관차의 미끈한 선, 강철과 유리, 건물 구성, 예각, 이러한 데서 미를 발견할 줄 아는 세기의 인人에게 있어서는 다방의 일게一憩, 휴식가 신선한 도락이요, 우아한 예의가 아닐 수 없다.

생활이라는 중압은 늘 훤조喧噪, 시끄럽게 지껄이며 떠듦하며 인간의 부드러운 정서를 억누르려 드는 것이다. 더욱이 현대라는 데 깃들이는 사람들은 이 중압을 한층 더 확실히 감지하지 않을 수 없다. 어디를 보아도 교착된 강철과 거암巨巖, 큰 바위과 같은 콘크리트 벽이 숨찬 억압 가운데 자칫하면 거칠기 쉬운 심정을 조용히 쉴 수 있도록, 그렇게 알맞은 한 개의 의자와 한 개의 테이블이 있다면 어찌 촌가寸暇, 얼마 안 되는 짧은 겨를를 에어내어 발길이 그리로 옮겨지지 않을 것인가. 가하기를 한 잔의 따뜻한 차와 가연街蠕, 거리의 움직임의 훤조한 잡음에 바뀌는 아름다운 음악이 있다면 그 심령들의 위안됨이 더한층 족하다고 하지 않으리오.

그가 제철공장의 직인이건, 그가 외과 의실의 집도의건, 그가 교통정리 경찰이건, 그가 법정의 논고인論告人, 검사이건, 그가 하잘 것없는 일고용인日雇傭人, 날품팔이이건, 그가 천만장자의 외독자이건, 묻지 않는다. 그런 구구한 간판은 네온사인이 달린 다방 문간에 다 내려놓고 들어가는 것이다. 그곳에서는 다 같이 심정의 회유를 기원하는 티 없는 '사람'의 하나가 되는 것이다. 그러기에 이 곳에서는 누구나 다 겸손하다. 그리고 다 같이 부드러운 표정을 하는 것이다. 신사는 다 조신하게 차를 마시고 숙녀는 다 다소곳이 음악을 즐긴다.

거기는 오직 평화가 있고 불성문不成文, 글자로 써서 나타내지 아니함의 정연하고도 우아 담박한 예의 준칙이 있는 것이다. 결코, 이웃 좌석에는 들리지 않을 만큼 그만큼 낮은 목소리로 담화한다. 직업을 떠나서, 투쟁을 떠나서 여기서 바뀌는 담화는 전면纏綿, 실이나 노끈 따위가 친친 뒤엉킴한 정서를 풀 수 있는 그런 그윽한 화제리라.

다 같이 입을 다물고, 눈을 홉뜨지 않고 슈베르트나 쇼팽을 듣는다. 그때 육중한 구두로 마룻바닥을 건드리며 장단을 맞춘다거나, 익숙한 곡조라 하여 휘파람으로 합주를 한다거나 해서는 아주 못쓴다. 왜? 그렇게 하는 것은 이곳의 불성문인 예의를 깨뜨림이 지극히 큰 고로.

나는 그날 밤에도 몸을 스미는 추냉秋冷, 가을의 찬 기운을 지닌 채 거리를 걸었다. 천심에 달이 교교하여皎皎——, 달이 매우 맑고 밝음 일보 일보가 적이 무겁고 또한 황막하여 슬펐다. 까닭 모를 애수 고독이 불현듯이 인간다운 훈훈한 호흡을 연모하게 하는 것이었다. 나는 달빛을 등지고 늘 드나드는 한 다방으로 들어섰다.

양 삼인씩의 남녀가 벌써 다정해 보이는 따뜻한 한 잔씩의 차를 앞에 놓고 때마침 사운드박스에서 울리는 현악중주의 명곡을 즐기고 있는 것이 아닌가.

나도 또한 신사답게 삼가는 보조로 그들 가운데 한 자리를 차지하고 그리고 차와 음악을 즐기기로 하였다.

오분, 십분, 이십분, 이 적당한 휴게가 냉화하려 들던 내 혈관의 피를 얼마간 덥혀주기 시작하는 즈음에 —

문이 요란히 열리며 사오인의 취한이 고성 질타하면서 폭풍과 같이 침입하였다. 그들은 한복판, 그중 번듯한 좌석에 어지러이 자리를 잡더니 차를 청하여 수선스러이 마시며 방약무인하게 방가放歌, 높은 목소리로 노래 부름하는 것이었다. 그 바람에 음악은 간곳없고, 예의도 간곳없고 그들의 추외醜猥, 외람되고 듣기 싫음한 성향이 실내를 흔들 뿐이다.

내 심정은 다시 거칠어 들어갔다. 몸부림하려 드는 내 서글픈 심정을 나 자신이 이기기 어려웠다. 나는 일초라도 바삐 이곳을 떠나고 싶어서 자리를 걷어차고 일어나서 문간으로 나가려 하는 즈음에 —

이번에는 유두백면油頭白面, 머리에 기름을 바르고 얼굴이 희고 고움의 일장한一壯漢, 허우대가 크고 힘이 세찬 남자이 사자만이나 한 셰퍼드를 한 마리 끌고 들어오는 것이 아닌가. 나는 대경실색하여 뒤로 물러서면서 보자니까, 그 개는 그 육중한 꼬리를 흔들흔들 흔들며 이 좌석 저 좌석의 객을 두루두루 코로 맡아보는 것이다.

그때 취한 중의 한 사람이 마시다 남은 차를 이 무례한 개를 향하여 끼얹었다. 개는 질겁하여 뒤로 물러서더니, 그 산이 울고 골짜기가 무너질 것 같은 크나큰 목소리로 이 취한을 향하여 짖어 대는 것이었다.

나는 창황히놀라거나 다급하여 어찌할 바를 모름 찻값을 치르고 그곳을 나와 보도를 디뎠다. 걸으면서도 그 예술의 전당에서 울려 나오는 해괴한 견곡성犬吠聲, 개 짖는 소리을 한참이나 등 뒤에서 들을 수 있었다.

— 1936년 10월 21일 《매일신보》

기여(寄與)

그다지 명예롭지 못한 그러나 생각해보면 또 그렇게까지 불명예라고까지 할 것도 없는 질환을 가지고 어떤 학부 부속병원에를 갔다. 진찰이 끝나고 인제 치료를 시작하려 그 그리 보기 좋지 않은 베드 위에 올라 누웠다. 그랬더니 난데없이 수십 명의 흑장속黑裝束, 검은 옷을 입은 무리의 장정 일단이 우 — 틈입하여서는 내 침상을 둘러싸는 것이다. 말할 것도 없이 이 학부 재학의 학생들이요, 이것은 임상강의 시간임이 틀림없다. 손에는 각각 노트를 들었고, 시선을 내 환부인 한 점에 집중시키고 있는 것이다. 의사, 즉 교수는 서서히 입을 열어 용의주도하게 내 치료받고자 하는 개소個所, 여러 곳 가운데 한 곳를 주무르면서 유창한 어조로 강의를 개시하는 것이 아닌가. 이것은 나에게 있어서 참으로 천만의 외의일일 뿐 아니라 정말로 불쾌하기 짝이 없는 봉변일 수밖에 없는 일이다.

그들은 대체 누구의 허락을 얻어 나를 실험동물로 사용하는 것인가. 옆구리에 종기 하나가 나도 그것을 남에게 내보이는 것이 불쾌하겠거늘, 아픈 탓으로 치부를 내보이지 않으면 안 되는 그 자그마한 기회를 타서 밑천 들이지 않고 그들의 실험동물을 얻고자 꾀하는 것일 것이니, 치료를 받기 위해서는 반드시 이런 굴욕을 받아야만 된다는 제도라면 사차불피辭此不避, 사양하거나 피할 수 없음일 것이나, 그렇다 하더라도 이 변만은 어디까지든지 불쾌한 일이다.

의학의 진보 발달을 위하여 노구치 박사는 황열병에 넘어지기까지도 하였고, 또 최근 어떤 학자는 호열자괴질 균을 스스로 삼켰다 한다. 이와 같은 예에 비긴다면 치부를 잠시 학생들에게 구경시켰다는 것쯤 심술부릴 거리조차 못 될 것이다. 차라리 잠시의 아픔과 부끄러움을 참았다는 것이 진격한 연구의 한 도움이 된 것을 광영으로 알아야 할 것이요, 기뻐하여야 할 것이다.

그러나 또 생각해보면 사람은 누구나 다 반드시 이렇게 실험동물로 제공되어야 할 책임이 있다는 것은 아니리라. 환부를 내어 보이는 것은 어느 사람에게 있어서도 유쾌치 못한 일일 것이다. 의학만이 홀로 문화의 발달 향상을 짊어진 것은 아니겠고, 이 사회에서 생활을 향유하는 이치고는 누구나 적든 많든 문화를 담당하는 일원임이 틀림없다. 허락 없이 의학의 연구재료로 제공될 그런 호락호락한 몸은 하나도 없을 것이다. 그렇다면 의사는, 교수는, 박사는, 그가 어떤 종류의 미미한 인간에 불과한 경우일지라도 반드시 그의 감정을 존중히 하여 일언 간곡한 청탁의 말이 있어야 할 것이요, 일언 승낙의 말이 있는 다음에야 교재로 사용할 수 있을 것이겠다.

요는 이런 종류의 기여를 흔연히 하게 하는 새로운 도덕관념의 수립과 새로운 감정 관습의 보급에 있을 것이다.

어떤 해부학자는 자기의 유해를 담임하던 교실에 기부할 뜻을 유언하였다 한다. 그의 제자들이 차마 그 스승의 유해에 해부도를 대기 어려웠을 줄 안다. 또 어떤 학술적인 전람회에서 사형수의 두개골을 여러 조각에 조각조각 켜놓은 것을 본 일이 있다. 얼른 생각에 사형수 같은 인류의 해독을 좀 가혹히 짓주물렀기로니 차라리 그래 싼 일이지, 이렇게도 생각이 되지만, 또 한편으로 생각해보면 혼백이 이미 승천해버린 유해에는 죄가 없는 것일 것이니, 같이 사람대접으로 취급하는 것이 지당한 일일 것이 아닐까. 또한 본인의 한마디 승낙하는 유언을 얻어야 할 것이요, 그렇지 않으면 통상의 예를 갖추어 주어야 옳으리라.

나환인을 위하여 — 첫째 격리가 목적이겠으나 — 지상의 낙원을 꾸며놓았어도 소록도에서는 탈출하는 일이 빈빈히 있다 한다. 만일 그런 감정이나 도덕의 새로운 관념이 보급된다면 사형수는 의례히 해부를 유언할 것이요, 나환자는 자진하여 소록도로 갈 것이다.

"내 치부에 이러이러한 질환이 발생하였는데 일찍이 듣지도 보지도 못한 듯하오니, 아무쪼록 여러 학자와 학생들이 모여 연구해주시기 바랍니다."

하고 나서는 기특한 인사가 출현할는지도 마치 모른다. 그렇다면 여러 학생 앞에 치부를 노출시키는 영광을 얻기에 경쟁을 하는 고마운 세월이 올는지도 또 미처 모르는 것이요, 오기만 한다면 진실로 희대의 기관奇觀, 기이한 광경일 것이나 인류 문화의 향상 발달에 기여하는 바만은 오늘에 비하여 훨씬 클 것이다.

— 1936년 10월 22일 《매일신보》

실수(失手)

몇 해 전까지도 동경 역두역 앞에는 릭샤Rickshaw — 즉, 인력거가 있었다 한다. 외국 관광단을 실은 호화선이 와 닿으면 제국호텔을 향하는 어마어마한 인력거의 행렬을 볼 수 있었다 한다. 그들

원래遠來, 먼 곳에서 옴의 이방인들을 접대하는 갸륵한 예의리라.

그러나 오늘 그 '달러'를 헤뜨리고 가는 귀중한 손님을 맞이하는데 인력거는 폐지되었고 통속적인, 그들에게 있어서는 너무나 통속적인 자동차로 한다고 한다.

이것은 원래의 진객珍客, 귀한 손님을 접대하는 주인으로서의 갸륵한 위신을 지키는 심려에서이리라.

그러나 그 코 높은 인종을 모시는 인력거는 이 나라에서 아주 없어진 것이 아니다. 아닐 뿐만 아니라 아직도 너무 많다.

수일 전 본정本町, 지금의 서울 중구 충무로 좁고도 복작복작하는 거리를 관류貫流, 꿰뚫어 흐름하는 세 채의 인력거를 목도하였다. 말할 것도 없이 백인의 중년 부부를 실은 인력거와 모 호텔 전속의 안내인을 실은 인력거다.

그들은 우리 시민이 정히진정으로 꼭 못 알아들을 수밖에 없는 국어로 지껄이며 간혹 조소 비슷이 웃기도 하고 손에 쥔 단장을 들어 어느 방향을 가리키기도 한다. 자못 호기에 그득 찬 표정이었다.

과문寡聞, 보고 들은 것이 적음에 의하면 저쪽 의례 준칙으로는 이 손가락질하는 버릇은 크나큰 실례라 한다. 하면 세계 만유漫遊, 한가로이 이곳저곳을 두루 다니며 구경하고 놂를 하옵시는 거룩한 신분의 인사니 필시 신사리라.

그러하면 이 젠틀맨 및 레디는 인력거 위에 앉아서 이 낯선 거리와 시민들에게 서슴지 않고 실례를 하는 모양이다.

'이까짓 데서는 예를 갖추지 않아도 좋다' 하는 애초부터의 괘씸한 배짱임이 틀림없다.

일순 나는 말할 수 없는 불쾌한 감정에 사로잡혀 마음대로 하라면 위선 다소곳이 그 인력거의 채를 잡고 있는 차부를 난타한 다음 그 무뢰한의 부부를 완력으로 징계하여 주고 싶었다.

그러나 또 생각해보면 그들은 내가 채 알지 못 하는 바 세계적 지리학자거나 고현학자考現學者, 현대의 사회와 풍속 등을 연구하는 학자인지도 모른다. 그렇지 않은 단지 일개 평범한 만유객에 지나지 않는다 하더라도 그들은 적지 않은 달러를 이 땅에 널어놓고 갈 것이요, 고국에 이 땅의 풍광과 민속을 소개할 것이다. 어쨌든 이들은 족히 진중히 접대하여야만 할 손님임이 틀림없다.

그렇다면?

내가 이들을 징계하였다는 것이 도리어 내 고향을 욕되게 하는 것이리라. 그렇건만—

그때 느낀 그 불쾌한 감정은 조금도 사라지지 않는다.

아무쪼록 많은 수효의 외국 관광단을 유치하는 것은 우리 이 땅의 주인 된 임무일 것이며 내방한 그들을 겸손하고도 친절한 예의로 접대하여서 그들로 하여금 이 땅 이 백성들의 인상을 끝끝내 좋도록 하는 것 또한 지켜야 할 임무일 것이다.

그러나 겸손을 지나쳐 그들의 오만과 모멸을 용납할 수 없다. 이것을 법 없이 감수하는 것은 위에서 말한 주인으로서의 임무에도 배치되는 바 크다.

이 땅에 있는 것을 그들에게 구경시켜주는 것은 결코 동물원의 곰이나 말승냥이[늑대]가 제 몸뚱이를 구경시키는 심사와는 다르다. 어디까지든지 그들만 못하지 않은 곳. 그들에게 없는, 그들보다 나은 곳을 소개하고 자랑하자는 것일 것이거늘 —

인력거 위에 앉아서 단장 끝으로 손가락질을 하는 그들의 태도는 확실히 동물원 구경에 근사한 태도요, 따라서 무례요, 더없는 굴욕이다.

국가는 마땅히 법규로써 그들에게 어떠한 산간벽지에서라도 인력거를 타지 못하도록 취체하여야 할 것이다.

그들이 부두, 역두에 닿았을 때 직접 간접으로 이 땅의 위신을 제시하여 놓아야 할 것이다. 그것을 우선 인력거로 실어 숙소로 모신다는 것은 해괴망측하기가 짝이 없는 일이다. 동경뿐만 아니라 서울 거리에서도 이 괘씸한 인력거의 행렬을 보지 않게 되어야 옳을 것이 아닌가.

연전에 나는 어느 공원에서 어떤 백인이 한 걸식에게 50전 은화를 시여施與, 남에게 물건을 거저 줌한 다음 카메라를 희롱하는 것을 지나가던 일위 무골청년武骨青年이 보고 구타하는 것을 목도한 일이 있다. 이 청년 역 향토를 아끼는 갸륵한 자존심에서 우러난 행동이었음이 틀림없으리라. 그러나 이것은 그 이방인은 어찌 되었던 잘못된 일일 것이니 투어리스트 뷰로Tourist Bureau, 여행사는 한낫 관광단 유치에만 부심할애씀 것이 아니라 이런 실수가 미연에 방지되도록 안으로서의 차림차림에도 유의하는 바가 있어야 할 것이다.

— 1936년 10월 27~28일 《매일신보》

병상 이후

그는 의사의 얼굴을 몇 번이나 치어다보았다. '의사도 인간이다. 나하고 조금도 다를 것이 없는!' 이렇게 속으로 아무리 부르짖어 보았으나, 그는 의사를 한낱 위대한 마법사나 예언자 쳐다보듯 보지 아니할 수 없었다. 의사는 붙잡았던 그의 팔목을 놓았다. (가만히) 그는 그것이 한없이 섭섭하였다, 부족하였다. '왜 벌써 놓을까. 왜 고만 놓을까? 그만 보아가지고도 이 묵은 노老 중병자를 뚫어 들여다볼 수가 있을까.' 꾸지람 듣는 어린아이가 할아버지 눈치를 쳐다보듯이 그는 가련 (참으로)한 눈으로 의사의 얼굴을 언제까지라도 치어다보아 그만두려고 하지 않았다. 의사는 얼굴을 십장생화十長生畵 붙은 방문 쪽으로 돌이킨 채 눈은 천장에 꽂아놓고 무엇인지 길이 깊이 생각하는 것 같더니, 길게 한숨하였다. 꽉 다물어져 있는 의사의 입은 그가 아무리 치어다보아도 열릴 것 같지는 않았다.

×

안방에서 들리는 담소 소리에서 의사의 웃음소리가 누구의 것보다도 가장 큰 것을 그는 들을 수 있었다. 모든 것은 눈물 날만큼 분하였다. 그러나 '자기의 병이 그다지 중치는 아니 하기에 저렇지.' 하는 생각도 들어, 한편으로는 자그마한 안심을 가져오게 할 수도 있었다. 그러나 그러는 가운데에도 그가 잊을 수 없는 것은 그의 팔목을 잡았을 의사의 얼굴에서부터 방산放散, 연기나 냄새 따위를 풍김해 오는 술의 취기 그것이었다. '술을 마시고도 정확한 진찰을 할 수 있나.' 이런 생각을 하여가며 그래도 그는 그의 가슴을 자제하였다. 그리고 의사를 믿었다. (그것은 억지로가 아니라 그는 그렇게도 의사를 태산같이 믿었다.) 그러나 안방에서 나오는 의사의 큰 웃음소리를 그가 누워서 귀에 들을 수 있었을 때에, '내 병 같은 것은 안중에도 없지! 술을 마시고 와서 장난으로 내 팔목을 잡았지. 그 수심스러운 무엇인가를 숙고하는 것 같은 얼굴의 표정도 다 — 일종의 도화극道化劇, 익살스러운 희극이었지! 아 — 아 — 중요하지도 않은 인간 —.' 이런 제어할 수 없는 상념이 열에 고조된 그의 머리에 좁은 구멍으로 뽑아내는 철사처럼 뒤이어 일어났다. 혼자 애썼다. 그러는 동안에도 "아 — 고만하세요,

전작이 있어서 이렇게 많이는 못 합니다."

의사가 권하는 술잔을 사양하는 이러한 소리와 함께 술잔이 무엇엔가 부딪히는 쨍그렁하는 금속성 음향까지도 구별해내며 의식할 수 있을 만큼 그의 머리는 아직도 그다지 냉정을 상실치는 않았다.

×

의사 믿기를 하느님같이 하는 그가 약을 전혀 먹지 않는 것은 그 무슨 모순인지 알 수 없다. 한밤중에 달여 들여오는 약을 볼 때 우선 그는 '먹기 싫다'를 느꼈다. 그의 찌푸려진 지 오래인 양미간은 더 한 층이나 깊디깊은 홈을 짓지 아니하면 아니 되었다. 아무리 바라보았으나 그 누르끄레한 액체의 한 탕기가 묵고 묵은 그의 중병(단지 지금의 형세만으로도 훌륭한 중병환자의 자격을 가지고 있다)을 고칠 수 있을까 믿기는 예수 믿기보다도 그에게는 어려웠다.

목은 그대로 타들어온다. 밤이 깊어 갈수록 신열이 점점 더 높아 가고, 의식은 상실되어 몽현간夢現間, 꿈과 현실 사이을 왕래하고, 바른편 가슴은 펄펄 뛸 만큼 아파 들어오는 것이었다. 무엇보다도 우선 가슴 아픈 것만이라도 나았으면 그래도 살 것 같다. 그의 의식이 상실되는 것도 다만 가슴 아픈데 원인 될 따름이었다. (적어도 그에게는 그렇게 생각되었다.)

'나의 아프고 고로운 것을 하늘이나 땅이나 알지 누가 아나.' 이러한 우스꽝스러운 말을 그는 그대로 자신에서 경험하였다. 약물이 머리맡에 놓인 채로 그는 그대로 혼수상태에 빠져있었다. 얼마 후에 깨어났을 때는 그의 전신에 문자 그대로 땀이 눈으로 보는 동안에 커다란 방울을 지어 가며 황백색 피부에서 쏟아져 솟았다. 그는 거의 기능까지도 정지되어 가는 눈을 치어 들어 벽에 붙은 시계를 보았다. 약 들여온 지 십분. 그동안이 그에게는 마치 장년월長年月, 오랜 세월의 외국 여행에서 돌아온 것만 같은 느낌이었다. 약탕기를 들었을 때에 약은 냉수와 마찬가지로 식었다. '나는 이다지도 중요하지 않은 인간이다. 이렇게 약이 식어 버리도록 이것을 마시라는 말 한마디 해주는 사람이 없으니.' 그는 그것을 그대로 들이마셨다. 거의 절망적 기분으로, 그러나 말라빠진 그의 목을 그것은 훌륭히 축여주었다.

×

얼마 동안이나 그의 의식은 분명하였다. 빈약한 등광(燈光, 등불의 빛) 밑에 한쪽으로 기울어져 가며 담벼락에 기대어 있는 그의 우인友人, 친구의 〈몽국풍경〉의 불운한 작품을 물끄러미 바라다 보았다. 평소 같으면 그 화면畵面이 몹시 눈이 부시어서 (밤에만)

이렇게 오랫동안 계속하여 바라볼 수 없었을 것을 그만하여도 그의 시각은 자극에 대하여 무감각이 되었었다. 몽롱하게 떠올라 오는 그동안 수개월의 기억이 (더욱이) 그를 다시 몽현 왕래의 혼수상태로 이끌었다. 그 난의식 가운데서도 그는 동요가 왔다. — 이것을 나는 근본적인 줄만 알았다. 그때에 나는 과연 한 때의 참혹한 걸인이었다. 그러나 오늘날까지의 거짓을 버리고 참에서 살아갈 수 있는 '인간'이 되었다. — 나는 이렇게만 믿었다. 그러나 그것도 사실에 있어서는 근본적은 아니었다. 감정으로만 살아나가는 가엾은 한 곤충의 내적 파문에 지나지 않았던 것을 나는 발견하였다. 나는 또한 나로서도, 또 나의 주위의 — 모든 것에 대하여 굉장한 무엇을 분명히 창작(?)하였는데, 그것이 무슨 모양인지 무엇인지 등은 도무지 기억할 길이 없는 것은 당연한 일이다.

그 동안 수개월 — 그는 극도의 절망 속에 살아왔다 (이런 말이 있을 수 있다면 그는 '죽어 왔다'는 것이 더 정확하겠다). 급기야 그가 병상에 쓰러지지 아니하면 아니 되었을 순간 — 그는 '죽음은 과연 자연적으로 왔다.'를 느꼈다. 그러나 하루 이틀 누워 있는 동안 생리적으로 죽음 가까이까지에 빠진 그는 타오르는 듯한 희망과 야욕을 가슴 가득히 채웠던 것이다. 의식이 자기로 회복되는 사이사이 그는 이 오래간만에 맛보는 새 힘에 졸리었다(보채어졌다). 나날이 말라 들어가는 그의 체구가 그에게는 마치 강철로 만든 것으로만, 결코 죽거나 할 것이 아닌 것으로만 자신[自信]되었다.

×

그가 쓰러지던 그 날 밤 (그 전부터 그는 드러누웠었다. 그러나 의식을 잃기 시작하기는 그 날 밤이 첫 밤이었다), 그는 자기 우인에게서 길고 긴 편지를 받았다. 그것은 글로써는 졸렬한 것이겠다고 하겠으나 한 순한 인간의 비통을 초[抄, 베낌]한 인간 기록이었다. 그는 그것을 다 읽는 동안에 무서운 원시성[原始性]의 힘을 느꼈다. 그의 가슴속에는 보는 동안에 캄캄한 구름이 전후를 가릴 수도 없이 가득히 엉키어 들었다. '참을 가지고 나를 대하여 주는 이 순한 인간에게 대하여 어째 나는 거짓을 가지고만 밖에는 대할 수 없는 것은 이 무슨 슬퍼할 만한 일이냐.' 그는 그대로 배를 방바닥에 댄 채 엎드리었다. 그의 아픈 몸과 함께 그의 마음도 차츰차츰 아파 들어왔다. 그는 더 참을 수는 없었다. 원고지 틈에 끼어 있는 3030용지를 꺼내어 한두 자 쓰기를 시작하였다.

'그렇다, 나는 확실히 거짓에 살아왔다. — 그때에 나에게는 체험을 반려[伴侶, 동반함]한 무서운 동요가 왔다. — 이것을 나는 근본적인 줄만 알았다. 그때에 나는 과연 한때의 참혹한 걸인이었다. 그러나 오늘까지의 거짓을 버리고 참에서 살아갈 수 있는 '인간'이 되었다. — 나는 이렇게만 믿었다. 그러나 그것도 사실에 있어서는 근본적은 아니었다. 감정으로만 살아나가는 가엾은 한 곤충의 내적 파문에 지나지 않았던 것을 나는 발견하였다. 나는 또한 나로서도 또 나의 주위의 모든 것에게 대하여서도 차라리 여태껏 이상의 거짓에서 살지 아니하면 안 되었다 — 운운.'

이러한 문구를 늘어놓는 동안에 그는 또한 몇 줄의 짧은 시를 쓴 것도 기억할 수 있었다. 펜이 무연히無聊—, 심심하고 지루하게 종이 위를 활주하는 동안에 그의 의식은 차츰차츰 몽롱하여 들어갔다. 어느 때 어느 구절에서 무슨 말을 쓰다가 펜을 떨어뜨렸는지 그의 기억에서는 전혀 알아낼 길이 없다. 그가 펜을 든 채로, 그대로 의식을 잃고 말아버린 것만은 사실이다.

×

의사도 다녀가고 며칠 후, 의사에게 대한 그의 분노도 식고 그의 의식에 명랑한 시간이 차차로 많아졌을 때 어느 시간 그는 벌써 알지 못할 (근거) 희망에 애태우는 인간으로 나타났다. '내가 일어나기만 하면 —'

그에게는 단테의 〈신곡〉도 다빈치의 〈모나리자〉도 아무것도 그의 마음대로 나올 것만 같았다. 그러나 오직 그의 몸이 불 건강한 것이 한 탓으로만 여겨졌다. 그는 그 우인의 기다란 편지를 다시 꺼내어 들었을 때 전날의 어두운 구름을 대신하여 무한히 굳센 '동지'라는 힘을 느꼈다. '×× 씨! 아무쪼록 광명을 보시오!' 그의 눈은 이러한 구절이 쓰인 곳에까지 다다랐다. 그는 모르는 사이에 입 밖에 이런 부르짖음을 내기까지 하였다. '오냐, 지금 나는 광명을 보고 있다'고.

— 의주義州통 공사장에서

_ 死後 발표, 1939년 5월 《청색지》

동경(東京)

내가 생각하던 '마루노우치 빌딩' — 속칭 '마루비루' — 은 적어도 이 '마루비루'의 네 갑절은 되는 굉장한 것이었다. 뉴육紐育, '뉴욕'의 음역어 브로드웨이에 가서도 나는 똑같은 환멸을 당할는지 — 어쨌든 '이 도시는 몹시 가솔린 내가 나는구나!'가 동경의 첫인상이었다.

우리 같이 폐가 칠칠치 못한 인간은 우선 이 도시에 살 자격이 없다. 입을 다물어도 벌려도 척 '가솔린' 내가 침투되어 버렸으니 무슨 음식이고 간에 얼마간의 '가솔린' 맛을 면할 수 없다. 그러면 동경 시민의 체취는 자동차와 비슷해 가리로다.

이 '마루노우치'라는 '빌딩' 동리에는 빌딩 외에 주민이 없다. 자동차가 구두 노릇을 한다. 도보하는 사람이라고는 세기말과 현대 자본주의를 비예睥睨 곁눈으로 흘겨봄하는 거룩한 철학인 — 그 외에는 하다못해 자동차라도 신고 드나든다.

그런데 내가 어림없이 이 동리를 오분 동안이나 걸었다. 그러면 나도 현명하게 '택시'를 잡아타는 수밖에 —

나는 '택시' 속에서 이십 세기라는 제목을 연구했다. 창밖은 지금 궁성 호리해자, 즉 수로 곁 — 무수한 자동차가 영영營營, 몹시 분주하고 바쁨히 이십 세기를 유지하느라고 야단들이다. 십구 세기 쉬적지근한 냄새가 썩 많이 나는 내 도덕성은 어째서 저렇게 자동차가 많은가를 이해할 수 없으니까 결국은 대단히 점잖은 것이렸다.

신주쿠新宿는 신주쿠다운 성격이 있다. 박빙을 밟는 듯한 사치 — 우리는 프랑스 야시키저택에서 미리 우유를 섞어 가져온 커피를 한잔 먹고 그리고 십 전씩을 치를 때 어쩐지 구 전 오 리보다 오 리가 더 많은 것 같다는 느낌이었다.

'에루테루ERUTERU, 괴테의 소설《젊은 베르테르의 슬픔》의 주인공 베르테르' — 동경 시민은 불란서를 'HURANSU'라고 쓴다 — ERUTERU는 세계에서 가장 맛있는 연애를 한 사람의 이름이라고 나는 기억하는데 '에루테루'는 조금도 슬프지 않다.

신주쿠 — 귀화鬼火 같은 이 번영 삼정목三丁目 — 저편에는 판장과 팔리지 않는 지대와 오줌 누지 말라는 게시가 있고 또 집들도 물론 있겠지요.

C군은 우선 졸려 죽겠다는 나를 츠키지築地 소극장으로 안내한다. 극장은 지금 놀고 있다. 가지가지 '포스터'를 붙인 이 일본 신극운동의 본거지가 내 눈에는 서투른 설계의 끽다점 같았다. 그러나 서 푼짜리 영화는 놓치는 한이 있어도 이 소극장만은 때때로 참관하였으니 나도 연극 애호가 중으로는 고급이다.

'인생보다는 연극이 재미있다'는 C군과 반대로 H군은 회의파다. '아파 — 트' H군의 방이 겨울에는 십육 원, 여름에는 십사 원, 춘추로 십오 원, 이렇게 산비둘기처럼 변하는 회계에 대하여 그는 회의와 조소가 크고 깊다. 나는 건망증이 좀 심하므로 그렇게 계절을 따라 재주를 부리지 않는 방을 원하였더니 시골 사람으로 이렇게 먼 데를 혼자 찾아온 것을 보니 당신은 역시 재주가 많은 사람이라고 조추여자 종업원 양이 나를 위로한다. 나는 그의 코 왼편 언덕에 달린 사마귀가 역시 당신의 행복을 상징하는 것이라고 위로해주고 나서 후지산富士山을 한번 똑똑히 보았으면 원이 없겠다고 부언해두었다.

이튿날 아침 일곱시에 지진이 있었다. 나는 들창을 열고 흔들리는 대동경을 내어다보니까 빛이 노 — 랗다. 그 저편 잘 개인 하늘 소꿉장난 과자같이 가련한 후지산이 반백의 머리를 내어놓은 것을 보라고 조추 양이 나를 격려했다.

긴자銀座는 한 그냥 허영독본이다. 여기를 걷지 않으면 투표권을 잃어버리는 것 같다. 여자들이 새 구두를 사면 자동차를 타기 전에 먼저 긴자의 보도를 디디고 와야 한다.

낮의 긴자는 밤의 긴자를 위한 해골이기 때문에 적잖이 추하다. '살롱 하루' 굽이치는 '네온사인'을 구성하는 부지깽이 같은 철골들의 얼크러진 모양은 밤새고 난 여급의 '퍼머넌트 웨이브'처럼 남루하다. 그러나 경시청에서 '길바닥에 침을 뱉지 말라'고 광고판을 써 늘어놓았으므로 나는 침을 뱉을 수는 없다.

긴자 팔정목이 내 측량에 의하면 두 자가웃쯤 될는지! 왜? 적염난발의 '모던' 영양令孃, 윗사람의 딸 한 분을 30분 동안에 두 번 반이나 만날 수 있었으니 말이다. 영양은 지금 영양 하루 중의 가장 아름다운 시간을 소화하시러 나오신 모양인데 나의 건조무미한 이 '프롬나드Promenade, 산책'는 일종 반추에 지나지 않는다.

나는 교바시京橋, 동경 번화가 곁 지하 공동변소에서 간단한 배설을 하면서 동경 갔다 왔다고 그렇게나 자랑들 하던 여러 친구들의 이름을 한번 암송해보았다.

시와스師走 — 섣달 대목이란 뜻이리라. 긴자 거리 모퉁이 모퉁이의 구세군 사회냄비가 보병총처럼 걸려 있다. 일 전 — 일 전만 있으면 가스瓦斯로 밥 한 냄비를 끓일 수 있다. 이렇게 귀중한 일 전을 이 사회냄비에 던질 수는 없다. 고맙다는 소리는 일 전어치 가스만큼 우리 인생을 비익裨益, 도움이 되게 함하지 않을 뿐 아니라 때로는 신선한 산책을 불쾌하게 하는 수도 있으니 '보이'와 '걸'이 자선 쪽박을 백안시하는 것도 또한 무도가 아니리라. 묘령의 낭자 구세군 — 얼굴에 여드름이 좀 난 것이 흠이지만 청춘다운 매력이 횡일橫溢, 넘쳐 흐름하니 '폐경기 이후에 입영하여서도 그리 늦지는 않을걸요'하고 간곡히 그의 전향을 권설勸說, 타일러서 권함하고도 싶었다.

미쓰코시三越, 마츠자카야松坂屋, 이토야伊東屋, 시로키야白木屋, 마츠야松屋, 이 칠층 집백화점들이 요새는 밤에 자지 않는다. 그러나 우리는 그 속에 들어가면 안 된다.

왜? 속은 칠층이 아니요 한 층인 데다가 산적한 상품과 무성한 '숍걸' 때문에 길을 잃어버리기 쉽다.

특가품, 격안품格安品, 품질에 비해 값이 싼 물건, 할인품 어느 것을 고를까. 그러나저러나 이 술어들은 자전에도 없다. 그러면 특가 격안 할인품보다도 더 싼 것은 없다. 과연 보석 등속 모피 등속에는 눅

거리일반 값보다 훨씬 싼 물건가 없으니 눅거리를 업수이 여기는 이 종류 고객의 심리를 이해하옵시는 중형重形들의 슬로건 실로 약여躍如, 생생함하도다.

밤이 왔으니 관사冠詞 없는 그냥 '긴자'가 출현이다. '코롬방'의 차, 기노쿠니야紀伊國屋, 일본의 서점의 책은 여기 사람들의 교양이다. 그러나 더 점잖게 '브라질'에 들러서 '스트레이트'를 한잔 마신다. 차를 나르는 새악시들이 모두 똑같이 단풍무늬 옷을 입었기 때문에 내 눈에는 좀 성병 모형 같아서 안 됐다. '브라질'에서는 석탄 대신 '커피'를 연료로 기차를 운전한다는데 나는 이렇게 진한 석탄을 암만 삼켜보아도 정열은 불붙어 오르지 않는다.

'애드벌룬'이 착륙한 뒤의 긴자 하늘에는 신의 사려에 의하여 별도 반짝이련만 이미 이 '카인'의 말예末裔, 후손들은 별을 잊어버린 지도 오래다. '노아'의 홍수보다도 독가스를 더 무서워하라고 교육받은 여기 시민들은 솔직하게도 산보 귀가의 길을 지하철로 하기도 한다. 이태백이 놀던 달아! 너도 차라리 십구 세기와 함께 운명하여 버렸었던들 작히나 좋았을까.

— 1939년 5월 《문장》

공포의 성채

사랑받은 기억이 없다. 즉 애완용 가축처럼 귀여움을 받은 기억이 전혀 없는 것이다.

무서운 실지實地, 실제의 처지나 경우 — 특기해야 할 사항이 없는 흐린 날씨와 같은 일기日記 — 긴 일기다.

버려도 상관없다. 주저할 것 없다. 주저할 필요는 없다.

모두가 줄곧 꼴 보기 싫다. 그들은 하나 같이 그를 '의리 없는 놈'으로 몰아세운다. 그리고 교활하다고 한다. 과연 그럴까. 그런 정도일까. '그런 일이 있으면 있는 대로 고쳐나가야겠다'고 생각하고 있는 그였다. 그것도 정말일까. 모두를 미워하는 것과 개과

천선하는 일이 양립될 수 있는 일일까.

아니다. 개과한다는 것은 바로 교활해간다는 것의 다른 뜻이다. 그래서 그는 순수하게 미워할 수 있게 되는 것이다.

한때는 민족마저 의심했다. 어쩌면 이렇게도 번쩍임도 여유도 없는 빈상스런 전통일까 하고.

하지만 결코 그렇지는 않았다.

가족을 미워하는 것부터 시작해서 그는 또 민족을 얼마나 미워했는가. 그것은 어찌 보면 '대중'의 근사치였나 보다.

사람들을 미워하고 — 반대로 민족을 그리워하라, 동경하라고 말하고자 한다.

커다란 무어라고 형용할 수 없는 커다란 덩어리의 그늘 속에 불행을 되씹으며 웅크리고 있는 그는 민족에게서 신비한 개화를 기대하며, 그는 '레프라(나병, 즉 문둥병)'와 같은 화려한 밀타승(密陀僧, '일산화납'을 달리 이르는 말. 색상의 농도에 따라 금밀타, 은밀타로 나뉘며, 이질이나 종기를 다스리는 살충약으로 쓰인다)의 불화(佛畵)를 꿈꾸고 있다.

새털처럼 따뜻하고, 또한 사향처럼 향기 짙다. 그리고 또 배양균처럼 생생하게 살아 있다.

성장함에 따라 여러 가지 이상한 피를, 피의 냄새를, 그는 그의 기억의 이면에 간직하고 있다.

열화 같은 성깔, 푸른 핏줄이 그의 수척한 몸뚱이의 쇠약을 여실히 나타내고 있다.

어느 날 손도끼를 들고 — 그 아닌 그가 마을 입구에서부터 살육을 시작한다. 모조리 인간이란 인간은 다 죽여 버린다. 그리고 집으로 돌아와서 다 죽여 버렸다.

가족들은 살려달라는 말조차 하지 않았다. (에잇 못난 것들—). 그러나 죽은 그들은 눈을 감지 않았다.

그리고 자신들의 피살을 아직도 믿지 않았다(백치여, 노예여).

창들이 늘어서 있다. 아무 데서나 메탄가스와 오존이 함부로 들락거린다.

무엇으로 호흡을 하고 있는지 증거가 가축들의 상판이 영어囹圄, 감옥를 자랑하고 있는 것이 보인다.

그는 아무하고도 친밀히 하지 않는다. 그리고 그들의 얼굴을 보지 않는다. 언제나 구부정하게 어물거리고 있다.

들어가 볼까? 문을 찾아야지.

목소리를 들으면 식별할 수 있다. 피는 피를 부르는 철칙을—

그는 찬찬히 명찰을 살피며 걸어갔다. 비슷한 글자들이 그들의 명의를 어지럽히고 있다.

그중에서 간신히 그 자신의 이름을 찾아내자 이번에는 그가 주저하는 것이다.

이것은 이런 연유로 해서 성城이었다.

아직도 그것은 굳게 봉쇄된 이름뿐인 성이었다. 그들은 결코 서로 자신의 직책과 혈액형을 바꾸지 않는다.

해가 지면 그들은 먼 곳을 살피는 일조차 그만두고 그저 깊숙이 농성하여 낮은 목소리로 음모를 꾸민다.

멸망할 것을, 악취가 날 것을, 두통이 나야 할 것을, 죄 많을 것을, 구토할 것을, 졸도할 것을.

등불은 꺼졌다. 꺼진 것 같으나 단지 촉수를 낮추어 놓은 것뿐이다.

곤충도 오지 않는다. 쥐들은 곧잘 먼지 이는 뒷골목에 죽어 나뒹굴고 있었다.

가축을 치는 일은 없었다. 그들은 악착같이 먹이와 혼동할 수 있는 고추를 심었다.

고추는 고등동물 — 예를 들면 소, 개, 닭의 섬유 세포에 향일성식물의 줄기, 가지, 잎 따위가 햇볕이 강한 쪽을 향하여 자라는 성질으로 작용하여 쓰러져

가면서도 발효했다.

성은 재채기가 날 만큼 불결하기 짝이 없다. 그리고 창들의 세월은 길고 짧고 깊고 얕고 가지각색이다.

시계 같은 것도 엉터리다.

성은 움직이고 있다. 못쓰게 된 전자처럼. 아무도 그 몸뚱이에 달라붙은 땟자국을 지울 수는 없다.

스스로 부패에 몸을 맡긴다.

그는 한난계처럼 이러한 부패의 세월이 집행되는 요소요소를 그러한 문을 통해 들락거리는 것이다.

들락거리면서 변모해 가는 것이다.

나와서 토사吐瀉, 위로는 토하고 아래로는 설사함, 들어가서 토사. 나날이 그는 아주 작은 활자를 잘못 찍어놓은 것처럼 걸음새가 비틀거렸다.

모든 것이 끝날 때까지 모든 것이 시작될 때까지. 그리하여 모든 것이 간단하게 끝나 버릴 아리송한 새벽이 올 때까지 말이다.

— **1935년 8월 3일**

혈서삼태

권태

최저 낙원

어리석은 석반

이 아해들에게 장난감을 주라

첫 번째 방랑

객혈의 아침

야색(夜色)

4장

멜 론

사과 한 알이 떨어졌다.
지구는 부서질 정도로 아팠다.
이미 여하한 정신도 발아하지 아니한다.

__ 시 〈최후〉 전문

혈서삼태

오스카 · 와일드

내가 불러주고 싶은 이름은 '욱旭'은 아니다. 그러나 그 이름을 욱이라고 불러두자. 일천구백삼십 년만 하여도 욱이 제 여형단발女形斷髮, 여자처럼 뒤를 짧게 깎은 머리과 같이 한없이 순진하였고, 또 욱이 예술의 길에 정진하는 태도, 열정도 역시 순진하였다. 그해에 나는 하마터면 죽을 뻔한 중병에 누웠을 때 욱은 나에게 주는 형언하기 어려운 애정으로 하여 쓸쓸한 동경 생활에서 몇 개월이 못 되어 하루에도 두 장 석 장의 엽서를 마치 결혼식장에서 화동이 꽃 이파리를 걸어가면서 흩뜨리는 가련함으로 나에게 날려주며 연락선 갑판 위에서 흥분하였느니라.

그러나 욱은 나의 병실에 나타나기 전에 그 고향 군산에서 족부에 꽤 위험한 절개수술을 받고 그 또한 고적한 병실에서 그

몰락하여 가는 가정을 생각하며 그의 병세를 근심하며 끊이지 않고 그 화변花瓣 같은 엽서를 나에게 주었다.

네가 족부의 완치를 얻기도 전에 너는 너의 풀죽은 아버지를 위하여 마음에 없는 심바람심부름을 하였으며, 최후의 추수를 수위하면서 괴로운 격난몹시 심한 난리도 많이 하였고, 그것들 기억이 오늘 네가 그때 나에게 준 엽서를 끄집어내어 볼 것까지도 없이 나에게는 새롭다. 그러나 그 추우비비秋雨霏霏, 가을비가 부슬부슬 내리는 모양 거리는 몇 날의 생활이 나에게서부터 그 플라토닉한 애정을 어느 다른 한군데에다 옮기게 된 첫 원인이었는가 한다.

욱은 그 후 머지 아니 하야 손바닥을 툭툭 털듯이 가벼운 몸으로 화구畫具, 그림 그리는 데 쓰는 여러 가지 도구의 잔해를 짊어지고 다시 나의 가난한 살림 속으로, 또 나의 애정 속으로 기어들어 오는 것같이 하면서 섞여 들어왔다. 우리는 그 협착한 단칸방 안에 백 호나 훨씬 넘는 캔버스를 버티어 놓고 마음 가는 데까지 자유로이 분방스러히 창작생활을 하였으며, 혼연한 영靈의 포옹 가운데에 오히려 서로를 잇는 몰아의 경지에 놀 수 있었느니라.

그러나 욱 너도 역시 그로부터 올라오는 불같은 열정을 능히 단편 단편으로 토막 쳐 놓을 수 있는 냉담한 일면을 가진 영리한 서생이었다.

생활에 면허가 없는 욱의 눈에 매춘부와 성모의 구별은 어려웠다. 나는 그때 창작도 아니요, 수필도 아닌 〈목로의 마리아〉라는 글을 퍽 길게 써보던 중이요, 또 그중에 서경적인 것 몇 장을 욱에게 보낸 일도 있었다. 항간에서 늘 목도하는 '언쟁하는 마리아 군상'보다도 훨씬 청초하여 가장 대리석에 가까운 마리아를 마포 강변 목로술집에서 찾았다는 이야기였다. 이 〈목로의 마리아〉 수장數章이 욱에게 그 풍전등화 같은 비밀을 이야기하여도 좋은 이유와 용기와 안심을 주었던지 그는 밤이 이슥하도록 나를 함부로 길거리로 끌고 다니면서 그 길고도 사정 많은 이야기를 들려주었다. 그것은 너무도 끔찍하여서 나에게 발광의 종이 한 장 거리에 접근할 수 있게 한 그런 이야기인데, 요컨대 욱의 동정이 천생 매춘부에게 헌상되고 말았다는 해피엔드. 집에 돌아와서 우표딱지만 한 사진 한 장과 삼팔수건三八手巾, 올이 고운 명주로 만든 고급 수건에 적힌 혈서 하나와 싹둑 잘라낸 머리카락 한 다발을 신중한 태도로 나에게 보여주었다.

사진은 너무 작고 희미하고 하얘서 그 인상을 재현시키기도 어려운 것이었고, 머리는 흡사 연극할 때 쓰는 채플린의 수염보다는 조금 클까 말까 한 것이었다. 그러나 혈서만은 썩 미술적으로 된 것인데, 욱의 예술적 천분이 충분히 나타났다고 볼 만한 가히 걸작의 부류에 들어갈 수 있었다. 물론 그것은 그 매춘부 씨의 작품은 아니고, 욱 자신의 자작자장自作自藏, 스스로 만들고 감춤인 것이었다. 삼팔 행커치프 한복판에다가 선명한 예서로

'죄罪'

이렇게 한 자를 썼을 따름 물론 낙관도 없었다.

이것이 내가 이 세상에 탄생하여서 맨 처음으로 목도한 혈서였고, 그런 후로 나의 욱에 대한 순정적 우애도 어느덧 가장 문학적인 태도로 조금씩 변하여 갔다. 다섯 해 세월이 지나간 오늘 엊그저께 하마터면 나를 배반하려 들던 너를 나는 오히려 다시 그리던 날의 순정에 가까운 우정으로 사랑하고 있다. 그만큼 너의 현재의 환경은 너로 하여금 너의 결백함과 너의 무고함을 여실히 나에게 이야기하여 주고 있는 까닭이다.

하이드 씨

내가 부를 이름은 물론 소하小霞는 아니올시다. 그러나 소하라고 부른들 어떻겠습니까? 소하! 그 운명에 대하여서는 마조히스트들에게 성욕이란 무엇이겠습니까? 성욕! 성욕은 그럼 농담입니까? 성욕에는 정말 스토리가 없습니까? 태고에는 정말 인류가

장수하였겠습니까?

소하! 나에게는 내가 예술의 길을 걷는데 소위 후견인이 너무 없었습니다. 그래서 내가 일찍이 사디즘을 알았을 적에 벌써 성욕을 병발竝發, 두 가지 일이 한꺼번에 일어남적으로 알았습니다. 이 신성한 파편이요, 대타對他에 실례적인 자존심을 억제할 만한 아무런 후견인의 감시가 전연 없었습니다.

매춘부에 대한 사사로운 사상, 그것은 생활에서 얻는 노련에 편달되어가며 잠행적으로 진화하여 가는 것이었습니다. 그러기에 영화로 된 스티븐슨의 〈지킬 박사와 하이드 씨〉 일 편이 그 가장 수단적인데 그칠 예술적 향기 수준이 퍽 낮은 것이라고 해서 차마 '옳다, 가하다' 소리를 입 밖에 못 내어놓는 것이 아니겠습니까? 사실 소하의 경우를 말하지 않고 나에게는 가장 적은 '지킬 박사'와 훨씬 많은 '하이드 씨'를 소유하고 있다고 고백하고 싶습니다. 나는 물론 소하의 경우에서도 상당한 '지킬 박사'와 상당한 '하이드'를 보기는 봅니다만, 그러나 소하가 퍽 보편적인 열정을 얼른 단편으로 사사오입식 종결을 지어버릴 수 있는 능한 수완이 있는데, 반대로 나에게는 윤돈倫敦, '런던'의 음역어 시가에 끝없이 계속되는 안개와 같이 거기조차 콤마쉼표나 피어리드마침표를 찍을 재주가 없습니다.

일상생활의 중압이 나에게 교양의 도태를 부득이하게 하고 있으니, 또한 부득이 나의 빈약한 이중 성격을 '지킬 박사'와 '하이드 씨'에서 '하이드 씨'와 '하이드 씨'로 이렇게 진화시키고 있습니다.

약령의 감상

발광에서 종이 한 장 거리에 접근할 수 있는 기회를 어린애 같은 의지밖에 소유하지 못한 나는 퍽 싫어합니다. 그러나 거기 혹사酷似, 매우 닮음한 농담을 즐겨합니다. 이것은 소하! 자속自贖, 속죄함인가요? 의미의 연장이 조금도 없는 단순하고도 정직한 농담, 성욕! 외국인의 친절을 생리적으로 조금 더 즐거워하는 나는 매춘부에게서 국제적인 친절과 호의를 느낍니다. 소하! 소하도 그런 간단한 농담과 외교는 즐기십디다그려.

교양은 우리에게 여분의 상식을 부여하였습니다. 그래서 그 3인의 매춘부의 손에 묻은 붉은 잉크에 대하여서 너무 무관심하였습니다. 나중에 붉은 잉크가 혈액의 색상과 흡사한가 아닌가를 시험한 것인 줄 알았을 때 폭소를 금치 못하는 가운데에도 그들의 그런 상식과 우리의 이런 상식과는 영원히 교섭이 있을 수 없다는 것을 깨달으면서 요사이 더욱이 이렇게 나와 훨씬 다른 세계에 사는 사람의 심리에 예술적 관심을 퍽 가지게 된 나로서는 절망적인 한심함을 느꼈습니다. 물론 붉은 잉크와 피는 근사하지도 않은 것이니까 그네들도 대개는 그 혈서가 붉은 잉크는 아닌 무슨 가장 피에 가까운(위조라고 치고 보아도) 재료로 쓰인 것이라는 것은 깨달았을 것인데도 핏빛 나는 잉크가 있느냐는 둥, 다른 짐승 예를 들면 쥐나 닭이나 그런 것들의 피도 사람 피와 빛깔이 같으냐는 둥, 그때 내 마음은, 하여튼 소하의 마음은 어떠하셨습니까? 자 — 이것 좀 보세요, 하고 급기야 집어내어 온 것이 봉투 속에 든 한 장 백지. 우리들이 감정하기도 전에 역시 그네들은 의논이 분분하지 않습디까? 그 혈서는 과연 퍽 문학적인 것으로 간결 명확, 실로 점 하나 찍을 여유가 없는 완전한 걸작이라고 나는 보았습니다. 왈 —

사랑하는 장귀남 씨 나의 타는 열정을 당신에게 바치노라

계유세 정월 모일

나는 그때 우리의 농담이 얼마다 봉욕(逢辱, 욕된 일을 당함)을 당하고 있는가를 느꼈습니다. 소하! 소하는 그때 퍽 신사적인 겸손을 보이십디다만, 소하의 입맛이 쓴 것쯤은 나도 알 수 있습디다. 하여간 이 '앨리스' 나라 같은 불가사의한 나라에 제출된 외교 문서에 우리가 가지고 있는 법률을 적용하려고 하는 것은 도로(徒勞, 헛수고)요,

무효일 줄 압니다.

그네들은 입을 모아 그 이튿날 그 발신인이 살고 있고, 또 경영하고 있는 점포에 왕림하시겠다는 결의를 하고 있는 것을 보았는데, 좀 나도 따라가서 그 천재의 얼굴을 좀 싫도록 보고 오고 싶었습니다. 그런데 그 천재는(그중 한 분이 그것이 확실히 사람 피라는 감정을 받은 다음 별안간 막 술을 퍼붓듯이 마시는 것을 나는 말릴까말까 하고 있다가 흐지부지 그만두었습니다만) 나이 마흔 가량이나 되는 어른이시라고 그러지 않습디까?

우리의 예술적 실력은(표현 정도는) 수박 겉핥기 정도밖에 아니 되나 보더이다. 나는 거리로 쫓겨 나와서 엉엉 울고 싶은 것을 차 억지로 참았습니다.

혈서기삼

이것이 내가 평생에 세 번째 구경한 혈서인데, 나는 이런 또 익살맞은 요절할 혈서는 일찍이 이야기도 못 들어보았다. W 카페 주인이 "글쎄, 이것 좀 보세요." 하고 보여주면서 하는 말이 그 한강에 가 빠져 자살한 여급은 자기 아내(첩)인데, 마음이 양처럼 순하고, 부처님처럼 착하고, 또 불쌍하고, 또 자기를 다시 없이 사랑하였고 한데, 자동차 운전사 하나가 뛰어 들어와 살살

꾀이다가 말을 잘 안 들으니까 이따위 위조 혈서를 보내서 좀 놀라게 한다는 것이 그만 마음이 약한 Y가 보고 너무 놀라서 그가 정말 죽는다는 줄 알고 그만 겁결에 저렇게 제가 먼저 죽어버렸으니, 생사람만 하나 잡고 그는 여전히 뻔뻔히 살아서 자동차를 뿡뿡거리고 다니니, 이런 원통하고 분할 데가 또 있습니까? 그러면서 글쎄 이게 무슨 혈섭니까, 하고 하얀 봉투 속에서 꺼내는 부기지簿記紙, 재산의 출납과 변동 등을 기록한 종이던가, 무지無地, 무늬가 없는 물건이나 종이던가 편지 한 장을 끄집어내어 보여준다.

펜으로 잘디잘게 만리장서滿紙長書, 사연을 길게 적은 편지 삐뚤삐뚤 시비곡직이 썩 장관이었다. 나는 첫머리 두어 줄 읽어 내려가다가 욕주가리가 나서 그만두고 대체 피가 어디 있느냐고, 이것은 펜글씨지 어디 혈서냐고 그랬더니, 이게 즉 혈서라는, 즉 피를 내었다는 증거란 말이지요, 하며 저 끄트머리에 찍혀 있는 서너 방울 떨어져 있는 지문 묻은 핏자국을 가리킨다. 코피가 났는지, 코피치고는 너무 분량이 적고, 빈대 지나가는 것을 아마 터뜨려 죽인 모양인지 정체 자못 불명이다. 그런데 그 장말章末, 문장 끝에 왈이, 혈서가 당신에게 배달되는 때는 나는 벌써 이 세상 사람이 아니고 낙원에 가 있을 것이라고—. 요컨대 낙원회관1932년 인사동에 문을 연 일본식 카페에 애인이 하나 생겼단 말인지도 모를 일이다.

그런데 Y는 죽었다. 정말 그 편지가 배달되자 죽었다. 그래 이 편지 한 장이 OO코 — 사람 하나를 죽일 수가 있을까? 정말 이 편지에 무섭고 겁이 나고 깜짝 놀라서 죽었을까? 나는 또 다른 OO코들에게서—.

두 사람은 정사를 약속하고 자동차로 한강 인도교 건너까지 나갔다. 자동차는 도로 돌아갔다. 인도교를 걸어오며 두 사람은 사死의 법열을 마음껏 느꼈겠지. 마지막으로 거행되는 달콤한 눈물의 키스. Y는 먼저 신발을 벗고 스프링 오버를 벗고 정말 물로 뛰어들었다. 그 무시무시한 낙하, 그 끔찍끔찍한 물결 깨지는 소리, 죽음이라는 것은 무섭다. 무섭다. 그 번개 같은 공포가 순간 그 남자의 머리에 스치며 그로 하여금 Y의 뒤를 따라 떨어지는 용기를 막았다.

반쪽만 남은 것 같은 어떤 남자 한 사람이 구두와 외투를 파출소에 계출하였다. 그 사람은 이 무서운 농담을 소消, 지움하려고 자기적自棄的, 자포자기으로 자동차에 속력을 놓는다.

그도 그럴 것이지 W 카페 주인은 Y의 동생 OO 학교 재학하는 근면한 소년 학도에게 참 아름다운 마음으로 학자學資, 학비를 지출하여 주고 있다 한다.

— 1934년 6월 《신여성》

권태

어서 — 차라리 — 어두워 버리기나 했으면 좋겠는데, 벽촌의 여름날은 지루해서 죽겠을 만치 길다.

동에 팔봉산, 곡선은 왜 저리도 굴곡 없이 단조로운고?

서를 보아도 벌판, 남을 보아도 벌판, 북을 보아도 벌판, 아 — 이 벌판은 어쩌라고 이렇게 한이 없이 늘어 놓였을꼬? 어쩌자고 저렇게까지 똑같이 초록색 하나로 되어 먹었노?

농가가 가운데 길 하나를 두고 좌우로 한 십여 호씩 있다. 휘청거린 소나무 기둥, 흙을 주물러 바른 벽, 강낭대[옥수숫대]로 둘러싼 울타리, 울타리를 덮은 호박 넝쿨, 모두 그게 그것같이 똑같다.

어제 보던 댑싸리 나무, 오늘도 보는 김 서방, 내일도 보아야 할 신둥이[흰둥이], 검둥이.

해는 백 도 가까운 볕을 지붕에도, 벌판에도, 뽕나무에도, 암탉

꼬랑지에도 내리쪼인다. 아침이나 저녁이나 뜨거워서 견딜 수가 없는 염서炎暑, 매우 심한 더위 계속이다.

나는 아침을 먹었다. 할 일이 없다. 그러나 무작정 널따란 백지 같은 '오늘'이라는 것이 내 앞에 펼쳐져 있으면서 무슨 기사라도 좋으니 강요한다. 나는 무엇이고 하지 않으면 안 된다. 무엇을 해야 할 것인가 연구해야 한다. 그럼 — 나는 최 서방네 집 사랑 툇마루로 장기나 두러 갈까. 그것 좋다.

최 서방은 들에 나갔다. 최 서방네 사랑에는 아무도 없나 보다. 최 서방의 조카가 낮잠을 잔다. 아하, 내가 아침 먹은 것이 열 시가 지난 후니까 최 서방의 조카로서는 낮잠 잘 시간이 틀림없다.

나는 최 서방의 조카를 깨워 가지고 장기를 한판 벌이기로 한다. 최 서방의 조카로서는 그러니까 나와 장기 두는 것 그것부터가 권태다. 밤낮 두어야 마찬가질 바에는 안 두는 것이 차라리 나았지 — 그러나 안 두면 또 무엇을 하나? 둘밖에 없다.

지는 것도 권태이거늘, 이기는 것 역시 어찌 권태가 아닐 수 있으랴? 열 번 두어서 열 번 내리 이기는 장난이란 열 번 지는 이상으로 싱거운 장난이다. 나는 참 싱거워서 견딜 수 없다.

한 번쯤 져주리라. 나는 한참 생각하는 체하다가 슬그머니 위험한 자리에 장기 조각을 갖다 놓는다. 최 서방의 조카는 하품을 쓱 한 번 하더니 이윽고 둔다는 것이 딴전이다. 으레 질 것이니까 골치 아프게 수를 보고 어쩌고 하기도 싫다는 것이리라. 아무렇게나 생각나는 대로 장기를 갖다 놓고는 그저 얼른 끝을 내어 져 줄 만큼 져 주면 상승장군[常勝將軍, 싸울 때마다 항상 이기는 장군]은 이 압도적 권태를 이기지 못해 제물에[제풀에] 가 버리겠지 하는 사상이리라. 가고 나면 또 낮잠이나 잘 작정이리라.

나는 부득이 또 이긴다. 인제 그만 두잔다. 물론 그만두는 수밖에 없다.

일부러 져 준다는 것조차가 어려운 일이다. 나는 왜 저 최 서방의 조카처럼 아주 영영 방심 상태가 되어 버릴 수가 없나? 이 질식할 것 같은 권태 속에서도 자세한 승부에 구속을 받나? 아주 바보가 되는 수는 없나?

내게 남아 있는 이 치사스러운 인간 이욕이 다시없이 밉다. 나는 이 마지막 것을 면해야 한다. 권태를 인식하는 신경마저 버리고 완전히 허탈해 버려야 한다.

나는 개울가로 간다. 가물[가뭄]로 인해 너무나 빈약한 물이 소리 없이 흐른다. 뼈처럼 앙상한 물줄기가 왜 소리를 치지 않나?

너무 더웁다. 나뭇잎들이 다 축 늘어져서 허덕허덕[힘에 부쳐 계속 쩔쩔매거나 괴로워하며 애쓰는 모양]하도록 덥다. 이렇게 더우니 시냇물인들 서늘

한 소리를 내어 보는 재간도 없으리라.

나는 그 물가에 앉는다. 앉아서, 자, 무슨 제목으로 나는 사색해야 할 것인가 생각해 본다. 그러나 물론 아무런 제목도 떠오르지 않는다.

그렇다면 아무것도 생각 말기로 하자. 그저 한량없이 넓은 초록색 벌판 지평선, 아무리 변화하여 보았댔자 결국 치열한 곡예의 역을 벗어나지 않는 구름, 이런 것을 건너다본다.

지구 표면적의 백분의 구십구가 이 공포의 초록색이리라. 그렇다면 지구야말로 너무나 단조 무미한 채색이다. 도회에는 초록이 드물다. 나는 처음 여기 표착漂着, 정처 없이 떠돌아다니다가 일정한 곳에 정착함을 비유적으로 이르는 말하였을 때 이 신선한 초록빛에 놀랐고 사랑하였다. 그러나 닷새가 못 되어서 이 일망무제一望無際, 한눈에 바라볼 수 없을 정도로 아득하게 멀고 넓어서 끝이 없음의 초록색은 조물주의 몰취미와 신경의 조잡성으로 말미암은 무미건조한 지구의 여백인 것을 발견하고 다시금 놀라지 않을 수 없었다.

어쩔 작정으로 저렇게 퍼러냐. 하루 온종일 저 푸른빛은 아무 짓도 하지 않는다. 오직 그 푸른 것에 백치와 같이 만족하면서 푸른 채로 있다.

이윽고 밤이 오면 또 거대한 구렁이처럼 빛을 잃어버리고 소리도 없이 잔다. 이 무슨 거대한 겸손이냐.

이윽고 겨울이 오면 초록은 실색[失色, 색을 잃음]한다. 그러나 그것은 남루를 갈기갈기 찢은 것과 다름없는 추악한 색채로 변하는 것이다. 한겨울을 두고 이 황막하고 추악한 벌판을 바라보고 지내면서 그래도 자살 민절[悶絶, 지나친 번민으로 정신을 잃음]하지 않는 농민들은 불쌍하기도 하려니와 거대한 천치[바보]다.

그들의 일생 또한 이 벌판처럼 단조로운 권태 일색으로 도포된 것이리라. 일할 때는 초록 벌판처럼 더워서 숨이 칵칵 막히게 싱거울 것이요, 일하지 않을 때는 겨울 황원[荒原, 버려두어 거친 들판]처럼 거칠고 구지레하게[상태나 언행 따위가 더럽고 지저분함] 싱거울 것이다.

그들에게는 흥분이 없다. 벌판에 벼락이 떨어져도 그것은 뇌성 끝에 가끔 있는 다반사에 지나지 않는다. 촌동[村童, 촌 아이]이 범에게 물려가도 그것은 맹수가 사는 산촌에 가끔 있는 신벌[神罰, 신이 내리는 벌]에 지나지 않는다. 실로 전신주 하나 없는 벌판에서 그들이 무엇을 대상으로 흥분할 수 있으랴.

팔봉산 등을 업어 철골 전신주가 늘어섰다. 그러나 그 동선은 이 촌락에 엽서 한 장을 내려뜨리지 않고 서 있다. 동선으로는 전류도 통하리라. 그러나 그들의 방이 아직도 송명[松明, 관솔불]으로 어두침침한 이상 그 전선주들은 이 마을 동구에 늘어선 포플러

나무와 조금도 다름이 없다.

그들에게 희망은 있던가? 가을에 곡식이 익으리라. 그러나 그것은 희망은 아니다. 본능이다.

내일. 내일도 오늘 하던 일을 계속해야지. 이 끝없는 권태의 내일은 왜 이렇게 끝없이 있나? 그러나 그들은 그런 것을 생각할 줄 모른다. 간혹 그런 의혹이 전광電光, 번갯불과 같이 그들의 흉리凶裏, 가슴를 스치는 일이 있어도 다음 순간 하루의 노역으로 말미암아 잠이 오고 만다. 그러니 농민은 참 불행하도다. 그럼, 이 흉악한 권태를 자각할 줄 아는 나는 얼마나 행복한가.

댑싸리 나무도 축 늘어졌다. 물은 흐르면서 가끔 웅덩이를 만나면 썩는다.

내가 앉아 있는 데는 그런 웅덩이가 있다. 내 앞에서 물은 조용히 썩는다.

낮닭 우는 소리가 무던히 한가롭다. 어제도 울던 낮닭이 오늘도 또 울었다는 외에 아무 흥미도 없다. 들어도 그만 안 들어도 그만이다. 다만, 우연히 귀에 들려왔으니까 그저 들었달 뿐이다.

닭은 그래도 새벽, 낮으로 울기나 한다. 그러나 이 동리 개들은 짖지를 않는다. 그러면 모두 벙어리 개들인가? 아니다. 그 증거로 이 동리 사람이 아닌 내가 돌팔매질을 하면서 위협하면 십 리

나 달아나면서 나를 돌아다보고 짖는다.

그렇건만 내가 아무 그런 위험한 짓을 하지 않고 지나가면 천리나 먼 데서 온 외인, 더구나 안면이 이처럼 창백하고 봉발蓬髮, 텁수룩하게 흐트러진 머리카락이 작소鵲巢, 까치집를 이룬 기이한 풍모를 쳐다보면서도 짖지 않는다. 참 이상하다. 어째서 여기 개들은 나를 보고 짖지를 않을까? 세상에 희귀하고 겸손한 개들도 다 많다.

이 겁쟁이 개들은 이런 나를 보고도 짖지 않으니, 그럼 대체 무엇을 보아야 짖으랴?

그들은 짖을 일이 없다. 여인旅人, 나그네은 이곳에 오지 않는다. 오지 않을 뿐만 아니라 국도 연변에 있지 않은 이 촌락을 그들은 지나갈 일도 없다. 가끔 이웃 마을 김 서방이 온다. 그러나 그는 여기 최 서방과 똑같은 복장과 피부색과 사투리를 가졌으니 개들이 짖어 뭐하랴. 이 빈촌에는 도둑이 없다. 인정 있는 도둑이면 여기 너무도 빈한한 새악시들을 위하여 훔친 비녀나 반지를 가만히 놓고 가지 않으면 안 되리라. 도둑에게 이 마을은 도둑의 도심을 도둑맞기 쉬운 위험한 지대리라.

그러니 실로 개들이 무엇을 보고 짖으랴. 개들은 너무나 오랫동안 — 아마 그 출생 당시부터 — 짖는 버릇은 포기한 채 지내왔다. 몇 대를 두고 짖지 않은 이곳 견족들은 결국 짖는 본능을 상실하고 만 것이리라. 인제는 돌이나 나무토막으로 얻어맞아서 견딜 수 없이 아파야 겨우 짖는다. 그러나 그와 같은 본능은 인간에게도 있으니 특히 개의 특징으로 쳐들 것은 못 되리라.

개들은 대개 제가 길리우고 있는 집 문간에 가 앉아서 밤이면 밤잠, 낮이면 낮잠을 잔다. 왜? 그들은 수위할 아무 대상도 없으니까.

최 서방네 개가 이리로 온다. 그것을 김 서방네 개가 발견하고 일어나서 영접한다. 그러나 영접해 본댔자 할 일이 없다. 양구良久, 한참 후에 그들은 헤어진다.

설레설레 길을 걸어 본다. 밤낮 다니던 길, 그 길에는 아무것도 떨어진 것이 없다. 촌민들은 한여름 보리와 조를 먹는다. 반찬은 날된장과 풋고추다. 그러니 그들의 부엌에조차 남은 것이 없겠거늘 하물며 길가에 무엇이 족히 떨어져 있을 수 있으랴.

길을 걸어 본댔자 소득이 없다. 낮잠이나 자자. 그리하여 개들은 천부天賦, 태어날 때부터 지님의 수위술을 망각하고 탐닉하여 버리지 않을 수 없을 만큼 타락하고 말았다.

슬픈 일이다. 짖을 줄 모르는 벙어리 개, 지킬 줄 모르는 게으름뱅이 개, 이 바보 개들은 복날 개장국을 끓여 먹기 위하여 촌민의 희생이 된다. 그러나 불쌍한 개들은 음력도 모르니 복날이 몇 날이나 남았는지 전혀 알 길이 없다. 이 마을에는 신문도 오지 않는다. 소위 승합자동차라는 것도 통과하지 않으니 도회의 소식을 무슨 방법으로 알랴?

오관伍官, 다섯 가지 감각이 모조리 박탈된 것이나 다름없다. 답답한 하늘, 답답한 지평선, 답답한 풍경 가운데 나는 이리 뒹굴 저리 뒹굴고 싶을 만큼 답답해하고 지내야만 된다.

아무것도 생각할 수 없는 상태 이상으로 괴로운 상태가 또 있을까. 인간은 병석에서도 생각하는 법이다. 끝없는 권태가 사람을 엄습하였을 때 그의 동공은 내부를 향하여 열리리라. 그리하여 망쇄忙殺, 정신을 차릴 수 없을 정도로 매우 바쁨할 때보다도 몇 배나 더 자신의 내면을 성찰할 수 있을 것이다.

현대인의 특질이요, 질환인 자의식의 과잉은 이런 권태하지 않을 수 없는 권태 계급의 철저한 권태로 말미암음이다. 육체적 한산, 정신적 권태, 이것을 면할 수 없는 계급이 자의식 과잉의 절정을 표시한다.

그러나 지금 이 개울가에 앉은 나에게는 자의식 과잉조차가 폐쇄되었다.

이렇게 한산한데, 이렇게 극도의 권태가 있는데, 동공은 내부를 향하여 열리기를 주저한다.

아무것도 생각하기 싫다. 어제까지도 죽는 것을 생각하는 것 하나만은 즐거웠다. 그러나 오늘은 그것조차가 귀찮다. 그러면 아무것도 생각하지 말고 눈뜬 채 졸기로 하자.

더워 죽겠는데 목욕이나 할까? 그러나 웅덩이 물은 썩었다. 썩지 않은 물을 찾아가는 것은 귀찮은 일이고—.

썩지 않은 물이 여기 있기로서니 나는 목욕하지 않으리라. 옷을 벗기가 귀찮다. 아니! 그보다도 그 창백하고 앙상한 수구瘦軀, 빼빼 마른 몸를 백일白日, 밝게 빛나는 해 아래 널어 말리는 파렴치를 나는 견디기 어렵다.

땀이 옷에 배면? 배인 채 두자.

그렇다고 하더라도 이 더위는 무슨 더위냐. 나는 일어나서 오던 길을 되돌아가던 중 교미하는 개 한 쌍을 만났다. 그러나 인공의 교미가 없는 축류畜類, 가축의 교미는 권태 그것인 것같이 권태 그것이다. 동리 동해童孩, 어린아이들에게도 젊은 촌부들에게도 흥미의 대상이 되지 않는다.

함석 대야는 그 본연의 빛을 일찍이 잃어버리고 그들의 피부색과 같이 붉고 검다. 아마 이 집 주인 아주머니가 시집올 때 가지고 온 것이리라.

세수를 해본다. 물조차 미지근하다. 물조차 이 무지한 더위에는 견딜 수 없었나 보다. 그러나 세수의 관례대로 세수를 마친다.

그리고 호박 덩굴이 축 늘어진 울타리 밑 호박 덩굴의 뿌리 돋친 데를 찾아서 그 물을 준다. 너라도 좀 생기를 내라고.

땀내 나는 수건으로 얼굴을 훔치고 툇마루에 걸터앉아 있자니, 내가 세수할 때 내 곁에 늘어섰던 주인집 아이들 넷이 제각기 나를 본받아 그 대야를 사용하여 세수를 한다.

저 애들도 더워서 저러는구나 하였더니 그렇지 않다. 그 애들도 나처럼 일거수일투족을 어찌하였으면 좋을까 당황해하고 있는 권태들이었다. 다만, 내가 세수하는 것을 보고 그럼 우리도 저 사람처럼 세수나 해볼까 하고 따라서 세수를 해보았다는 데 지나지 않는다.

원숭이가 사람 흉내를 내는 것이 내 눈에는 참 밉다. 어쩌자고 여기 아이들은 내 흉내를 내는 것일까? 귀여운 촌동들을 원숭이를 만들어서는 안 된다.

나는 다시 개울가로 가본다. 썩은 물 늘어진 댑싸리 외에 아무것도 없다. 그러나 나는 거기 앉아서 이번에는 그 썩은 웅덩이 속을 들여다본다.

순간 나는 진기한 현상을 목도한다. 무수한 오점이 방향을 정돈해 가면서 움직이고 있는 것이다. 이것은 생물임이 틀림없다.

송사리 떼임이 틀림없다.

이 부패한 소택沼澤, 작은 연못 속에 이런 앙증스러운 어족이 서식하리라고는 꿈에도 생각하지 못했다.

요리 몰리고 조리 몰리고 역시 먹을 것을 찾음이리라. 무엇을 먹고사누. 버러지를 먹겠지. 그러나 송사리보다 더 작은 버러지라는 것이 있을까!

잠시를 가만히 있지 않는다. 저물도록 움직인다. 대략 같은 동기와 같은 모양으로 그러는 것 같다. 동기! 역시 송사리의 세계에도 시급한 목적이 있는 모양이다.

차츰차츰 하류를 향하여 군중적으로 이동한다. 저렇게 하류로 하류로만 가다가 또 어쩔 작정인가. 아니, 그들은 중로에서 또 상류를 향하여 거슬러 올라올지도 모른다. 그러나 당장은 하류로 향하여 가고 있는 것이 확실하다. 하류로, 하류로!

오분 후에는 그들의 모양이 보이지 않을 만큼 그들은 멀리 하류로 내려갔다. 그리고 웅덩이는 아까와 같이 도로 썩은 물로 조용해지고 말았다.

웅뎅이 속에 그런 맹랑한 현상이 잠복해 있을 수 있다니 — 하고 나는 적잖이 흥분했다. 그러나 그 현상도 소작비처럼 지나가고 말았으니 잊어버리고 그만두는 수밖에.

나는 그 자리에서 일어나서 풀밭으로 가보기로 한다. 풀밭에는 암소 한 마리가 있다.

소의 뿔은 벌써 소의 무기는 아니다. 소의 뿔은 오직 안경의 재료일 따름이다. 소는 사람에게 얻어맞을 뿐이다. 그러니 실상 소에게는 무기가 필요 없다. 소의 뿔은 오직 동물학자를 위한 표지다. 야우[野牛, 야생의 소] 시대에는 이것으로 적을 돌격한 일도 있습니다, 하는 마치 폐병[廢兵, 전쟁으로 불구자가 된 병사]의 가슴에 달린 훈장처럼 그 추억성이 애상적이다.

암소의 뿔은 수소의 그것보다도 한층 더 겸허하다. 이 애상적인 뿔이 나를 받을 리 없으니 나는 마음 놓고 그 곁 풀밭에 가 누워도 좋다. 나는 누워서 우선 소를 본다.

소는 잠시 반추를 그치고 나를 응시한다.

'이 사람의 얼굴이 왜 이리 창백하냐. 아마 병인인가 보다. 내 생명에 위해를 가하려는 거나 아닌지 조심해야지.'

이렇게 소는 속으로 나를 심리[審理, 자세히 조사함]하였으리라. 그러나 오분 후 소는 다시 반추를 계속하였다. 소보다도 내가 마음이 놓인다.

소는 식욕의 즐거움조차 냉대할 수 있는 지상 최대의 권태자다. 얼마나 권태에 지질렀기[기운이나 의견 따위를 꺾어 누름]에 이미 위에 들어간 식물을 다시 게워 그 시금털털한 반소화물의 미각을 역설적으로 향락하는 것처럼 보이는 것일까?

소의 체구가 크면 클수록 그의 권태도 크고 슬프다. 나는 소 앞에 누워 내 세균같이 사소한 고독을 겸손해하면서, 나도 사색의 반추가 가능할지 몰래 생각을 좀 해본다.

길 복판에서 육칠 명의 아이들이 놀고 있다. 적발동부(빡빡 깎은 머리에 구릿빛 피부)의 반나체다. 그들의 혼탁한 안색, 흘린 콧물, 두른 베, 두렁이(두루마기) 벗은 웃통만을 가지고는 그들의 성별조차 거의 분간할 수 없다.

그러나 그들은 여아가 아니면 남아요, 남아가 아니면 여아인, 결국에는 귀여운 오륙 세 내지 칠팔 세의 '아이들' 임이 틀림없다. 이 아이들이 여기 길 한복판을 선택하여 유희하고 있다.

돌멩이를 주워 온다. 여기는 사금파리도 벽돌 조각도 없다. 이 빠진 그릇을 여기 사람들은 버리지 않는다.

그러고는 풀을 뜯어 온다. 풀, 이처럼 평범한 것이 또 있을까. 그들에게 있어서 초록빛의 물건이란 무엇이고 간에 다시없이 심심한 것이다. 그러나 하는 수 없다. 곡식을 뜯는 것도 금제니까 풀밖에 없다.

돌멩이로 풀을 짓찧는다. 푸르스레한 물이 돌에 가 염색된다.

그러면 그 돌과 풀은 팽개치고 또 다른 풀과 돌멩이를 가져다가 똑같은 짓을 반복한다. 한 십분 동안 아무 말 없이 잠자코 이렇게 놀아 본다.

십분만이면 권태가 온다. 풀도 싱겁고 돌도 싱겁다. 그러면 그 외에 무엇이 있나? 없다.

그들은 일제히 일어선다. 질서도 없고 충동의 재료도 없다. 다만, 그저 앉아 있기 싫으니까 이번에는 일어서 보았을 뿐이다.

일어서서 두 팔을 높이 하늘을 향하여 쳐든다. 그리고 비명에 가까운 소리를 질러 본다. 그러더니 그냥 그 자리에서 겅중겅중 뛴다. 그러면서 그 비명을 겸한다.

나는 이 광경을 보고 그만 눈물이 났다. 여북하면[얼마나 심심하면] 저렇게 놀까. 이들은 놀 줄조차 모른다. 어버이들은 너무 가난해서 이들 귀여운 애기들에게 장난감을 사다 줄 수가 없었던 것이다.

이 하늘을 향하여 두 팔을 뻗치고 소리를 지르면서 뛰는 그들의 유희가 내 눈에는 암만해도 유희같이 생각되지 않는다. 하늘은 왜 저렇게 어제도 오늘은 내일도 푸르냐는 조물주에게 대한 저주의 비명이 아니고 무엇이랴.

아이들은 짖을 줄조차 모르는 개들과 놀 수는 없다. 그렇다고 해서 모이를 찾느라고 눈이 벌건 닭들과 놀 수도 없다. 아버지도 어머니도 너무나 바쁘다. 언니 오빠조차 바쁘다. 역시 아이들은 아이들끼리 노는 수밖에 없다. 그런데 대체 무엇을 갖고, 어떻게 놀아야 하나. 그들에게는, 장난감 하나 없는 그들에게는 영영 엄두가 나지 않을 것이다. 그들은 이렇듯 불행하다.

그 짓도 오분이다. 그 이상 더 길게 이 짓을 하자면 그들은 피로할 것이다. 순진한 그들이 무슨 까닭에 피로해야 되나? 그들은 위선 싱거워서 그 짓을 그만둔다.

그들은 도로 나란히 앉는다. 그런데 소리가 없다. 무엇을 하나. 무슨 종류의 유희인지, 유희는 유희인 모양인데 — 이 권태의 왜소矮小, 덩치가 작음 인간들은 또 무슨 기상천외의 유희를 발명했나.

오분 후에 그들은 비키면서 하나씩 둘씩 일어선다. 제각각 대변을 한 무더기씩 누어 놓았다. 아, 이것도 역시 그들의 유희였다. 속수무책의 그들 최후의 창작 유희였다. 그러나 그중 한 아이가 영 일어나지를 않는다. 그는 대변이 나오지 않는다. 그럼 그는 이번 유희의 못난 낙오자임이 틀림없다. 분명히 다른 아이들 눈에 조소의 빛이 보인다. 아, 조물주여! 이들을 위하여 풍경과 완구玩具, 장난감를 주소서.

날이 어두웠다. 해저와 같은 밤이 오는 것이다. 나는 자못 이상하다.

가만히 생각해 보면 나는 배가 고픈 모양이다. 이것이 정말이라면 나는 어째서 배가 고픈가. 무엇을 했다고 배가 고픈가.

자기 부패 작용이나 하고 있는 웅덩이 속을 실로 송사리 떼가 쏘다니고 있더라. 그럼 내 장부 속으로도 나로서는 자각할 수 없는 송사리 떼가 준동하고 있나 보다. 아무튼, 나는 밥을 아니 먹을 수 없다.

밥상에는 마늘장아찌와 날된장과 풋고추조림이 관성의 법칙처럼 놓여 있다. 그러나 먹을 때마다 이 음식이 내 입에 내 혀에 다르다. 그러나 나는 그 까닭을 설명할 수 없다.

마당에서 밥을 먹으면 머리 위에서 그 무수한 별이 야단이다. 저것은 또 어쩌라는 것인가. 내게는 별이 천문학의 대상이 될 수 없다. 그렇다고 시상詩想, 시의 구상의 대상도 아니다. 그것은 다만 향기도 촉감도 없는 절대 권태의 도달할 수 없는 영원한 피안彼岸, 불교에서 말하는 깨달음의 세계이다. 별조차가 이렇게 싱겁다.

저녁을 마치고 밖으로 나와 보면 집집에서는 모깃불 연기가 한창이다.

그들은 마당에서 멍석을 펴고 잔다. 별을 쳐다보면서 잔다. 그러나 그들은 별을 보지 않는다. 그 증거로 그들은 멍석에 눕자마자 눈을 감는다. 그러고는 눈을 감자마자 쿨쿨 잠이 든다. 별은 그들과 관계없다.

나는 소화를 촉진시키느라고 길을 왔다 갔다 한다. 되돌아설 적마다 멍석 위에 누운 사람의 수가 늘어 간다.

이것이 시체와 무엇이 다를까? 먹고 잘 줄만 아는 시체. 나는 이런 실례로운 생각을 정지해야만 되겠다. 그리고 나도 가서 자야겠다.

방에 돌아와 나는 나를 살펴본다. 모든 것에서 절연된 지금의 내 생활 — 자살의 단서조차 찾을 길이 없는 지금의 내 생활은 과연 권태의 극, 그것이다.

그렇건만 내일이라는 것이 있다. 다시는 날이 새지 않을 것 같은 밤 저쪽에 또 내일이라는 놈이 한 개 버티고 서 있다. 마치 흉맹한 형리처럼 — 나는 그 형리를 피할 수 없다. 오늘이 되어 버린 내일 속에서 질식할 만큼 심심해해야 하고 기막힐 만큼 답답해해야 한다.

그럼 오늘 하루를 나는 어떻게 지냈던가. 이런 것은 생각할 필요가 없으리라. 그냥 자자! 자다가 불행히, 아니 다행히 또 깨거든 최 서방 조카와 장기나 또 한판 두자. 웅덩이에 가서 송사리를 볼 수도 있고, 몇 가지 안 남은 기억을 소처럼 반추하면서 끝없이 나태를 즐기는 방법도 있지 않으냐.

불나비가 달려들어 불을 끈다. 불나비는 죽었든지 화상을 입었으리라.

그러나 불나비라는 놈은 사는 방법을 아는 놈이다. 불을 보면 뛰어들 줄도 알고, 평상에 불을 초조히 찾아다닐 줄도 아는 정열의 생물이니 말이다. 그러나 여기 어디 불을 찾으려는 정열이 있으며 뛰어들 불이 있느냐. 없다. 나에게는 아무것도 없는, 내 눈에는 아무것도 보이지 않는다.

암흑은 암흑인 이상 이 좁은 방의 것이나 우주에 꽉 찬 것이나 분량상 차이가 없으리라. 나는 이 대소 없는 암흑 가운데 누워서 숨 쉴 것도 어루만질 것도 또 욕심나는 것도 아무것도 없다. 다만 어디까지 가야 끝이 날지 모르는 내일, 그것이 또 창밖에 등대等待, 미리 준비하고 기다림하고 있는 것을 느끼면서 오들오들 떨고 있을 뿐이다.

십이월 십구일 미명未明, 날이 밝기 전, 동경서

— 1937년 5월 4일~11일 《조선일보》

최저 낙원

공연한 아궁이에 침을 뱉는 기습[奇習, 이상한 습관] — 연기로 하여 늘 내운 방향 — 머무르려는 성미[性味, 사람이 가지고 있는 본연의 성품이나 비위] — 걸어가려 드는 성미 — 불현듯이 머무르려 드는 성미 — 색색이 황홀하고 아예 기억 못하게 하는 질서로소이다.

구역[究疫]을 헐값에 팔고, 정가를 은닉하는 가게 모퉁이를 돌아가야 혼탁한 탄산가스에 젖은 말뚝을 만날 수 있고, 흙 묻은 화원 틈으로 막다른 하수구를 뚫는데 기실 뚫렸고 기실 막다른 어른의 골목이로소이다. 꼭 한 번 데림프스를 만져본 일이 있는 손이 리졸[살균 소독제]에 가라앉아서 불안에 흠씬 끈적끈적한 백색 법랑질을 어루만지는 배꼽만도 못한 전등 아래 — 군마[軍馬]가 세류를 건너는 소리 — 산곡을 답사하던 습관으로는 수색 뒤에 오히려 있는지 없는지 의심만 나는 깜빡 잊어버린 사기로소이다. 금단의 허방이 있고, 법규세척하는 유백의 석탄산수요, 내내 실낙원을 구련驅練, 말을 빨리 달리게 함하는 수염 난 호령이로소이다. 오월이 되면 그 뒷산에 잔디가 태만하고 나날이 가뿐해 가는 체중을 가져다 놓고 따로 묵직해 가는 윗도리만이 고답게 향수하는 남만도 못한 인견 깨끼저고리로소이다.

방문을 닫고, 죽은 꿩 털이 아깝듯이 네 허전한 쪽을 후후 불어본다. 소리가 나거라. 바람이 불거라. 흡사하거라. 고향이거라. 정사情死거라. 매 저녁의 꿈이거라. 단심丹心이거라. 펄펄 끓거라. 백지 위에 납작 엎디거라. 그러나 네 끈에는 연화鉛華, 얼굴에 바르는 분가 있고, 너의 속으로는 소독이 순회하고, 하고 나면 도회의 설경같이 지저분한 지문이 어우러져서 싸우고 그냥 있다. 다시 방문을 열랴. 아서랴. 주저치 말랴. 어림없지 말랴. 견디지 말랴. 어디를 건드려야 건드려야 너는 열리느냐. 어디가 열려야 네 어저께가 들여다보이느냐. 마분지로 만든 임시 네 세간 — 석박錫箔, 은종이으로 빚어 놓은 수척한 학이 두 마리다. 그럼 천후天候, 기후도 없구나. 그럼 앞도 없구나. 그렇다고 네 뒤꼍은 어디를 디디며 찾아가야 가느냐. 너는 아마 네 길을 실없이 건나 보다. 점잖은 개 잔등이를 하나 넘고 셋 넘고 넷 넘고 — 무수히 넘고 얼마든지 겪어 제

치는 것이 — 해내는 용龍인가. 오냐, 네 행진이더구나. 그게 바로 도착이더구나. 그게 절차더구나. 그다지 똑똑하더구나. 점잖은 개떼가 월광이 은화 같고, 은화가 월광 같은데, 멍멍 짖으면 너는 그럴 테냐. 너는 저럴 테냐. 네가 좋아하는 송림이 풍금처럼 발개지면 목매 죽은 동무와 연기 속에 정조대 채워 금해둔 산아 제한의 독살스러운 항변을 홧김에 토해놓는다.

연기로 하여 늘 내운 방향 — 걸어가려 드는 성미 — 머무르려 드는 성미 — 색색이 황홀하고 아예 기억 못 하게 하는 길이로소이다. 안전을 헐값에 파는 가게 모퉁이를 돌아가야 최저낙원의 부랑한 막다른 골목이요, 기실 뚫린 골목이요, 기실은 막다른 골목이로소이다.

에나멜을 깨끗이 훔치는 리졸 물 튀기는 산곡 소리 찾아보아도 없는지 있는지 의심나는 머리끝까지의 사기로소이다. 금단의 허방이 있고, 법규를 세척하는 유백의 석탄산이요, 또 실낙원의 호령이로소이다. 오월이 되면 그 뒷산에 잔디가 게으른 대로 나날이 가벼워가는 체중을 그 위에 내던지고, 나날이 무거워 가는 마음이 혼곤히 향수하는 겹저고리로소이다. 혹 달이 은화 같거나 은화가 달 같거나 도무지 풍성한 삼경에 졸리면 오늘 낮에 목

매달아 죽은 동무를 울고 나서 — 연기 속에 망설거리는 B · C의 항변을 홧김에 방 안 그득히 토해놓은 것이로소이다.

방문을 닫고 죽은 꿩 털을 아깝듯이 네 뚫린 쪽을 후후 불어 본다. 소리 나거라. 바람이 불거라. 흡사하거라. 고향이거라. 죽고 싶은 사랑이거라. 매 저녁의 꿈이거라. 단심이거라. 그러나 너의 곁에는 화장이 있고, 너의 안에도 리졸이 있고, 있고 나면 도회의 설경같이 지저분한 지문이 쩔쩔 난무할 뿐이다. 겹겹이 중문일 뿐이다. 다시 방문을 열까. 아설까. 망설이지 말까. 어디를 건드려야 너는 열리느냐, 어디가 열려야 네 어저께가 보이느냐.

마분지로 만든 임시 세간 — 석박으로 빚어 놓은 수척한 학 두루미. 그럼 천기가 없구나. 그럼 앞도 없구나. 뒤통수도 없구나. 너는 아마 네 길을 실없이 걷나 보다. 점잖은 개 잔등이를 하나 넘고 둘 넘고 셋 넘고 넷 넘고 — 무수히 넘고 — 얼마든지 해내는 것이 꺾어 제치는 것이 그게 행진이구나. 그게 도착이구나. 그게 순서로구나. 그렇게 똑똑하구나. 점잖은 개 — 멍멍 짖으면 너도 그럴 테냐. 너는 저럴 테냐. 마음 놓고 열어젖히고 이대로 생긴 대로 후후 부는 대로 짓밟아라. 춤추어라. 깔깔 웃어버려라.

— 死後 발표, 1939년

어리석은 석반

만복滿腹, 음식을 많이 먹어 배가 가득히 참의 상태는 거의 고통에 가깝다. 나는 마늘과 닭고기를 먹었다. 또 어디까지나 사람을 무시하는 후쿠진쓰게후쿠진즈케, 절임 채소와 지우개 고무 같은 두부와 고춧가루가 들어 있지 않는 뎃도마수 같은 배추 조린 것과 짜다는 것 이외 아무 미각도 느낄 수 없는 숙란熟卵, 삶아서 익힌 달걀을 먹었다. 모든 반찬이 짜기만 하다. 이것은 이미 여러 가지 외형을 한 소금의 유족類族에 지나지 않는다. 이건 바로 생명을 유지하는데 목적을 두고 있는 완전한 쾌적 행위이다. 나는 이런 식사를 이젠 벌써 존경지념까지 품고서 대하는 것이다.

이 지방에 온 후, 아직 한 번도 담배를 피우지 않았다. 장지長指, 가운뎃손가락의 저 러시아 빵의 등허리 같은 기름진 반문斑紋, 지문은 벌써 사라져 자취도 없다. 나는 약간 남은 기름기를 다른 편 손의 손톱으로 긁어버리면서, 난 담배는 피지 않습니다 하고 즉답할 때의 기쁨을 내심 상상하며 혼자 유쾌했던 것이다. 요즘 나의 머리는 오로지 명료하다고 말할 수 없으나 적어도 담배 연기만을 제외한 명료만은 획득하고 있음을 자부한다. 물론 나는 단 한 번도 내 두뇌를 시험해본 일이 없으므로 분명한 것은 알 수 없다.

모색은 침침하여 쓰르라미 소리도 시작되었다. 외줄기 도로에 면한 대청에 피차의 구별 없이 모여든다. 그것은 오로지 개항장 비슷한 기분이다. 그리고 서로 상대에게 식사하셨냐고 물음으로써 으레 그다음에 있을 어리석고 쓸데없는 잡담의 실마리부터 만드는 것이다. 이건 정말 평화롭고도 기묘하지만 그러나 이런 것이 그들에겐 지극히 자연적으로 취급된다. 실로 부러운 잡음들이다. 그중 한 사람은 어느 고리대금을 하는 경찰서장보다도 권세에 있어 훨씬 능가한다는 점을 길게 말한다. 모두 약속이나 한 것처럼 감격한다. 그것은 고리대금쟁이가 은행 이율에 비해서 다만 일분一分, 아주 적은 분량밖에 높지 않은 이식을 취하기 때문에 한 촌락의 존경을 여하히 일신에 모으고 있느냐에 의하여 권세는 증명된 셈이다. 도적이 결코 그를 습격하지 않는 것은 이십사

시간 중 그의 집 문이 개방되어 있는 것만 보아도 내맥內脈을 빤히 알 수 있을 것이다. 그쯤 되면 나도 감격하여 무의식중에 목을 끄덕였다. 그리고 장기를 두었다. 모두 한 덩어리가 되어 훈수를 한다. 마지막엔 완전히 훤소喧騷, 뒤떠들어서 소란함의 덩어리로 화해버린다. 그러는 중에 여러 번 주연자가 무의식중에 교대되었다. 호화스러운 스포츠다.

나는 이 이십여 호가 못 되는 촌락 한가운데를 관통하는 한 줄기 통로를 왕래한다. 나는 집들을 주의 깊이 더구나 타인에게 들키지 않게 들여다보았다. 결단코 그 속은 어두워서 아무것도 보이지 않았다. 모깃불을 올려서 연기는 푸르고 누렇다. 대규모의 모기 쫓는 불이다. 그것은 독가스 못지않은 독과 악취와 자극성을 갖고 있어 어느덧 눈물마저 짜내게 한다. 나는 이집 저집 들여다보던 것을 중지한다. 순전히 사람을 몰아내기 위해 올리는 모깃불이기도 하다.

별이 나왔다. 일찍이 아무도 촌사람에게 하늘에서 별이 나온다는 걸 가르쳐준 사람이 없으므로 그들은 별이란 걸 모른다. 그것은 별이 송두리째 하느님이 틀림없다. 더구나 일등성一等星, 이등성二等星 하고 구별하는 사람의 번쇄煩鎖, 괴로움야말로 가히 짐작할 수 있도다. 불행한 사람들임이 틀림없다.

그러나 그중에도 백면白面, 아직 나이가 어려 경험이 부족함의 청년이 있어 이 촌락의 숭고한 교양을 교란한다. 경멸해야 할 작자다. 그런 백면들은 나이트가운을 입기도 하며, 머리에 포마드를 바르기도 하며, 바이올린을 켜기도 하며, 신문을 읽기도 하면서 촌사람을 얼떨떨하게 만든다.

그러나 이 촌락은 평화하다. 나는 마늘 냄새 풍기는 게트림을 하였다. 마늘 — 이 토지의 향기를 빨아 올린 귀중한 것이다. 나는 이 권태 바로 그것인 토지를 사랑하는 동시, 백면들을 제외한 그들 촌사람의 행복을 축복하고 싶다. 이제 나는 움직일 수 없는 태산처럼 만족 상태이다.

인간이 인간의 능력으로써 어느 정도 타태惰怠, 게으름할 수 있느냐가 문제일까. 사실 이 목적도 없는 게으른 생활은 어쩐 일인가. 도대체 이것이 과연 생활이라고 이름할 수 있는가.

추풍은 적막하여 새벽녘의 체온은 쥐에게 긁어 먹힌 듯 감하한다. 어느 정도까지 감하하면 겨우 그제부터 경계해야 할 상태가 되는 것일 게다. 곧 잠에서 깨어난다. 아침 햇빛은 깊이 그리고 쓸쓸한 음영과 함께 뜰 가운데 적막하다. 가을의 구슬픔이 은근히 모에 스며든다.

어느덧 오줌이 마렵다. 이건 어젯밤부터의 소변일 것이다. 잠시 동안 오줌이 마렵다는 것을 사유 속에 유지하면서 막연한 것을 생각한다. 아무 일도 떠오르지 않는다. 이건 소위 아무것도 생각하지 않는 것보다 더욱 불순한 상태일 것이다.

갑자기 나는 오줌은 싸버리지 않으면 안 된다는 것과, 독소의 체내 침전은 신체에 유해하다는 데 정신이 쏠렸다. 나는 놀라버린다. 호박의 백치 같은 잎사귀 밑에다 소변을 한다. 들은 이제야 누렇게 물들려 아침 햇빛에 제법 아름다이 빛나고 있다. 그러는 동안에도 나는 역시 어떤 정리된 것을 생각하는 것은 불가능하였다.

일곱시다. 밤과 낮이 전혀 전도되어 있는 내게 있어 오전 일곱시에 잠을 깬다는 것은 지극히 우스꽝스러운 일이다. 이건 정위생定衛生에 반드시 나쁘다고 나는 생각해버린 것이다. 나 같은, 즉 건전한 신으로부터 버림받은 인간에게 있어 오전 일곱시의 기상은 오로지 비위생이며 불섭생이리라.

다시 침구 속에 파고들어 가, 진짜 수면은 이제부터라고 주장하면서도, 의식적으로 자는 척한다.

잠들지 않는다. 우스울 지경이다. 더구나 아침 공기는 너무나 싸늘한 것 같다. 서늘하다는 것은 내게 있어 춥다는 것과 같다. 일어날까? 일어나서 어떡하겠다는 건가? 그걸 생각하면, 갑자기 불쾌해지고 모든 시간이 나에겐 터무니없는 고통의 연속 같기만 해서, 견딜 수 없다. 이러는 동안에 몸은 더욱 식어들 뿐, 나는 침구 속에 깊이 파고들면서 얼떨떨해진다. 너무 파고들면 발이 나온다. 발이 공기 속에 직하로 튀어나온다는 것은 내게 있어 가장 중대한 위구危懼, 염려하고 두려워함이다. 발은 항상 양말이나 이불 속에 숨어 있어야 한다. 벌써 초조해진 이상, 잠든다는 것은 단념해야 한다.

그런데 — 이건 또 어떤 일인가. 배가 명동鳴動, 크게 울리어 진동함하는 것이다. 소화 성적은 극히 양호하다고 하던데, 벌써 윗주머니 속엔 아무것도 남았을 리 없는데, 전혀 원인을 알 수 없다. 필시 발, 발이 싸늘해진 때문일 것이다.

무슨 일이건 다 불쾌하다는 걸 계속해서 생각하는 것은 불쾌하다. 그러자 이번은 이웃 방 사람들의 식사하는 소리가 들리어 온다. 꼭 개가 죽 먹을 때의 그 소리다. 인간이 식사하는 것을, 보이지 않는 곳에 숨어서 들을 때, 개의 그것과 똑같다는 것을 발견함은 일대 쾌사[즐거움]라 하겠다. 나는 그 반찬들을 상상해본다. 나의 식사와 조금도 다르지 않은 것들일 것이니 말이다. 이러고 보니 나는 몹시 시장하다. 빨리 일어나 밥을 먹자. 그건 좋은 생각이다. 그럼 밥을 먹은 후 또 뭣을 먹으면 좋을까. 먹을 것이라곤 없다. 닭이 요란스레 울부짖는다. 알을 낳는 것일 게다. 아니라면 괭일까. 괭이라면 근사하겠다. 맘속으로 날개가 흩어지는 민첩한 광경을 그려보면서 마침내 일어나볼까. 따뜻한 갓 낳은 계란이 하나 먹고 싶구나 하고, 부질없는 일을 원해본다.

이렇게 오고 가는 방향이 서로 어긋나는 생리 상태와 심리 상태는 도대체 어쩌자는 셈일까. 심리 상태가 뭣이든 사사건건마다 생리 상태에 대하여 몹시 노하고 있는 것이다. 아니라면 그 반대일 것이다. 오로지 그렇게밖에 볼 수 없는, 수습할 수 없는, 상태며 난국이다. 나는 건강한지 불건강한지, 판단조차 할 수 없다. 건강하다면 나는 이 세상 모든 건강한 사람의 그 누구와도 (조금도) 닮지 않았다. 불건강하다면 이건 얼마나 처치 곤란하리만큼 뻔뻔스러운 그렇게 약해 빠진 몰골인가.

시계를 보았다. 아홉시 반이 지난, 그건 참으로 바보 같고 우열한 낯짝이 아닌가. 저렇게 바보 같고 어리석은 시계의 인상을 일찍이 한 번도 경험한 일이 없다. 아홉시 반이 지났다는 것이 대관절 어쨌단 거며 어떻게 된다는 것인가. 시계의 어리석음은 알 도리조차 없다. 세수하기 전에 나는 잠시 동안 무슨 의의라도 있는 듯이 뜰을 배회한다. 뜰 한구석에 함부로 자라는 여러 가지 화초를 들여다본다. 그것들은 다 특색이 있어 쾌적하다. 아침 햇볕에 종용從容. '조용'의 원말히 목을 숙인 것만 같아서 단정하고도 가련하다. 기생화 — 언제면 이 간드러진 이름을 가진 식물은 꽃을 보여줄까 하고, 내가 걱정하자, 주인은 앞으로 삼일만 지나면 꽃이 필 것이라고 말한다. 아직 꽃봉오리도 나와 있지 않으니 터무니없는 거짓말일 것이다. 주인의 엉터리 대답은 참말처럼 꾸미고 있어서 쾌적하다.

여인숙집 주인은 우스꽝스러운 사나이다. 그 멀쩡하게 시침떼고 있는 얼굴 표정은 사람을 웃기기에 충분하다.

호박꽃에 벌이 한 마리 앉았다. 벌은 개구리 같은 형태를 하고 있다. 이 소 같은 꽃에 열심히 물고 늘어졌대야 별수 없을 것이다.

유자 넝쿨엔 상당수의 열매가 늘어져 있다. 제법 오렌지 비슷한 것은 사람의 불알 같아서 우습다. 특히 그 전 표면에 나타나 있는 많은 소돌기는 보는 사람으로 하여금 심심케 하지 않는 형태다.

나는 얼굴을 씻으면서 사람이 매일 이렇게 세수를 해야 한다는 것이 얼마나 번쇄한가에 대해 고민하였다. 사실 한없이 게으름뱅이인 나는 한 번도 기꺼이 세숫물을 써본 기억이 없다.

밥상이 오기까지 나는 이제 한번 뜰 가운데를 소요하였다. 그러자 남루한 강아지가 한 마리 어디서 나타났는지 끼어들었다. 이 여인숙에선 개를 기르지 않으니 이건 다른 집 개일 것이다. 내겐 전혀 구애 없이, 그러면서도 내심으론 몹시 나를 두려워하는 듯, 나에게서 약간 거리를 둔 지점에 걸음을 멈추는 기색도 없이 머물러 서서, 내 눈엔 아무것도 보이지 않는 땅바닥 위를 벌름거리며 냄새만 연신 맡는다. 그러자 여인숙집의 일곱 살쯤 된 딸아이가 옥수수(알맹이는 다 먹어버린) 꽁갱이를 그 강아지 앞에 던졌다. 강아지는 잠깐 그 냄새를 맡아보다가, 이윽고 그것이 식용에 적합하지 않은 물체란 걸 알아채리자, 원래 아무것도 없는 땅바닥을 다시 한번 맡아보는 시늉을 하곤, 거기서마저 아무런 소득이 없자 그대로 살금살금 그곳을 떠나버렸다. 나는 갑자기 촌락 중에 득실거리는 저 많은 개들은 다 뭣을 먹고서 살아 있는 것일까 하고 그것이 걱정되기 시작하였다. 생각하면 개를 기르는 주인이 제각기 일정한 시각에 일정한 식물을 개에게 주겠지. 그럼 개주인은 항상 그렇게 빠짐없이 그것을 이행하는 것일까. 어느새 잊는 수도 있을 것이다. 그럴 때 한 집안에서 기르는 여러 마리 개는 어떻게 될까. 촌락은 좁다. 사람들은 옥수수 꽁갱이 같은 물건 이외엔 잘 물건을 버리지 않는다.

암담할 뿐이다. 그러나 개도 개지, 글쎄 아무것도 없는 땅바닥을 열심히 몇 번씩이나 냄새를 맡는 것은 얼마나 우열한 일이뇨. 개는 개다. 나는 인간으로 태어나서 행복하다 — 역시 이런 걸 생각하는 자체부터가 아무것도 없는 땅바닥을 냄새 맡는 것과 다름없을 것이다. 그러나.

개도 가버렸다. 나는 이제 무엇을 관찰해야 좋을지 모르겠다. 나는 울타리 너머로 산과 들을 바라보기로 한다. 산은 어제와 같이 자체마저 알 수 없는 새벽녘 빛을 대변하고 있다. 들은 어젯밤 아래 아무 일도 일어나지 않았다. 저 밑바닥은, 태양도 없는 어두운 공포의 한가운데 있으면서도, 얼마나 무신경한 둔감 바로 그것인가. 산은 소나무도 없는 활엽수만으로써 전혀 유치한 자격뿐이다. 이 광대무변한 제애際涯, 땅의 끝도 없는 세련되지 못한 영원의 녹색은 도대체 어디로부터 어디에까지 계속하고 있는 것인가.

나는 이 정도로써 이 홍수 같은 녹색의 조망에 싫증이 나버렸다. 나는 하늘을 쳐다보기로 한다. 원래부터 하늘엔 무어고 있을

리 만무하다. 그러나 구름이 있다. 그것은 어제도 백색이었다. 그리고 오늘도 하얗다. 여름 구름에도 있을 상 싶지 않은 단조롭고도 저능한 일이다. 구름의 존재란 것은 무엇을 의미하는가? 비가 된다고? 나는 아직 한 번도 구름이 비가 된다는 것을 믿어본 적이 없다. 그렇다면 저건 자기 스스로를 속이고 있다. 부끄러운 줄도 모른다. 완전히 부운[浮雲, 뜬구름] 같은 존재에 지나지 않는다. 나는 이 아침의 이 세상의 어느 나라의 지도와도 닮지 않은 백운[白雲]을 망연히 바라보며 인생의 무한한 무료함에 하품을 하였다.

감벽[紺碧, 검은빛을 띤 청벽]의 하늘, 종일 자기 체온으로 작열하는 태양, 햇볕은 황금색으로 반짝이고 있다.

어찌한 까닭인가. 期××× 때에 저 감벽의 하늘이 중후하여서 괴롭고 무더워 보이는 것일 게다. 화초는 숨이 막혀 타오르고, 혈흔의 빨간 잠자리는 병균처럼 활동한다.

쇠파리와 함께 이 백주[白晝, 대낮]는 죽음보다도 더욱 적막하여 음향이 없다. 지구의 끝 성스러운 토지에 장엄한 질환이 있는 것일 게다.

닭도 그늘에 숨고 개는 목을 드리우고 있다. 대기는 근심의 빛에 충만하였다.

뼈마디 마디가 봉명奉命, 윗사람의 명령을 받듦을 목표하고 쑤신다. 모든 나의 지식은 망각되어 방대한 암석 같은 심연에 임하여 일악一握, 아주 적은 양의 목편木片만도 못하다.

미온적인 체취를, 겨우 녹슬어 가는 화초의 혼잡 속에 유지하고 있는 나.

헛된 포옹 — 사랑하는 자들이여. 어느 곳으로? 정서의 완전한 고독 속에서 나는 나의 골절마다 동통疼痛, 몸이 쑤시고 아픔을 앓는다.

그러나 나에겐 들린다. — 이 크나큰 불안의 전체적인 음향이 —

쇠파리와 함께 밑바닥 깊숙이 적요해진 천지는, 내 뇌수의 불안에 견딜 수 없으므로 인한 혼도昏倒, 정신이 아뜩하여 넘어짐에 의한 것이다. 나는 그걸 알고 있다. 이제 지상에 무슨 일이 일어나지 않으면 안 된다. 만일 이대로 아무 일도 일어나지 않는다면 우주는 그냥 그대로 암흑의 밑바닥에서 민절悶絶, 지나치게 번민하여 정신을 잃고 까무러침하여 버릴 것이다.

늘어선 집들은 공포에 떨고, 계시의 종잇조각 같은 백접白蝶, 흰나비 두서너 마리는 화초 위를 방황하며 단말마의 숨을 곳을 찾고 있다. 그러나 어디에 그런 곳이 있는가. 대지는 간모間毛의 틈조차 없을 만큼 구석마다 불안에 침입되어 있는 것이다.

그때였다. 나의 가슴에 음향한 것은 유량한 종소리였다. 나는 아치! 하고 머리를 들었다.

대지의 성욕에 대한 결핍 — 이 엄중하게 봉쇄된 금제의 대지에 불륜의 구멍을 뚫지 않으면 안 된다.

이 이상 참을 수 없는 충혈. 나는 이천 년처럼 무겁고 괴로운 건강한 악혈 속을 헤엄치고 있다. 경계의 종이 마지막 울렸던 것이다. 그러나 역시 지상엔 아무 일도 일어난 기색조차 없다.

나는 시뻘겋게 충혈되고 팽창한 손가락이 손가락질하는 곳으로, 쑤시고 아픈 보조를, 소보다도 둔중히 일 보 일 보 옮기고 있었다.

벌써 백접의 번득임도 음삼한 사물의 그리자 속에 숨어버린 후, 공간은 발음이 막혀서 헛되이 울고 있다. 적적히, 적적히.

일순, 숨결의 거친 곳에 —

사태는 그 절정에서 폭발하였다. 그리하여 촌락의 모든 조화

와 토인土人은 정상적인 정서를 회복하였다.

나는 안심하였다. 그러고서 욕망하였다. 성욕을, 수욕獸慾, 짐승과 같은 성적 욕망을, 나의 구간軀幹, 몸통은 창백히 유척庾瘠하였다. 성욕에의 갈망으로 초조와 번민 때문에.

지구의 이런 구멍에서 나오는 것일 게다. 한 마리의 순백한 암캐가 무겁게 머리를 드리우고 농밀한 침으로 주둥이를 더럽히면서 슬금슬금 나온다. 어떻게 될 것이냐. 지구의 한없는 성욕의 백주 속에서 여하히 이행되어갈 것인가 하고 나의 가슴은 뛰었다.

순백한 털은, 격렬한 탐욕 때문에 약간 더럽혀졌으므로, 오래된 솜을 생각하게 하였다. 그리고 방순芳醇, 맛과 향이 좋음한 체취를 코에서 발산하고 있었다. 코 가장자리의 유연하고 얄팍한 근육은 끊임없이 씰룩씰룩 신경질로 씰룩거렸다. 그리고 보조는 더욱더욱 졸린 듯이, 돌멩이 냄새를 맡기도 하며, 나무 조각 냄새를 맡기도 하며, 복숭아씨 냄새를 맡기도 하며, 마침내 아무것도 없는 지면 냄새를 맡기도 하면서 연신 체중의 토출구를 찾는 것 같다.

음문陰門은 사향처럼 살집 좋게 무거이 드리워서 농후한 습기로 몹시 더럽혀져 있었다. 그리고 때로는 목을 비틀고서 제 음문을 냄새 맡기까지도 하였다. 그러나 불만과 대기의 무료함이 그 악혈에 충만한 체중을 더욱더욱 무겁게 할 뿐이다.

마침내 취기는 먼 곳을 불렀다. 한 마리의 순흑색 개가 또 어디선지 모르게 나타나 괴상한 이 고혹적인 음문의 주위를 걸음마저 어지러이 늘어 붙는다. 암캐는 꼬리를 약간 높이 들어 올리면서 천천히 정든 표정으로 돌아본다.

생 비린내 나는 공기가 유동하면서 넋을 녹여낼 듯한 잔물결의 바람이 가벼운 비단바람을 흔들어 일으켰다.

일광 아래서 코도반[윤이 나는 염소 가죽이나 말 엉덩이 가죽]처럼 촌 처녀의 피부는 염염[艶艶, 윤기가 남]히 빛났다.

그녀들의 체취는 목장 풀과 봉선화 향기로 변하였다. 이 처녀들도 격렬한 노역엔 땀을 흘릴까.

투명한 맑은 물 같은 땀 — 곡물처럼 따뜻이 향기 나는 땀 —

저 생률[生栗, 날밤]처럼 신선한 뇌수는 동백기름을 바른 모발 밑에서 뭣을 생각하고 있는 것일까. 무슨 꿈을 꾸고 있는 것일까. 황옥[黃玉]처럼 튀겨진 옥수수의 꿈. 우물 속에 움직이는 목고어[目高魚, 송사리]의 꿈. 그리고 가엾은 물빛 인견[人絹, 인조견]의 꿈. 그리고 서투른 사랑의 꿈.

촌 처녀의 성욕은 대추처럼 푸르기도 하고 세피아 빛으로 검붉기도 하다.

그러나 그중에 증기처럼 백색인 처녀를 보기도 한다. 수공미水公尾를 머리에 이고, 내 곁을 지나는 것이 께름해서, 일부러 머언 길을 돌아가는 그 증기 같은 처녀 —

조부는 주름투성이인 백지 같은 한 방 속에 웅크리고서 노후를 앓으며 묵묵히 죽음을 기다리고 있다. 고요한 골편이여, 우울한 유령이여.

나는 어젯밤도 조셋드Josette, 여름에 여성들이 많이 입는 의류 소재와 요트와 해변 호텔과 거류지와의 혼잡한 도회의 신문 같은 꿈을 보았다.

두뇌는 어젯날 신문처럼 신선함을 잃으며 퇴색하고 있었다.

나는 이들 처녀 앞에서 이런 부륜腐倫, 썩어서 부패함한 유혹을 품고 길 잃은 아해가 되어버렸다.

아해들은 어디로 가버린 것일까. 풀덤불 속에?

파랗게 질리면서 납촉蠟燭, 밀초처럼 타고 있다. 축 늘어진 나의 자태를, 저 증기의 처녀는 거친 발簾 너머로 보고 있다.

나는 완전히 불쌍하게 보이겠지. 또는 메마른 풀 같은 나의 듬

성듬성 난 수염이 이상해 보이는 것일까.

만취한 양 비틀거리며 나는 세수 수건을 지팡이로 의지하며 목욕장 속으로 떨어져 갔다. 모든 걸 물에 흘려버리자는 슬픈 생각을 하면서.

대기는 약간 평화하다. 그러나 나의 함정은 아직 보이지 않는다.

__ 死後 발표, 1961년 1월 《현대문학》

이 아해들에게 장난감을 주라

토지 일대는 현무암질이어서 중 · 남선에 많이 있는 화강암질과 비하면 몹시 아름답지 못하다. 그래서 지방 아해들은 선천적으로 조약돌도 줍지 않는다.

나는 해양 같은 권태 속을 헤엄치고 있다. 지느러미는 미적지근한 속에 있다.

아해들은 아우성을 지르면서 나의 유쾌한 잠을 송두리째 뒤흔들어 놨다. 나는 깜짝 놀랐다. 구릿빛 살결을 한 남아처럼 뵈는 아해 두셋이 내가 누워 있는 곁에서 놀고 있는 것이다. 모색이 만또[망토] 모양으로 그들의 시체 같은 불결을 휩싸고 있다.

오호라. 아해들은 어떻게 놀아야 좋을지 모르는 모양이다.

그러나 그들은 완전히 거세되어버린 것이 아니다. 풀을 휘뚜루 뽑아 가지고 와서 그걸 만지작거리며 놀아본다. 영원한 녹색—녹색은 그들에게 조금도 특이하거나 신통치 않다. 아해는 뭐든 그들을 경탄케 해줄 특이한 것이 탐나는 것이다. 하지만 아무리 둘러봐야 현재의 그들로선 규모가 지나치게 큰 가옥과 권속(혈연)과 끝없는 들판과 그들의 깔긴 똥이나 먹고 돌아다니는 개새끼들 등.

그들은 이런 모든 것에 지쳐 버렸다. 그들은 흥취를 느낄 만한 출구가 없다. 그들은 무의식적으로 어째야 좋을지 어쩔 줄을 모른다. 그들, 상처에 어지러이 쥐어뜯긴 풀잎 조각들이 함부로 흩어져 있다.

오호라, 이 아해들에게 가지고 놀 것을 주라.

비록 더러우나 그들의 신선한 손엔 아무것도 없다.

조그맣게 그리고 못 견디도록 슬픈 그들의 두뇌가 어떡하면 좋을까 생각한다. 유희를 버린 아해란 것이 과연 있을 수 있는가, 하고.

그렇다. 유희 않는 아해란 있을 수 없다. 유희를 주장한다. 유희를 요구한다.

아무래도 살길 없는 죽음 — (우리는 이래도 역시 아해랄 수 있는가)

이윽고 그들은 발명한다. 장난감이 없어도 놀 수 있는 방법을. 두 손을 앞으로 쭉 뻗기도 하며 뛰돌아 다니기도 하며, 한곳에 버티고 서서 몸을 뒤틀기도 하며, 이것은 전혀 율동적이 아니며 그저 척 해보는 것이다.

그리고 어느 품사에도 소속치 않은 기묘한 아우성을 지르면서 거의 자신들을 동댕이치듯이 떠들어댔다. 가엾게도 볼수록 엉터리다.

이것도 유희인가. 이래도 재미있는가 — 이렇게 광적이고도 천격인 광경에 적이 눈시울을 적셨다.

나는 이 불쌍한 소란 옆에서 정신을 잃었다.

암만 기다려도 아해들은 이 어처구니없는 유희를 그만두지 않는다. 어렵쇼. 이러다가 이 아해들은 참으로 미쳐버리지나 않을까. 어디서도 권태로워서 안절부절못한다는 것은 치명적인 부상이라기보다도 인간에겐 더욱 치명적인 것만 같다. 현재 내 자신을 보라. 나는 혹 내부에서 이미 구원될 수 없을 정도로 미쳐버리지 않았다고 누가 나를 보증하겠는가?

내게서 이미 불쾌한 감정이 뭉게뭉게 일어났다.

이 우주의 오점보다도 밉살스런 불행한 아해들이 태어났다는 것을 나는 저주한다.

허나 그러는 중에 이 괴기한 유희에도 이만 싫증이 난 것이겠지 — 고요히 실망하고 만 그들은 아무런 동기도 목적도 없는 것만 같다. 도무지 분명치 못한 작태로 그 근방을 방황하고 있었다.

나는 그들이 벌써 발광한 거나 아닌가 생각하고 슬퍼하였다. 그러나 모색에서도 그들의 용모는 정상적이었다.

아해가 놀지 않는다는 현상은 병이 아니면 사망일 것이다. 아해는 쉴 새 없이 유희한다. 그래서 놀지 않는다는 것은 전연 불가능한 일이다. 그러니 앞으로 이 아해들은 또 어떻게 올 것인가. 나는 걱정하였다. 다음에서 그다음으로 놀 수 있는 — 장난감 없이 — 그런 방법을 발견 못 한 아해들은 결국 혹시 어른처럼 자살이나 하지 않을까 하고.

나는 그들에게 가르쳐주고 싶다. 말하자면 돌멩이를 집어 이 근방에 싸다니는 남루조각 같은 개들을 칠 것. 피해 달아나는 개를 어디까지나 뒤쫓을 것 등. 그러나 그들은 선천적으로 이 토지의 돌멩이가 기막히게 추악하다는 것 알고 있음인지, 결코 돌멩이를 줍지 않는다. (또 농촌에선 돌 던지는 걸 엄금하고 있다는 이유도 있을 것이다.)

이번만은 또 어떤 기상천외의 노는 법이라도 고안하여 그들의 생명을 유지할 것인가. 불연不然, 그렇지 않음이면 정말 발병하여 단번에 죽어버릴 것인가. 이상한 흥분과 긴장으로 나는 눈을 홉뜨고 있었다.

잠시 후 그들은 집 사립짝 옆 토벽을 따라 약속이나 한 것처럼 나란히 늘어서서 쪼그리고 앉는다. 뭔지 소곤소곤 모의하는 상 하더니 벌써 침묵이다. 그리고 열중하기 시작하였다.

똥을 내지르는 것이었다. 나는 아연히 놀랐다. 이것도 소위 노는 것이랄 수 있을까. 또는 그들은 일시에 뒤가 마려웠던 것일까. 더러움에 대한 불쾌감이 나의 숨구멍을 막았다. 하늘만큼 귀중한 나의 머리가 뭔지 철저히 큰 둔기에 얻어맞고 터지는 줄 알았다. 그뿐인가. 또 한 가지 나를 아연케 한 것은 남아인 줄만 알았었는데 빤히 들여다보이는 생식기, 아니 기실은 배뇨기이었을 줄이야. 어허, 모조리 마이너스구나. 기괴 천만한 일도 다 있긴 있도다.

이번엔 서로의 엉덩이 구멍을 서로 들여다보기 시작하였다. 하는 짓마다 더욱 기상천외다.

그들의 얼굴빛과 대동소이한 윤기 없는 똥을 한 덩어리씩 극히 수월하게 해산하고 있다. 그것으로 만족이다.

허나 슬픈 것은 그들 중에 암만 안간힘을 써도 똥은커녕 궁둥이마저 나오지 않아 쩔쩔매는 것도 있다. 이러고야 겨우 착상한 유희도 한심스럽기 그만이다. 그 명예롭지 못한 아이는 이제 다시 한번 젖 먹던 힘까지 내어 하복부에 힘을 줬으나 역시 한발旱魃 가뭄이다. 초조와 실망의 빛이 역력히 나타났다. 나도 이 아이가 특히 미웠다. 가엾게도, 하필이면 이럴 때 똥이 안 나오다니, 미움을 받다니, 동정의 대상이 되다니.

선수들은 목을 비둘기처럼 모으고 이 한 명의 낙오자를 멸시하였다. (우리 좌석의 흥을 깨어버린 반역자)

이 마사불가사의摩訶不可思議, 매우 불가사의함한 주문 같은 유희는 이리하여 허다한 불길과 원한을 품고 대단원을 고하였다. 나는 이제 발광하거나 졸도할 수밖에 없다. 만신창이 빈사의 몸으로 간신히 그곳에서 도망하였다.

— 死後 발표, 1960년 《현대문학》

첫 번째 방랑

출발

통화通化, 중국 요동성 동부에 있는 도시는 시골이라고들 한다. 그리고 아직 위험하다고들 한다. 그는 진도陣刀, 군인이 허리에 차는 칼 모양의 끈 달린 지팡이를 가지고 있었다. 나는 그것이 금세 칼집에서 불쑥 알맹이를 드러내는 것이나 아닌지 겁이 났다. 나는 또 그에게 아편을 본 적이 있느냐고 물었다. 그가 어떤 대꾸를 했는지, 그건 잊어버렸다.

그 — 그는 작달막하고 이쁘장하게 생긴 사나이다. 안경 쓰는 걸 머리에 포마드 바르는 것처럼이나 하이칼라로 아는 그는 바로 요전까지 종로의 금융조합에 근무하고 있었단다. 그가 나를 어떻게 생각하고 있는지는 모르지만, 나는 그를 아주 사람 좋고 순진하고 인정 넘치는 사람인 줄 알고 있다. 그를 멸시할 생각도 자격도 나에겐 추호도 있을 수 없다.

그리고 그는 현재 만주의 통화라는 곳에 전근해 있다고 하지 않는가.

오랜만에 돌아온 경성은 정답기 그지없다고 한다. 경성을 떠나고 싶지 않다. 카페, 그리고 지분脂粉, 여자들이 얼굴에 바르는 연지와 백분 냄새도 그득한 바아bar하며 참으로 뼈에 사무치게 좋다는 게다. 통화는 시골이라 오락기관 — 그의 말을 따르면 — 같은 것이 통 없어서 쓸쓸하단다.

나는 그의 말에 일일이 고개를 끄덕여 보였다. 실상 나는 그 방면의 일은 제법 잘 알고 있을 것 같으면서 조금도 그렇지 못한 것인데, 그는 자꾸만 그런 것에 대해 고유명사를 손꼽아 대곤 나를 깜짝깜짝 놀라게 하는가 하면, 또 나아가서는 사계斯界, 그 계통에 종사하는 사람의 종업자인 나보다도 이처럼 많은 것을 알고 있다는 걸 뽐내 보임으로써, 그 천생의 도락벽道樂癖, 어떤 일에 흥미를 느껴 깊이 빠지는 습성에다 여하히 달콤한 우월감을 더해볼 속셈인 것 같으나, 나는 또 나로서 사실 말이지 그의 여러 가지 이야기에 고분고분 경의를 표하지 않을 수 없는 노릇이었다.

그의 하찮은, 한 번에 삼 원 정도의, 좀 더 소규모로는 오육십 전의 도락은 정말 싫증나는 법이 없나 보다. 그는 또 무엇보다도 금수강산으로 이름난 평양에서 한나절 놀고 싶노라고 했다. 평양 기생은 예쁘다. 하지만 노는 상대는 어쩐지 여성은 아닌 상 싶었다.

그와 얘기한다는 건 한없이 나를 침묵케 하는 일이다. 그가 하는 이야기에 일일이 감탄을 표하고 있지 않으면 안 되니 말이다.

나는 얘기해서 그를 감격케 할 만한 아무것도 갖지 않았다. 나의 이야기는 그가 그저 괴상하다는 느낌만 들게 할 따름이리라. 첫째, 나는 나의 초라한 행색을 어떻게 변명해야 좋을는지를 알지 못한다. 그는 나의 이 빈약한 꼴을 틀림없이 비웃을 것이 틀림없다. 나로선 그것은 참기 어려운 노릇이다.

나의 여행은 진실로 '모파상'식이라는 것을 그에게 설명해주고 싶다. 허나 나의 혼탁한 두뇌는 그것을 어떻게 설명해야 좋을지 엄두가 나지 않는다. 나는 입을 다물고 그저 무턱대고 초조해하는 수밖에 없다.

집을 나설 때, 나는 역에서 또 기차 안에서 아무하고도 만나지 않았으면 싶었다. 다행히 역에는 아무도 없다. 내가 아는 사람은 아무도 없었다.

나의 이 뭐가 뭔지 알 수 없는 이 여행에 대해 변명하는 것은 정말이지 나로선 괴로운 일이다.

그는 이렇게 언짢은 얼굴을 한 나를 보고, 참으로 치근치근하게몹시 성가실 정도로 짓궂게 인사를 했다. 나는 애써 얼굴에 웃음을 지으면서 한동안 어리둥절해 있었다. 그는 그런 일에는 무관심한 모양이다. 나그넷길엔 길동무 —" 어쩌고 하면서, 그는 자진해서 그의 만주행이 얼마만큼 장도長道, 먼 길의 여행인가를 설명한다.

경성 신의주 여섯 시간 하고도 이십분. 스피드 업 한 국제열차가 아니고선 그를 만족시킬 수는 없다고 그런다. 그러나 그는 여태 비행기라는 편리한 교통수단이 있다는 사실을 알지 못하는 것만 같다.

나는 왜 이렇게 피곤해 있는가에 대하여 생각해 보았다. 어제는 엊그제 같기도 하고, 또한 내일 같기조차 하다. 나에겐 나의 기억을 정리할 만한 끈기가 없어졌다. 나는 이제 입을 다물고 있는 수밖엔 별도리가 없었다.

거대한 바위와 같은 불안이 공기와 호흡의 중압이 되어 마구 짓눌렀다. 나는 이 야행열차 안에서 잠을 자지 않으면 아니 된다.

미지의 사람들이 우글거리는 차 내의 한구석에서, 나의 눈은 자꾸만 말똥말똥해지기만 한다.

그는 이윽고 이 불손하기 짝이 없는 사나이한테 이야기하는 것이 얼마나 부질없는 노릇인가를 깨달았던 것일까. 맞은편 좌석에 누이동생인 듯한 열 살쯤 난 여자아이를 데리고 있는 여학생 차림의 얌전한 여인 위에 그의 주의를 돌리기 시작한다(그런 것 같았다). 나처럼 그는 결코 여인을 볼 때 눈을 번쩍이거나 하지는 않는다. 느슨한 먼 풍경을 바라보는 사람과 같이 그야말로 평화스럽다. 평화스러운 눈매 그것이다.

나도 그 여자 쪽을 본다. 잘 생기지는 못했다. 그러나 꽤 감성적인 얼굴이다. 살찐 듯하면서도 날렵하게 야윈 정강이는 가볍고 또 애처롭다. 포도를 먹었을 때처럼 가무스레한 입술이다. 멀리 강서 근처에서 폐를 요양하는 애인을 생각하는 그런 표정이었다.

나는 모든 것을 잊어버리지 않으면 안 된다. 나 자신을 암살하고 온 나처럼, 내가 나답게 행동하는 것조차도 금지되지 않으면 안 된다.

《세르팡일본의 문화잡지》을 꺼낸다. 아폴리네르Guillaume Apollinaire, 프랑스의 시인이자 소설가가 즐겨 쓰는 테마 소설이다. '암살당한 시인.' 나는 신비로운 고대의 냄새를 풍기는 주인공에게서 '벤케이'를 연상한다. 그러나 그는 시인이기 때문에, 낭만주의자이기 때문에, 벤케이와 같이 — 결코 — 화려하지는 못할 것이다.

글자는 오수午睡, 낮잠처럼 겨드랑이 밑에 간지럽다. 이미지는 멀리 바다를 건너간다. 벌써 바닷소리가 들려온다.

이렇게 말하는 환상 속에 나오는 나, 영상은 아주 반지르르한 루바시카[러시아 민족의상]를 입은 몹시 퇴폐적인 모습이다. 소년 같은 창백한 털북숭이 풍모를 하고 있다. 그리곤 언제나 어느 나라인지도 모를 거리의 십자로에 멈춰 서 있곤 한다.

나는 차가운 에나멜의 끝이 뾰족한 구두를 신고 있다. 나는 성큼성큼 걷기 시작한다. 얼마 후 꿈같은 강변으로 나선다. 강 저편은 목멘 듯이 날씨가 질척거리고 있다. 종이 울리는가 보다. 허나 저녁 안개 속에 녹아버려 이쪽에선 영 들리지 않는다.

나처럼 창백한 얼굴을 한 청년이 헌책을 팔고 있다. 나는 그것들을 뒤적거린다. 찾아낸다. '나카무라 쓰네[中村彝, 일본의 화가]'의 〈자화상〉 데생 말이다.

멀리 소년의 날, 린시드 유[Linseed oil, 회화에서 유화물감의 건조를 빠르게 하는 목적으로 사용하는 기름]의 냄새에 매혹되면서 한 사람의 화인[화가]은 곧잘 흰 시트 위에 황달색[黃疸色, 누런 빛깔] 피를 토하곤 했었다.

문득, 그가 페이지를 넘기는 소리가 났다. 이건 또 어찌 된 셈일까. 그도 열심히 책을 읽고 있다. 그리고 미간에 주름살마저 잡혀있지 않는가. 〈킹구[일본의 대중잡지]〉 — 이 천진한 사나이의 마음을 아프게 하는 그 어떤 기사가 그 속에 있다는 것일까.

나는 담배를 피우듯이 숨을 쉬었다. 그 아가씨는? 들녘처럼 푸른 사과 껍질을 깎고 있다. 그 옆에서 저 여동생 같기도 한 소녀는 점점 길게 드리워지는 껍질을 열심히 응시하고 있다. 독일 낭만파의 그림처럼 광선도 어둡고 심각한 화면이다.

나는 세상의 불행을 짊어지고 태어난 것 같은 오욕에 길든 일족을 경성에 남겨두고 왔다. 그들은 차라리 불행을 먹고 사는 것인지도 모른다. 그들은 오늘 저녁에도 맛없는 식사를 했을 테지. 불결한 공기에 땀이 배어 있을 테지.

나의 슬픔이 어째 그들을 진심으로 사랑할 수 없는가? 잠시나마 나의 마음에 평화가 있었던가. 나는 그들을 저주스럽게 여기고 증오조차 하고 있다. 그렇지만 그들은 멸망하지 않는다. 심한 독소를 방사하면서, 언제나 내게 거치적거리며 나의 생리에 파고들지 않는가.

지금 야행열차는 북위를 향해 달리고 있다. 무서운 저주의 실마리가 엿가락처럼 이 열차를 쫓아 꼬리가 되어 뻗쳐 온다. 무섭다, 무섭기만 하다.

나는 좀 자야겠다. 허나 눈꺼풀 속은 별의 보슬비다. 암야暗夜, 어두운 밤의 거울처럼 습기 없이 밝고 맑은 눈이 자꾸만 더 말똥말똥하기만 하다.

책을 덮었다. 그러자 활자가 상箱에게서 흘러 떨어졌다. 나는 엄격한 자세를 하지 않으면 아니 된다. 나는 이젠 혼자뿐이니까.

차창

사람들은 모두 잠이 들어 있다. 그것이 나에겐 아무래도 이상스럽기만 하다. 어째서 앉은 채 사람들은 잠을 자는 것일까? 사람들의 생리조직이 여간 궁금하지 않다. 저 여학생까지도 자고 있다. 검은 즈로오스drawers, 여성용 속바지가 보인다. 허벅다리 언저리가 한결 수척해 보인다.

피는 쉬고 있나 보다. 가만히 들여다보니 그 얼굴은 몹시 창백하다. 슬픈 나머지 울고 있는 것처럼 보이기까지 한다.

기차는 황해도 근처를 달리고 있는 모양이다. 가끔가끔 터널 속에 들어가 숨이 막히곤 했다. 순간, 도미에Honore Daumier, 프랑스 사실주의 화가이자 풍자 만화가의 〈삼등열차〉가 머리에 떠올랐다.

나는 고양이처럼 말똥말똥해서 단정히 앉아 있었다. 이따금 포즈를 흐트려 잠잘 수 있을 만한 자세를 해본다. 하지만 그것은 부질없이 뼈마디를 아프게 하는 이외의 아무것도 아니다. 나는 체념한다. 해저에 가라앉는 측량기처럼 나는 단정히 앉아 있다.

창밖은 깊은 안개다. 아무것도 안 보인다. 능형菱形, '마름모'의 옛말으로 움직이는 차창의 거꾸로 비친 그림자에 풀 같은 것들의 존재가 간신히 인정된다.

내가 앉아 있는 쪽으로 누군가 다가오는 기척이 난다. 누구일까. 나는 반사적으로 고개를 그쪽으로 돌린다. 지극히 키가 큰 사람이다. 중대가리중처럼 빡빡 깎은 머리다. 입을 한일자로 다물고 있다. 눈엔 독기를 띠고 있는 것 같기만 했다.

옆에까지 온 그 사람은 별안간 무엇을 떨어뜨리기나 한 것처럼 큰소리를 내었다. 나는 오싹했다. 하지만 몸이 움직여지지 않는다.

지나가는 무슨 악귀처럼 그 사람은 맞은편 도어를 열고 다음 차 칸으로 자취를 감추었다. 이게 어찌 된 일일까. 저 금융조합 사나이가 가지고 있던 진도 모양의 단장을 넘어뜨렸던 것이다. 그는 잠이 깨지는 않았다. 이건 또 어찌 된 일일까.

사람들은 답답한 숨들을 쉬었다. 개중에는 커다라니 입을 벌리고 있는 사람조차 있었다. 폐들은 풀무불을 피울 때 바람을 일으키는 기구처럼 소리 내어 울렸다.

탁한 공기는 빠져나갈 구멍을 잃고 있다. 송사리 떼 같은 세균의 준동이 육안에도 보이는 것만 같다. 나는 코를 손가락으로 집어봤다. 끈적거리는 양쪽 벽면은 희미한 소리마저 내면서 부착

했다. 나는 더 숨을 쉴 수가 없다. 정신이 아찔했다.

안면은 순식간에 빨갛게 물들어 갔다. 다시마가 집채 같은, 콘크리트 같은 파도에 흔들리고 있는 것이 보였다. 일순간 그들 다시마는 뱀장어로 변형되어 갔다. 독기를 품은 푸름이 나의 육체를 압착했다. 나를 내부로 질질 끌고 갔다. 이제 완전히 나는 선머슴애가 되고 말았다. 세월은 나의 소년의 것이다. 나는 가련한 아이였다.

풀밭이 먼 데까지 펼쳐져 있다. 언덕 넘어 목초 냄새가 풍겨온다. 빨간 지붕이 보였다. 여기는 대체 어디란 말인가?

나의 강막에 거대한 괴물이 비쳤다. 그것은 점점 멀어져 가는 것 같았다. 나는 이제 놀라지 않는다. 이렇게 내 손은 희다.

이 사나이는 또다시 저 진도처럼 생긴 단장을 넘어뜨린 것이다. 이 무슨 경망스런 작자일까. 그건 그렇다 치더라도 아까 넘어졌던 그걸 일으켜 단정히 세워놓은 사람은 누구일까. 나는 그것을 보지 않는다. 그런데도 그것은 얌전하게 서 있지 않으면 안 되는 이치인 것이다. 그렇다 치더라도 또 나는 이 무슨 환상의 풍경을 눈앞에 본 것일까. 나는 그만 꾸벅꾸벅 졸았던 모양이다. 그러는 동안에 어쩌면 누군가가 내 옆을 지나갔을 것이다. 그리고 저 단장을 일으켜 놓은 모양이다. 저 사나이는 아직도 잠에서 깨어나지 않고 있다.

몹시 두드려대는 — 도어를 — 소리로 해서 나의 의식은 한층 또렷해졌다. 내 앞에 저 진도처럼 생긴 단장이 뒹굴고 있다. 나는 반쯤 조소로써 그것을 응시하고 있다. 그것은 어쨰 알맹이가 없는 그저 그런 장님의 진도인 것 같다. 사람들은 저런 것을 사는 것이다. 이걸 만든 사람은 그것을 알고 있기에 바로, 저 얼토당토 않은 물건을 만들었을 것이다. 나는 그것을 짚어보았다. 나는 단장 휘두르기를 좋아한다. 머리가 민짜인 그 단장은 휘두를 수는 없다. 나는 발밑 풀을 후려쳐 쓰러뜨리는 그런 시늉을 해보았다.

풀을 건드리지 않고 단장은 날카롭게 공기를 베었다. 나는 또 그 끝으로 흙을 눌러 보았다. 시뻘건 피 같은 액체가 아주 조금 배어 나왔다. 나는 몸에 가벼운, 그러나 추위에 충분히 대비할 수 있는 고귀한 양복을 입고 있었다.

내 눈앞에서 한 여인이 해산을 하고 있다. 치골恥骨, 불기 뼈의 앞과 아래쪽을 이루는 부분 언저리가 몹시 아프다. 팔짱을 끼듯 나는 그 애처로운 광경을 그저 바라만 보고 있다. 팔굽 언저리는 딱딱한 책상이다. 책상 위엔 아무것도 없다.

말소리가 유리를 뚫고 맑게 울리는 시골 사투리가 되어 들려왔다. 그것들은 더없이 즐겁다. 그리고 좀 시끄럽기조차 하다.

나는 개떼한테 쫓기고 있었다. 나는 쏜살같이 달아난다. 이윽고 나의 속도는 개들의 그것보다 훨씬 뒤진다. 개들의 흙투성이 발이 내 위에 포개졌다. 무수한 체중이 나를 짓누른다. 개들은 나를 쫓고 있는 것은 아니리라. 나를 밟고 넘어선 나의 전방 먼 저쪽 방향을 향해 달려가는 것이었다. 그렇다 치더라도 이건 또 어쩌면 이렇게도 숱한 개의 수효란 말인가.

열차는 멈춰 있었다. 밤안개 속에 체온을 증발시키고 있었다. 그리고 턱수염인 것처럼 때때로 기관차는 뼈 돋친 숨을 쉬었다.

차창 밖을 흘깃 내다보았더니, 이건 또 웬 유령의 나라 순사인가. 금빛 번쩍거리는 모자를 쓴 사람이 습득물 바퀴 하나를 가지고 우두커니 서 있다. 이윽고 태엽을 감기나 한 듯이 종종걸음으로 걷기 시작했다. 그 순간, 그의 얼굴에 어디선지 불이 옮겨 붙었는가 하자, 이미 그 모습은 무슨 방대한 어둠의 본체 속으로 빨려들어 보이지 않게 되었다.

나는 모골이 송연했다. 보아선 아니 된다. 나는 또 그 무슨 참혹한 광경을 목격한 것일까. 그런 생각을 하고 있자니까 내 귀에 산 같은 것이 무너져 떨어졌다.

내 귀는 멀어 있었던가. 그것은 남행의 국제특급인 것 같았다. 그렇다 치더라도 내 귀는 멀어 있었던가.

아무것도 남기지 않고, 그리고 모든 것을 남기고, 또 하나의 야행열차는 야기夜氣 때문에 흠씬 젖은 덩치를 엇비비듯 지나쳤다.

누군가가 슬픈 음색으로 기적을 불었다. 그렇게 느껴졌다. 마을은 보이지 않는다. 마을은 잠든 사이에 멸형滅形, 형태가 사라짐되었나 보다.

개찰구에 홀로 우두커니 기대고 있던 백의白衣의 사람이 에스컬레이터처럼 움직이기 시작했다. 금빛을 번쩍거리던 사람은 다시 어디선가 나타나 엄숙한 표정으로 거수경례를 해 보였다. 나는 내심 혀를 날름 내밀었다. 이건 혹시 장난감 기차인지도 모른다. 진짜 기차는 어딘가 내 손이 결코 닿을 수 없는 위대한 지도 위를 달리고 있는 것이나 아닌지 그렇게 나는 생각해보았다.

내 곁의 그는 어느새 잠에서 깨고, 그 진도처럼 생긴 단장을 턱에 짚고 눈을 깜박거리고 있었다. 고쳐 앉은 나를 향해 지금 엇갈려 간 열차는 '히카리일본의 기차 이름으로 '빛'을 뜻함'가 분명하다고 말하는 것이었다. 나는 그렇고말고 하듯 끄덕여 보였다. 그는 만족한 듯 그 '히카리' 호의 속력이 어떻게 절륜絶倫, 매우 두드러지게 뛰어남적인가에 대해 그의 체험을 이야기했다. 그것은 얼마나 드물게 밖엔 정차하지 않는가에 의해 증명되는 것이라고 한다.

그리고는 그는 슈트케이스에서 사륙반절 소책자와 담배 케이스를 꺼냈다.

만주 담배라도 들어 있나 했더니, 그것은 만주에서 샀다는 케이스였다. 그때 그의 슈트케이스의 내용이 얼마나 빈약한가를 목격하고 말았다. 그는 흔해빠진 여송연呂宋煙, 담뱃잎을 통째로 말아서 만든 담배 한 개비를 나에게 권했다.

나는 그것을 피우리라. 이미 이 야행열차 속에 십 년 전의 그 커다란 잎 그대로의 칙칙한 연기를 볼 수는 없다.

그들은 먼 조상의 담뱃대를 버리고 우습기 짝이 없는 궐련 피우는 대竹, 또는 오동 파이프를 입에 물고 있다. 그들 중 누군가는 그 맛의 미흡함과 자신의 어지간히 큰 덩치에 비해 너무나 작은 멋쩍음으로 해서 눈에서 주르르 눈물마저 흘리고 있는 것이었다.

구토가 자꾸만 치밀어 목은 좌로 향하고 우로 향했다. 무거운 짐짝 같은 두통이 눈구멍 속에 있었다. 이것은 분명 불결한 공기 탓이리라. 이 불결한 공기로부터 잠시나마 도망치지 않으면 안 되겠다.

승강구에 섰다. 요란한 음향이다. 철과 철이 맞부딪는 대장간 같은 소리는 고통에 넘쳐 있다. 나는 산소로만 만들어졌다고 할 수밖에 없는 시원한 공기를 마시면서, 이 정수리를 때리는 것만 같은 음향에 익숙하려 했던 것이다. 공기는 냉랭한 채 머리털에

엉겨 붙었다. 이마에 제법 차가운 손이 얹혀지는 것만 같았다. 사람을 초조하게 하는 이 음향에 어서 익숙했으면 좋겠다.

승강구에 멈춰 서 보았다. 몸은 좌 혹은 우였다. 아직 머리는 비슬거리고힘없이 비틀거리는 모양 있나 보다.

소변을 누어 보는 것도 좋겠다. 달리는 기차 위로부터 떨어지는 소변은 가루눈처럼 산산이 흩어져 땅바닥에 가 닿지도 못할 것이다.

이때 나의 등 뒤에서 차량과 차량과의 접속해 있는 부분의 복잡한 기계를 만지작거리는 사람이 있다. 차장일 테지.

그렇다하더라도 익숙한 손짓이다. 나는 소변을 보면서 귀찮은 일은 그만 잊어버리기로 했다.

언제까지나 무엇을 저렇게 만지작거리는 것일까. 고장이 난 건 아닐까. 그런 일이 있어서야 어디 되겠는가. 그렇더라도 너무 시간이 길다. 나는 더 참을 수가 없다. 돌아다보기로 하자. 아니 이거 아무도 없구나.

가느다란 공기 속에서 철과 철이 광명단光明丹, 쇠에 녹이 슬지 않게 칠하는 붉은 도료을 가운데 끼고 맞부딪치면서 슬픈 소리를 내고 있다. 나의 소변은 결국 어이없게 끝나고 말았다. 이젠 이 이중 — 이부로 이루어진 음향에 익숙해져야 한다. 나는 먼 곳을 바라보기로

했다.

거기엔 경치랄 것이 없다. 모든 것을 삼켜 버린 큰 살기가 펼쳐져 있다.

저 안개같이 보이는 것은 실은 고열의 증기일 것이 분명하다. 이 무슨 바닥없는 막대한 어둠일까.

들판도 삼켜졌다. 산도 풀과 나무를 짊어진 채 삼켜져 버렸다. 그리고 공기도. 보아하니 그것은 평면처럼 얄팍한 것 같기도 하다. 그것은 입체가 없기 때문이다. 그것은 이미 헤아릴 수 없는 심원한 거리를 가득 담고 있다. 그 심원한 거리 속에는 오직 공포가 있을 따름이다.

반짝이지 않는 별처럼 나의 몸은 움츠러들며 깜박거리고 있었다. 이미 이것은 눈물과 같은 희미한 호흡일 수밖에 없다.

그러나 — 나는 핸들을 꽉 붙잡고 있다. 차가운 것이 흐르고 있다. 나는 그것을 놓을 수 없다 — 저 막대한 공포와 횡포의 아주 초입은 역시 조그마한 초원, 그것은 계절의 자잘한 꽃마저 피우고 있는, 목초가 있는 약간의 땅인 것 같다.

실상 일전에 이 열차의 등불 있는 생명에 매달리려고 필사의 아우성을 치면서 — 그것은 내 마음을 아프게 하기에 충분하다.

저기 멈춰 서자. 메마른 한 그루의 나무가 있으면 그것에 산책자이듯이 기대서자. 거창한 동공이 내 위에 쏟아진다. 나는 그것에 놀라면 안 된다.

아름다운 시를 상기한다. 또는 범할 수 없는 슬픈 시를 상기한다. 그리곤 고개를 수그리면서 외워본다. 공포의 해소海嘯, 밀물 때 바닷물이 역류하여 일어나는 거센 파도는 얼마쯤 멀어진다. 그러나 아무것도 보이지 않는다. 내 손에는 어느새 은빛으로 빛나는 단장이 쥐어져 있다. 그것을 가볍게 휘둘러본다.

그리하여 나는 무엇을 기다리고 있는 것일까. 이윽고 사람들은 오고야 말 것이다. 오오, 이 살벌한 몽몽濛濛, 앞이 자욱하고 몽롱함한 대기는 나를 위협하고 있다.

하현下弦, 매달 스무 이틀, 사흘 무렵에 뜨는 반달 달이다. 굳이 나는 아름답다고 본다. 그것은 몹시 수척한 심각하게 표정적인, 보는 눈에도 가엾게 담배 연기로 혼탁해 있는 달이다. 함성을 지르기엔 아직 이르다. 공포의 심연 속에는 분노의 호흡이 들린다. 이젠 사람들이 와도 좋을 시기다.

왔다. 일순, 달은 분연噴煙, 뿜어내는 연기을 올리고 자취를 감추었다. 사람들은 철을 운반해온 것이다. 사람들은 묵묵히 다가온다. 다만, 철과 철이 알몸인 채 맞부딪고 있다. 나의 귀는 동굴처럼 그러한 음향들을 하나하나 반향한다. 아니, 이건 또 후방으로부터 오나 보다. 그렇다면 난 방향을 잘못 잡고 서 있는 것일까. 이건 반의叛意, 저버리려는 마음를 품고 있는 것 같다. 이건 단 혼자인 것 같다. 나는 아찔했다. 나는 상아嫦娥, 달 속에 있다는 전설 속의 선녀처럼 차갑게 가늘어지면서 뒤를 돌아다보았다. 거기엔 아무도 없었다. 나는 끝끝내 대지垈地, 건축물을 세울 수 있는 토지를 분실하고 말았다.

나는 나의 기억을 소중히 하지 않으면 안 된다. 나의 정신에선 이상한 향기가 나기 시작했으니 말이다.

이 뼈만 남은 몸을 적토 있는 곳으로 운반하지 않으면 안 되겠다. 나의 투명한 피에 이제 바야흐로 적토색을 물들여야 할 시기가 왔기 때문이다.

적토 언덕 기슭에서 한 마리의 뱀처럼 말라 죽을지도 모르지만, 나는 아름다운 — 꺾으면 피가 묻는 고대古代스러운 꽃을 피울 것이다.

이제 모든 사정이 나를 두렵게 하고 있다. 사람들이 평화롭다는 그것이, 승천하려는 상념 그것이, 그리고 사람들의 치매증 그것마저가.

그러한 온갖 위협을 나는 참고 견디지 않으면 안 된다. 그러한 것들의 침범으로 정신의 입구를 공허하게 해서는 안 된다.

끝없는 어둠에 나의 쇠약한 건강은 견디지 못하는가 보다. 나는 이제 이 먼 공포로부터 스스로 도망치지 않으면 안 된다.

등불은 어스름하다. 이건 시체실屍體室임이 틀림없다.

공기는 희박하다 — 아니면 그것은 과밀하게 농밀한가. 나의 폐는 이런 공기 속에서 그물처럼 연약하다. 전실에 한 사람 몫 공기 속에 가사假死, 죽은 것처럼 보이는 상태의 도적이 침입해 있는가 보다.

이 무슨 불길한 차창일까. 이 실내에 들어서는 즉시 두통을 앓지 않으면 안 되다니.

승강대에 다시 서서 저 어둠 속을 또 바라보았다. 이건 또 별과 달을 삼켜 버리고 있다. 악취로 가득 차 있을 테지.

머리 위 하늘을 찌르는 곳에 한 그루 나무가 보였다. 그것은 거멓게 그을은 수목의 유적일 것이다. 유령보다도 처참하다.

몽몽한 대기가 사라지고, 투명한 거리는 한결 처참하다. 그 위로 거꾸로 선 나의 그림자가 닳아 없어지면서 질질 끌려간다.

8월 하순 — 이 요란하기 짝이 없는 음향 속에 애매미 소리가 훨씬 선명하다는 건 이상한 일이다. 그들은 저 어둠에 압살되었을 것이다.

따스한 애정이 오한처럼 나를 엄습한다. 또 실로 오전 3시의 냉기는 오한이나 다름없다.

일순 나는 태고太古, 아주 먼 옛날를 생각해본다. 그 무슨 바닥없는 공포와 살벌에 싸인 저주의 위대한 혼백이었을 것인가. 우리는 더 더구나 행복하지 않으면 안 된다. 식어 가는 지구 위에 밤낮없이 따스하니 서로 껴안지 않으면 안 될 것이다.

역마다 정차한다는 열차가 한 번도 정차하지 않았다. 적어도 나의 기억엔 없다. 나는 그것을 모조리 건망健忘, 쉽게 잊음하고 있나 보다.

먼동이 트여 올 것이다. 이윽고 공포가 끝나는 장엄한 그리고 날쌘 광경을 접하게 될 것이다.

그러나 언제까지나 그것은 어둠의 연속이다. 하지만 이미 이젠 저 해룡海龍의 혀 같은 몽몽한 대기는 완전히 가시었다. 나는 하늘을 쳐다보았다.

시원한 공기가 폐부에 흐르고, 별이 운행하는 소리가 체내에 상쾌하게 한다.

어느 틈엔가 별의 보슬비다. 그리고 수줍어하듯 하늘은 엷은 은빛으로 빛나기 시작했다. 별은 한층 더 기쁜 듯이 반짝인다.

수목이 시원스러운 녹색을 보이는 시간은 과연 언제쯤일까. 나무는 움직이는 것처럼 보이기도 한다.

아주 딴 방향으로부터 저 하현 달이 다시금 모습을 나타냈다. 그 방향이 다른 것으로 보아 그것은 다른 것임이 틀림없다.

그것은 약간 따스함조차 띠고 있다. 그리고 스스로의 사치로 해서 참을 수 없이 빛나고 있다. 참을 수 없는 아름다움이다.

나에게 표정을 강요하는 것 같기도 하다. 나는 어떤 표정을 짓지 않으면 아니 된다. 나는 기꺼이 표정을 선택할 것이다.

이런 때, 내가 해야 할 표정은 어떤 것이 제일 좋을까? 어떤 것이 제일 달의 자랑에 알맞은 것이 될까?

나는 잠시 망설인다.

산촌

돼지우리다. 사람이 다가서면 꿀꿀거린다. 나직한 초가지붕마다 호박 덩굴이 덮이고, 탐스런 호박이 매달려 있다. 그리고 모양은 노랗고 못생겼으며, 자꾸만 꿀벌을 불러 대고 있다. 자연의 센슈얼한 부면部面, 몇 개로 나눈 부분의 한 면 —

우리 속은 지독한 악취다. 허나 이것이 풀의 훈기와 마찬가지로 또한 요란하고 자극적이다.

돼지, 귀여운 새끼 돼지, 즐거운 오예汚穢, 지저분하고 더러움 속에 흐느적거리고 있는 돼지, 새끼 돼지 — 수뢰水雷, 물속에서 폭발하여 적의 배를 파괴하는 무기 모양을 하고 있는 꿀돼지다.

바람이 불었다. 비는 이젠 저 철골 망루가 있는 산등성이를 넘어서 또 다른 산촌으로 가버렸나 보다.

남쪽은 모로 길게 가닥가닥이 푸르고, 자줏빛 구름은 어쩌면 오렌지빛 안쪽을 유혹이나 하듯 뒤집어 보이곤 한다.

야트막한 언덕 가득히 콩밭 — 그것은 그대로 푸른 하늘에 잇닿아 있다.

그것은 그러므로 끝이 없이 넓어 보이는 것이었다.

그리고 산 쪽으로는 수수밭, 들판 쪽으로는 벼밭과 지경地境, 지역을 나누는 경계을 이루고 있다.

또 바람이 불었다. 개구리가 뛰었다. 조그만 개구리다. 잔물결이 개구리밥 사이에 잠시 보였다.

벼밭에서 벼밭으로 아래로 아래로 맑은 물은 흐르고 있는 것이다. 논두렁을 잘라 물길을 낸 곳을 샴페인을 터뜨리는 그런 물소리가 끊일 새 없다.

피가 — 지칠 줄 모르는 피가 이렇게 내뿜고 있는 대자연은 천고에도 결코 늙어 보이는 법이 없다.

또 바람이 불었다. 좀 비를 머금은 바람이다. 수수 옥수수 잎 스치는 소리가 소조蕭條, 호젓하고 쓸쓸함롭다. 그리고 정겨웁다. 어쩌면 치마끈 끄르는 소리와도 같이.

농가다. 개가 짖는다. 새하얀 인간의 얼굴보다도, 오히려 가축

답지 않은 생김새다. 아래 온천 마을에선 개는 어떤 사람을 보아도 짖지를 않는다. 여기선 조심스럽게 겸손해하는 태도마저 보이면서, 한층 더 슬픈 소리로 짖어댔다.

산에 산울림 하여 인간의 호흡을 전달하는 것이었다.

밤나무와 바위와 약간 가파른 낭떠러지에 둘러싸여 온돌처럼 따스해 보이는 농가 두셋, 문어구의 소로까지 양쪽 댑싸리 옥수수 울타리가 어렴풋하게 구부러지면서 지나갔다. 그래서 문어구를 곧바로 내다볼 수가 없다. 마당에는 공만 한 백일초가 새빨갛게 타오르고 있다.

울타리 사이로 개가 이쪽을 겁난 눈으로 엿보고 있다. 그리고 마당. 말끔히 쓸어 놓은 마당과 소로엔 수수며 조 같은 곡식이 떨어져 있음직도 하다.

툇마루 끝에선 노파가 손주딸 머리의 이를 잡고 있다. 원후류[원숭이]가 하듯이 — 둘이 다 상반신은 알몸이다.

그리고 어두컴컴한 부엌 속에 이 또한 상반신은 알몸인 젊은 며느리가 서서 일하고 있다. 초콜릿 빛 피부 건강한 육체다.

집 뒤꼍에는 옥수수가, 이것만은 들쭉날쭉으로 서 있다. 커다란 이삭을 몇 개 달고는 가을 풀들 사이에 유난히 키가 크다.

바위에는 칡넝쿨이 붉다. 그리고 그것은 바위에 낀 무슨 광물이기나 한 것처럼 찰싹 바위에 달라붙어 있다. 그리고 검은 바위를 배경 삼아 한층 더 붉다.

어린아이 둘이 검붉은 머리카락을 바람에 나부끼면서 마당 안에서 놀고 있는 것인지 노는 걸 그만두고 있는 것인지, 둘이 다 멍하니 서 있다.

매일같이 가뭄이 계속되어, 땅바닥은 입덧 난 것처럼 균열이 생기고, 암석은 맹수처럼 거칠게 숨 쉬었다.

농부는 질푸르게 개어 오른 초가을 허공을 쳐다보았다. 한 점 구름조차 없다.

삶을 지닌 모든 것은 모두 피를 말려 쓰러질 것이다. 이제 바야흐로.

아카시아 이파리엔 흰 티끌이 덧쌓이고, 시냇물은 정맥처럼 가늘게 부어올라 거무죽죽하다.

뱀은 어디에도 그 꼴을 보이지 않는다. 옥수수 키 큰 풀숲 속에 닭을 작게 축소한 것 같은 산새가 꼭 한 마리 내려앉았다. 천벌인 양.

그리고 빈민처럼 야위어 말라빠진 조밭이 끝없이 잇달아, 수세미처럼 말라죽은 이삭을 을씨년스럽게 드리우곤 바람에 울부짖고 있었다.

그러는 사이에도 잠실 누에는 걸신들린 것처럼 뽕을 먹어 치웠다.

아가씨들은 조밭을 짓밟았다. 어차피 인간은 굶어 죽지 않으면 안 되는 것이라면, 지푸라기보다도 빈약한 조밭을 짓밟고 그리곤 뽕을 훔치라고.

야음을 타서 마을 아가씨들은 무서움도 잊고, 승냥이보다도 사납게 조밭과 콩밭을 짓밟았다. 그리고는 밭 저쪽 단 한 그루의 뽕나무를 물고 늘어졌다.

그래도 누에는 눈 깜박할 새에 뽕잎을 먹어 치웠다. 그리곤 아이들보다도 살찌면서 커갔다. 넘칠 것만 같은 건강. 풍성한 안심安心이라고도 할 만한 것은 거기에 밖엔 없었다. 처녀들은 죽음보다도 누에를 사랑했다.

그리곤 낮 동안은 높은 나뭇가지 위로 기어 올라갔다. 부끄러움을 무릅쓰고, 그 하얀 세피아 빛 과일을 해는 태워 버릴 것만 같이 쬐고 있었다.

어디에도 행복은 없다. 천사는 소년군少年軍처럼 도시로 모여들고 만 것이다.

풍우에 쓰러진 비석 같은 마을이여. 태고의 구비口碑, 여러 사람이 입으로 전해 옮김를 살고 있는 촌사람들. 거기엔 발명은 절대로 없다.

지난해처럼 옥수수는 푸짐하게 익어, 더욱더 숱한 주홍빛 수염을 바람에 나부끼고는, 초가을 고추잠자리 날으는 하늘에 잎 쓸리는 흥겨운 소리를 울렸다.

그리고 옥수수 수수깡을 둘러친 울타리엔, 황금빛 탐스런 호박이 어떤 축구공보다도 크고 묵직하다.

산기슭 도수장屠獸場, 소 · 돼지 · 양 따위의 짐승을 잡는 곳은 오래도록 휴업 중이다. 그리고 아이들은 고무신을 벗어들고는, 송사리보다 조금 더 큰 붕어를 잡는다.

개들은 가족들이 보는 앞에서 마구 야위어 갔다. 그리고 시집을 앞둔 많은 처녀들이 노파와 같은 얼굴로 되어 갔다.

줄기는 힘없이 부러지기만 했고, 조 이삭의 큰 것은 자살처럼 제 체중 때문에 모가지를 접질리곤 했다.

마른 뱅어같이 딱딱하고 가느다란 콩 넝쿨은 길 잃은 자라처럼 땅바닥을 기고 있다. 그리고는 생식기 같은 콩 두서너 개를 매달고 있다. 버들잎이 담겨 있는 시냇물까지 젊은 두 아낙네가 물동이를 이고 물 길러 왔다.

그리하여 피는 이어져 있다. 메마른 공기 속 깊숙이.

나는 물을 마셨다. 시원한 밤이 오장으로 흘러들었다.

귀뚜리 소리는 한층 야단스레 한결 선연해진 것 같다. 달 없는 천근千斤의 마당 안에.

홀로 이 귀뚜리는 속세의 시끄러움에서 빠져나와, 이 인외경人外境, 사람이 살지 않은 곳에 울적하게 철학하면서 야위도록 애태움은 어찌 된 까닭일까? 이 귀뚜리는 지독한 염세가인지도 모른다. 램프의 위치는 어쩌면 그 화려한 자살 장소로서 선정된 것이나 아닐지.

그의 저 등피燈皮, 등불이 꺼지지 않도록 바람을 막아주는 물건 밖에서 흥분과 주저는 어떠했던가.

귀뚜리의 자살 — 여기에 — 일가권속을 떠나, 붕우朋友, 벗를 떠나, 세상의 한없는 따분함과 권태로 해서 먼 낯설은 땅으로 흘러온 고독한 나그네의 모습을 보지 않는가. 나의 공상은 자살하려고 하는 귀뚜리를 향해 위안의 말을 늘어놓는다.

귀뚜리여, 영원히 침묵할 것인가. 귀뚜리여, 너는 어쩌면 방울벌레인지도 모른다. 네가 방울벌레라 해도 너는 침묵할 것이다.

죽어선 안 된다. 서울로 돌아가라. 서울은 시방 가을이 아니냐. 그리고 모든 애매미들이 한껏 아름다운 목청을 뽑아 노래하는 계절이 아니냐.

서울에선 아무도 너를 기다리고 있지 않다 그 말인가. 그래도 좋다. 어쨌든 너는 서울로 돌아가라. 그리고 노력해 보게나. 그리하여 전과는 다른 의미에서의 삶의 새로운 의의와 광명을 발견하게나, 고안해 보게나.

하지만 나의 이 같은 우습지도 않은 혼잣말은 귀뚜리의 귀에는 가닿지 않은가 보다. 어쩌면 귀뚜리는 내심 나를 몹시 조소하면서도, 외관만은 모르는 척하고 꿀 먹은 벙어리로 있는 것이나 아닐지. 나는 적이 불안하다.

나는 이 지방에 와서 아무와도 친하지 않는다. 그들은 모두 나를 질색하는 것만 같았기 때문이다. 하지만 일주일도 안 되어 슬금슬금 그들은 두어 마디 서너 마디 나한테 말을 걸어오는 수도 있게 됐다. 그것이 나로선 참을 수 없이 무섭다.

그들은 도대체 나한테서 무엇을 탐지하려는 것일까? 내 악의 충동에 대해 똑똑히 알고 싶은 것이리라. — 나는 위구危懼, 염려하고 두려워함를 느껴 마지않는다. 나는 그들의 누구를 보고도 싱글벙글했다. 무턱대고 싱글벙글함으로써 나의 그러한 위구감을 얼버무리는 수밖엔 없었다.

아침부터 밤까지 남을 보면 나는 그저 싱글벙글했다. 그들의 어떤 자는 괴상하다는 표정조차 했다. 하지만 나는 그런 것에 상관하지 않았다.

하지만 이제 나는 귀뚜리를 향해 어찌 싱글벙글할 수 있겠는가? 너의 혜안은 나의 위에 별처럼 빛난다.

다시금 귀뚜리는 아무것도 아직 써넣지 않은 나의 원고용지 위에 앉았다. 그리곤 나의 운명을 점쳐 주기라도 할 그런 자세이다. 이번은 몹시도 생각에 골똘한 것 같다. 그리고 나의 이 펜촉이 달리는 소리를 열심히 도청하고 있는 것만 같다.

귀뚜리여, 이 사각거리는 소리를 듣기만 해도, 너는 능히 나의 이 모자란 글을 읽어 내릴 수 있을 것이다. 정녕 선지자 같은 정돈된 그 이지적인 모습을 보면, 나는 그렇게 생각되니 말이다. 그러나 어떠냐, 나는 이렇게 많은 거짓말을 하고 있다. 얄미운 놈이라고 생각하느냐, 요사한 놈이라고 생각하느냐.

하지만 너만은 알 것이다. 보다 속 깊이 싹트고 있는 나의 악에 대한 충동을, 그리고 염치도 없는 나의 욕망을, 그리고 대해大海 같은 나의 절망까지도. 그리고 너만이 나를 용서할 것이다. 나를 순순히 받아들여 줄 것이다.

그러나 귀뚜리는 다시 흰 벽으로 옮아앉았다. 그것이 내가 필설로써 호소할 수가 전혀 없는 수많은 깊은 악과 고통마저 알고 있다는 꼭 그런 얼굴인 것이다. 나는 나의 무능함이 폭로되는 것을 생생하게 보았던 것이다. 나는 더욱 깊이 절망할 수밖에 없다.

— 死後 발표, 1976년 7월 《문학사상》

객혈의 아침

사과는 깨끗하고 또 춥고 해서 사과를 먹으면 시려워진다.

어째서 그렇게 냉랭한지 책상 위에서 하루 종일 색깔을 변치 아니한다. 차차로 — 둘이 다 시들어 간다.

먼 사람이 그대로 커다랗다. 아니 가까운 사람이 그대로 자그마하다. 아니 그 어느 쪽도 아니다. 나는 그 어느 누구와도 알지 못하니 말이다. 아니 그들의 어느 하나도 나를 알지 못하니 말이다. 아니 그 어느 쪽도 아니다(레일을 타면 전차는 어디라도 갈 수 있다).

담배 연기의 한 무더기 그 실내에서 나는 긋지 아니한 성냥을 몇 개비고 부러뜨렸다. 그 실내의 연기의 한 무더기 점화되어 나만 남기고 잘도 타나 보다. 잉크는 축축하다. 연필로 아무렇게나 시커먼 면을 그리면 연분은 종이 위에 흩어진다.

레코오드 고랑을 사람이 달린다. 거꾸로 달리는 불행한 사람은 나 같기도 하다. 멀어지는 음악 소리를 바쁘게 듣고 있다 보다. 발을 덮은 여자 구두가 가래를 밟는다. 땅에서 빈곤이 묻어온다. 받아써서 통념해야 할 암호, 쓸쓸한 초롱불과 우체통, 사람들이 수명壽命을 거느리고 멀어져 가는 것이 보인다. 그리고 나의 뱃속에 통신通信이 잠겨 있다.

새장 속에서 지저귀는 새. 나는 코털을 잡아 뽑는다.

밤. 소란한 정적 속에서 미래에 실린 기억이 종이처럼 뒤엎어진다.

하마 나로선 내 몸을 볼 수 없다. 푸른 하늘이 새장 속에 있는 것 같이.

멀리서 가위가 손가락을 연신 연방 잘라 간다.

검고 가느다란 무게가 내 눈구멍에 넘쳐 왔는데, 나는 그림자와 서로 껴안는 나의 몸뚱이를 똑똑히 볼 수 있었다.

알맹이까지 빨간 사과가 먹고프다는둥.

피가 물들기 때문에 여윈다는 말을 듣곤 먹지 않았던 일이며,

나를 놀라게 한 것은 그 종자는 이젠 심어도 나지 않는다고 단정케 하는 사과 겉껍질의 빨간색 그것이다.

공기마저 얼어서 나를 못 통하게 한다. 뜰은 주형鑄型, 거푸집처럼 한 장 한 장 떼어낼 수 있을 것 같다.

나의 호흡에 탄환을 쏴 넣는 놈이 있다.

병석에 나는 조심조심 조용히 누워 있노라니까 뜰에 바람이 불어서 무엇인가 떼굴떼굴 굴려지고 있는 그런 낌새가 보였다.

별이 흔들린다. 나의 기억의 순서가 흔들리듯.

어릴 적 사진에서 스스로 병을 진단한다.

가브리엘 천사균(내가 가장 불세출의 그리스도라 치고)

이 살균제는 마침내 폐결핵의 혈담이었다고?

폐 속 펭키칠 한 십자가가 날이 날마다 발돋움을 한다.

폐 속엔 요리사 천사가 있어서 때때로 소변을 본단 말이다.

나에 대해 달력의 숫자는 차츰차츰 줄어든다.

네온사인은 색소폰같이 야위었다. 그리고 나의 정맥은 휘파람같이 야위었다.

하얀 천사가 나의 폐에 가벼이 노크한다.

황혼 같은 폐 속에서는 고요히 물이 끓고 있다.

고무전선을 끌어다가 성 베드로가 도청을 한다.

그리고 세 번이나 천사를 보고 나는 모른다고 한다.

그때 닭이 홰를 친다 — 어엇, 끓는 물을 엎지르면 야단야단 —

봄이 와서 따스한 건 지구의 아궁이에 불을 지폈기 때문이다.

모두가 끓어오른다. 아지랑이처럼.

나만이 사금파리 모양 남는다.

나무들조차 끓어서 푸른 거품을 수두룩 뿜어내고 있는데도.

— 死後 발표, 1976년 7월 《문학사상》

야색(夜色)

한꺼번에 이처럼 많은 별을 본 적은 없다. 어쩐지 공포감마저 불러일으킨다. 달 없는 밤하늘은 무어라 말할 수 없는 귀기鬼氣, 소름이 오싹 끼칠 정도의 무서운 기운마저 서린 채 마치 커다란 음향의 소용돌이 속에 서 있는 느낌이다. 마을 사람들의 식후 한담閑談, 한가하게 서로 주고받는 이야기을 멀리 들으며 때때로 이 방대함에 공포를 느끼면서도 하늘을 바라보았다.

과연 이 한 몸은 광대한 우주에 비하면 티끌만 한 가치도 없다. 그런데도 이 야망은 어떻게 된 것인가. 이 불안은 뭔가. 이 악에의 충동은 또 뭔가. 신은 이 순간에 있어서 건강체인 나의 앞에선 단연 무력하다. 그러나 그렇다고 해도 나는 그 신을 이길 수는 없지만. 그러나 나는 신에 대해 저주의 마음 같은 것도 추호도 갖고 있지 않다. 신을 이기겠다는 의욕도 갖고 있지 않다. 왜

냐하면 나의 이 불안감은 끝없는 환희 속에서 신의 의지, 신의 제재를 인정하지 않기 때문이다.

그럼에도 불구하고 나의 이 바윗덩이 같은 우울의 근거는 어디서 오는 것인지 전혀 불명不明, 분명하지 않음이다. 그 원천이 내 자신의 내부에 있다면 나는 무엇 때문에 내 자신에 의해 고통을 받는 것일까? 그건 우스운 이야기다.

인간 세상이 온통 제멋대로인 것처럼 자꾸만 생각된다. 그것은 사실 신이 관여하는 바가 아니기 때문이다. 그래서 인간은 자기 한 몸을 마음대로 처리할 수 있고 간섭받지 않는 완전한 자유를 지녔다. 자살이 그것이다.

나는 자살에 대해 생각해본다. 수단, 시기, 유서에 대한 것 등 세세히 냉정하게 생각하는 일에 몰두한다. 그러나 자살하려고 마음먹었다가 자살하지 않고 있는 것도 역시 자유다. 모든 곤란과 치욕을 견뎌내며 아랫배에 힘을 주고 살아가면 되는 것이다.

세상의 많은 자살자는 모두 자살하는 것의 자유에 대해 분명히 알고 있는 사람들이며 더 큰 고난과 치욕에도 불구하고 뻔뻔스럽게 살아가고 있는 더 많은 사람은 자살하지 않는 것도 또한 자유라는 데 대한 인식을 얻은 사람들이다.

나는 지금 음침한 토막집 속에서 더러운 개와 닭과 돼지새끼가 우글우글하는 마당가에 앉아서 별빛에 의지해 식사를 하고 있는 가난한 농사꾼 일가를 바라보고 있다. 나는 이 사람들의 울울하고 기뻐할 줄 모르는 그리고 장난기 없는 얼굴을 정면으로 바라볼 수가 없다. 왠지는 알 수 없지만 나는 그 어떤 그림자같이 눈에 보이지 않는 저주가 내 자신의 몸에 내려지는 것 같아 견딜 수 없다.

이상하게도 그들은 자살하지 않는다. 자살하지 않는다. 그들이 마음속으로 자살을 생각하는지 아닌지는 알 수 없지만 적어도 그들의 토인[土人]처럼 검게 탄 얼굴 모습을 일별하면[한 번 흘깃 보면] 그들은 결코 단 한 번도 자살에 대해 생각해본 적이 없음을 알아차리게 된다.

그들은 내 생각에 의하면 자살하지 않는다는 것은 완전히 각 개인의 자유의사에 따르는 것이라는 것을 전심 전념 오로지 그것만을 계속 생각하지 않고 미처 다른 생각마저 할 여지가 없는 말하자면 행복한 사람들이다.

그런데 나는 뭔가. 자살하는 일 자살하지 않는 일 등을 번갈아 가며 생각하는 데 몰두하거나 그렇지 않으면 공연히 정신 상태를 어지럽게 해서 그 때문에 몹시 비관하거나 실망하는 등 생각해보면 그야말로 불행한 사람이다.

이런 식으로 나의 일생은 끝나겠지. 생각이 여기에 미치자 산다는 것이 이 얼마나 불쾌와 고통의 연속인가 하는 것에 아연해질 수밖에 없다.

야색은 권태로운 경치를 한층 더 권태롭고 혼연하게 만들었을 뿐 아니라 아무짝에도 쓸데없는 방대한 공포의 광경마저 내장한 채 버티고 있다. 이러한 우매한 자연에 대해서 나는 언제까지나 털끝만한 친밀감도 발견할 수 없다.

—死後 발표, 1986년 10월 《문학사상》

부록

5장

거 울

일세의 귀재 이상은 그 통성의 대작 〈종생기〉 일편을 남기고
일천구백삼십칠 년 정축 삼월 삼일 미시 여기 백일(白日) 아래서
그 파란만장한 생애를 끝맺고 문득 卒하다.

__ **직접 쓴 묘비명**

정희에게

지금 편지를 받았으나 어쩐지 당신이 내게 준 글이라고는 잘 믿어지지 않는 것이 슬픕니다. 당신이 내게 이러한 것을 경험케 하기 벌써 두 번째입니다. 그 한번이 내가 시골에 있던 때입니다.

이런 말을 하면 웃을지 모르나, 그간 당신은 내게 커다란 고독과 참을 수 없는 쓸쓸함을 준 사람입니다. 나는 다시금 잘 알 수가 없어지고, 이제 당신이 이상하게 미워지려고까지 합니다.

혹 내가 당신 앞에서 지나친 신경질을 부렸는지는 모르나, 아무튼 점점 당신이 멀어지고 있다는 것을 어느 날 나는 확실히 알았고— 그래서 나는 돌아오는 걸음이 말할 수 없이 허전하고 외로웠습니다. 그야말로 모연한 시욋길을 혼자 걸으면서 나는 별 이유도, 까닭도 없이 자꾸 눈물이 쏟아지려고 해서 죽을 뻔했습니다.

집에 오는 길로 나는 당신에게 긴 편지를 썼습니다. 물론 어린애 같은 당신이 보면 웃을 편지입니다.

정희야, 나는 네 앞에서 결코 현명한 벗은 못되었었다. 그러나 우리는 즐거웠었다. 내 이제 너와 더불어 즐거웠던 순간을 무덤 속에 가도 잊을 순 없다. 하지만 너는 나처럼 어리석진 않았다. 물론 이러한 너를 나는 나무라지도, 미워하지도 않는다. 오히려 이제 네가 따르려는 것 앞에서 네가 복되고, 거울처럼 밝기를 빌지도 모른다.

정희야, 나는 이제 너를 떠나는 슬픔을, 너를 잊을 수 없어 얼마든지 참으려고 한다. 하지만 정희야, 이건 언제라도 좋다. 네가 백발일 때도 좋고, 내일이라도 좋다. 만일 네 '마음'이 흐리고 어리석은 마음이 아니라 네 별보다도 더 또렷하고, 하늘보다도 더 높은 네 아름다운 마음이 행여 날 찾거든 혹시 그러한 날이 오거든, 너는 부디 내게로 와다오—

나는 진정 네가 좋다. 웬일인지 모르겠다. 네 작은 입이 좋고, 목덜미가 좋고, 볼때기도 좋다. 나는 이후 남은 세월을 정희 너를 위해, 네가 다시 오기 위해 저 야공[夜空, 저녁 하늘]의 별을 바라보듯 잠잠히 살아가련다.

하는 어리석은 수작이었으나, 나는 이것을 당신께 보내지 않았습니다. 당신 앞에는 나보다도 기가 차게 현명한 벗이 허다히 있을 줄을 알기 때문입니다. 그래서 단지, 나도 당신처럼 약아 보려고 했을 뿐입니다.

그러나 내 고향은 역시 어리석었던지, 내가 글을 쓰겠다면 무척 좋아하던 당신이 — 우리 함께 글을 쓰고, 서로 즐기고, 언제까지나 떠나지 말자고, 어린애처럼 속삭이던 기억이 내 마음을 오래도록 언짢게 하는 것을 어찌할 수가 없었습니다. 정말 나는 당신을 위해 — 아니, 당신이 글을 쓰면 좋겠다고 해서 쓰기로 한 셈이니까요 —

당신이 날 만나고 싶다고 했으니 만나드리겠습니다. 그러나 이제 내 맘도 무한히 흩어져 당신이 있는 곳에는 잘 가지지 않습니다.

금년 마지막 날 오후 다섯 시에 후루사토故鄕, 고향라는 집에서 만나기로 합시다.

회답 주시기 바랍니다.

李箱

— 1935년

김기림에게 1

기림 형.

형의 그 '구부러진 못과 같은 글자'로 된 글을 땀을 흘리면서 읽었소이다. 무사히 착석하였다니 내 기억 속에 '김기림'이라는 공석이 하나 결정적으로 생겼나 보이다.

구인회九人會, 1933년 조직되었던 문학단체는 그 후로 모이지 않았소이다. 그러나 형의 안착은 아마 그럭저럭 다들 아나 봅디다.

사실 나는 형의 웅비를 목도하고 선제공격을 당한 것 같은 기분이 들어 우울했소이다. 그것은 한 계집에 대한 질투와는 비교할 것이 못 될 것이오. 나는 그렇게까지 내 자신이 미웠고 부끄러웠소이다.

불행히 — 혹은 다행히 이상도 이달 하순경에는 동경 사람이 될 것 같소. 그러나 그것은 어디까지나 형의 웅비와는 구별되는 것이오.

아마 이상은 그 '속이 빤히 들여다보이는' 문학은 그만두겠지요.

《시와 소설구인회의 동인지로 창간호만 내고 종간됨》은 회원들이 모두 게을러서 글렀소이다. 그래 폐간하고 그만 둘 심산이오. 2호는 회사 쪽에 면목이 없으니까 내 독력으로 취미잡지를 하나 만들 작정입니다.

그러든지 지금이라도 늦지 않았으니 서둘러 원고를 써 오면 어떤 잡지에도 지지 않는 버젓한 책을 하나 만들 작정입니다.

《기상도》氣象圖, 김기림의 시 제목이자 첫 시집는 조판이 완료되었습니다. 지금 교정 중이니 내 눈에 교료校了, 인쇄물의 교정을 끝냄가 되면 가본을 만들어서 보내 드리겠사오니 최후 교정을 하여 보내주시기 바랍니다. 동시에《시와 소설》도 몇 권 함께 보내 드리겠소이다.

그리고 '가벼운 글' 원고 좀 보내주시오. 좀 써먹어야겠소. 기행문? 좋지! 좀 써 보내구려!

빌어먹을 것 — 세상이 귀찮구려!

불행이 아니면 하루도 살 수 없는 '그런 인간'에게 행복이 오면 큰 일 나오. 아마 즉사할 것이오. 협심증으로 —

'일절 맹세하지 마라', '아무것도 믿지 않는다고 맹세하라'의

두 마디 말이 발휘하는 다채한 패러독스를 농락하면서 혼자 미고소微苦笑, 가벼운 쓴웃음를 하여보오.

형은 어디 한번 크게 되어 보시오. 인생이 또한 즐거우리다.

사날사나흘 전에 FUA의 〈장미신방薔薇新房〉이란 영화를 보았소. 충분히 좋습디다. '조촐한 행복이 진정한 황금'이란 타이틀은 아노르도황의 영화에서 보았고 '조촐한 행복이 인생을 썩혀 버린다.'는 타이틀은 《장미의 침상》에서 보았소. "아, 철학의 끝도 없는 낭비여!" 그랬소.

'모든 법칙을 비웃어라.', '그것도 맹세하지 말라.' 나 있는 곳에는 고기덮밥을 사다 먹는 승려가 한 분 있소. 그이가 이런 소크라테스를 성가시게 구는 논리학을 내게 띄워주는 것이오.

소설을 쓰겠소. '우리들의 행복을 하느님께 과시해줄 거야.' 그런 해괴망측한 소설을 쓰겠다는 이야기요. 흉계지요? 가만 있자! 철학공부도 좋구려! 따분하고 따분해서 못 견딜 그따위 일생도 죽음보다는 그래도 좀 재미가 있지 않겠소?

연애라도 할까? 싱거워서? 심심해서? 스스러워서수줍고 부끄러움?

이 편지를 보았을 때 형은 아마 뒤이어 《기상도》의 교정을 보아야 될 것 같소.

형이 여기 있고 마음 맞는 친구끼리 모여서 조용한 '기상도의 밤'을 가지고 싶던 것이 퍽 유감되게 되었구려. 우리 여름에 할까? 누가 아 — 나?

여보! 편지나 좀 하구려! 내 고독과 울적을 동정하고 싶지는 않소?

자 — 운명에 순종하는 수밖에! 굿바이.

6일 李箱

— 1936년 4월 6일

김기림에게 2

기림 형.

어떻소? 거기도 덥소? 공부는 잘 되오?

《기상도》가 되었으니 보오. 교정은 내가 그럭저럭 잘 보았답시고 본 모양인데 틀린 데는 고쳐 보내오.

구 군具, 화가 구본웅 은 한 천 부 박아서 팔자고 그럽디다. 그러니 형은 오십 원만 내고 잠자코 있구려. 어떻소? 그 대답도 적어 보내기 바라오.

참, 체재體裁, 문장 형식도 고치고 싶은 대로 고치오.

그리고 검열본은 안 보내니 그리 아오. 꼭 필요하면 편지하오. 보내 드리리다.

이것은 교정쇄이니까 삐뚤삐뚤한 것은 '간조셈, 계산'에 넣지 마오. 인쇄할 때 바로잡을 것이니까 염려없소. 그러니까 두 장이 한 장인 세음이오. 알았소?

그리고 넘버는 아주 빼버리는 게 좋을 것 같은데 의견이 어떻소? 좀 꼴불견 같지 않소?

구인회는 인간 최대의 태만에서 부침 중이오. 팔양八陽, 시인 박팔양이 탈회했소 —

잡지 2호는 흐지부지요. 게을러서 다 틀려먹을 것 같소. 내일 밤에는 명월관에서 영랑시집의 밤이 있소. 서울은 그저 답보 중이오.

자주 편지나 하오. 나는 아마 좀 더 여기 있어야 되나 보오.

참, 내가 요새 소설을 썼소. 우습소? 자 — 그만둡시다.

李箱

— 1936년 5월 11일

김기림에게 3

기림 형.

인천에 가 있다가 어제 왔소.

해변에도 우울밖에는 없소. 어디를 가나 이 영혼은 즐거워할 줄 모르니 딱하구려! 전원도 우리들의 병원은 아니라고 형은 그랬지만 바다 또한 우리들의 약국은 아닙디다.

독서하오? 나는 독서도 안 되오.

여지껏 가족들에게 대한 은애의 정을 차마 떼기 어려워 집을 나가지 못하였던 것을 이번에 내 아우가 직업을 얻은 기회로 동경에 가서 고생살이 좀 하여 볼 작정이오. 아직은 큰소리 못하겠으나 9월 중에는 어쩌면 출발할 수 있을 것 같소.

형, 도동渡東, 일본으로 건너감하는 길에 서울 들러 부디 좀 만납시다. 할 이야기도 많고, 이 일 저 일 의논하고 싶소.

고황[膏肓, 고는 심장의 아랫부분, 황은 횡격막의 윗부분으로, 사람 몸의 가장 깊은 곳을 이르는 말]에 든 이 문학병을 — 이 익애[溺愛, 흠뻑 빠져 지나치게 사랑하거나 귀여워함]의, 이 도취의… 이 굴레를 제발 좀 벗고 표연할 수 있는 제법 근량 나가는 인간이 되고 싶소. 여기서 같은 환경에서는 자기 부패작용을 일으켜서 그대로 연화할 것만 같소. 동경이라는 곳에 나를 매질할 빈고가 있을 뿐인 것을 너무 잘 알고 있지만 컨디션이 필요하단 말이오. 컨디션, 사표[師表], 시야, 아니 안계[眼界], 구속— 어째 적당한 어휘가 발견되지 않소만그려!

태원[소설가 박태원]은 어쩌다나 만나오. 하지만 세대고[世帶苦, 생활고] 때문에 활갯짓이 잘 안 되나 봅디다.

지용[시인 정지용]은 한 번도 못 만났소.

세상 사람들이 다 제각기의 흥분 도취에서 사는 판이니까 타인의 용훼[容喙, 간섭하여 말참견을 함]는 불허하나 봅디다. 즉 연애, 여행, 시, 횡재, 명성 — 이렇게 제 것만이 세상에 제일인 줄들 아나 봅디다. 자, 기림 형은 나하고나 악수합시다, 하하.

편지 부디 주기 바라오. 그리고 도동 길에 꼭 좀 만나기로 합시다. 굿바이.

李箱

— 1936년 8월경

김기림에게 4

기림 형.

형의 글 받았소. 퍽 반가웠소.

북일본 가을에 형은 참 엄연한 존재로구려!

워 — 밍업이 다 되었건만 와인드업을 하지 못하는 이 몸이 형이 몹시 부러워하오.

지금쯤은 이 李箱이 동경 사람이 되었을 것인데 본정서(本町署, 지금의 서울 중부경찰서) 고등계에서 '도항 불허'의 분부가 지난달 하순에 나렸구려! 우습지 않소?

그러나 지금 다시 다른 방법으로 도항 증명을 얻을 도리를 차리는 중이니 금월 중순 — 하순경에는 아마 李箱도 동경을 헤매는 백면의 표객이 되리다.

졸작 〈날개〉에 대한 형의 다정한 말씀 골수에 스미오. 방금은 문학 천 년이 회신[灰燼, 흔적 없이 다 타서 없어짐]에 돌아갈 지상 최종의 걸작 〈종생기〉를 쓰는 중이오. 부디, 이 억울한 내출혈[피로 쓴 글]을 알아주기 바라오!

《삼사문학》 한 부 호소로[狐小路] 집으로 보냈는데 받았는지 모르겠구려!

요새 《조선일보》 학술란에 근작시 〈위독〉을 연재 중이오. 기능어, 조직어, 구성어, 사색어로 된 한글 문자 추구 시험이오. 다행히 고평[高評]을 비오. 요다음쯤 일맥의 혈로가 보일 듯하오.

지용, 구보[소설가 박태원의 필명] 다 가끔 만나오. 건강하게 잘들 있으니 또한 천하는 태평성대가 아직도 계속될 것 같소.

환태[문학평론가 김환태]가 종교 예배당에서 결혼하였소.

〈유령, 서부로 가다〉는 명작 〈홍길동전〉과 함께 영화사상 굴지의 잡동사니가 아닐까 싶소. 르네 클레르 똥이나 먹으라지요.

《영화시대》라는 잡지가 실로 무보수라는 구실 하에 이상 씨에게 영화소설 〈백병〉을 집필시키기에 성공하였소. 뉴스 끝.

추야장[秋夜長, 길고 긴 가을밤]! 너무 소조하구려! 아당만세[我黨萬歲, 우리 편 만세]! 굿나잇.

오전 네 시 반 李箱

— 1936년 10월 초순

김기림에게 5

기림 형.

기어코 동경 왔소. 와 보니 실망이오. 실로 동경이라는 데는 치사스런 데로구려!

동경 오지 않겠소? 다만 李箱을 만나겠다는 이유만으로라도 —

《삼사문학》 동인들이 이곳에 여럿이 있소. 그러나 그들은 어디까지든지 학생들이오. 그들과 어울리지 못하는 것을 보면 우리도 인제 그만하고 늙었나 보이다.

《삼사문학》에 원고 좀 주줘주오. 그리고 씩씩하게 성장하는 새 세기의 영웅들을 위하여 귀하가 귀하의 존중한 명성을 잠깐 낮추어 《삼사문학》의 동인이 되어줄 의사는 없는지 이곳 청년들의 갈망입니다. 어떻소?

편지주기 바라오. 이곳에서 나는 빈궁하고 고독하오. 주소를 잊어서 주소를 알아가지고 편지하느라 이렇게 늦었소. 동경서 만났으면 작히'얼마나'란 뜻으로 희망이나 추측을 나타내는 말 좋겠소?

형에게는 건강도 부귀도 넘쳐 있으니 편지 끝에 상투로 빌만 한 말을 얼른 생각해내기가 어렵소그려.

李箱

— 1936년 11월 14일

김기림에게 6

기림 대인大人, 친하고 정다운 사이에 쓰는 호칭.

여보! 참 반갑습디다. 가지야마에마치治屋前町 주소를 조선으로 물어서 겨우 알아 가지고 편지했는데 답장이 얼른 오지 않아서 나는 아마 '주소가 또 옮겨진 게로군!' 하고 탄식하던 차에 참 반가웠소.

여보! 당신이 바 — 레volleyball, 배구 선수라니 그 바 — 레팀인즉, 내 어리석은 생각에 세계 최강 팀인가 싶소그려! 그래 이겼소? 이길 뻔하다 만 소위 석패를 했소?

그러나저러나 동경에 오기는 왔는데 나는 지금 누워 있소그려. 매일 오후면 똑 거동 못 할 정도로 열이 나서 성가셔서 죽겠소그려.

동경이란 참 치사스런 도십디다. 예다 대면 경성이란 얼마나 인심 좋고 살기 좋은 '한적한 농촌'인지 모르겠습디다.

어디를 가도 구미가 당기는 것이 없소그려! 꼴사납게도 표피적인 서구적 악습의 말하자면 그나마도 그저 분자식이 겨우 여기 수입이 되어서 진짜 행세를 하는 꼴이란 참 구역질이 날 일이오.

나는 참 동경이 이따위 비속 그것과 같은 물건인 줄은 그래도 몰랐소. 그래도 뭣이 있겠거니 했더니 과연 속 빈 강정 그것이오.

한화휴제閑話休題, '쓸데없는 이야기는 그만하고'라는 뜻 — 나도 봐서 내달 중으로 서울로 도로 갈까 하오. 여기 있댔자 몸이나 자꾸 축이 가고 겸하여 머리가 혼란하여 불시에 발광할 것 같소. 첫째, 이 가솔린 냄새가 미만彌蔓, 널리 퍼짐 넘쳐흐르는 것 같은 거리가 참 싫소.

하여간 당신 겨울방학 때까지는 내 약간의 건강을 획득할 터이니 그때는 부디부디 동경에 들러 가기를 천 번 만 번 당부하는 바이오. 웬만하거든 거기 여학도들도 잠깐 도중하차 시킵시다그려.

그리고 시종 여일하게 李箱 선생께서는 프롤레타리아니까 군용금을 톡톡히 나래挐來, 가져옴하기 바라오. 우리 그럴듯하게 하룻저녁 놀아봅시다. 동경 첨단 여성들의 물거품 같은 '사상' 위에다 대륙의 유서 깊은 천근 철퇴를 내려뜨려 줍시다.

《조선일보》 모 씨 논문 나도 그 후에 얻어 읽었소. 형안炯眼, 날카로운 눈매이 족히 남의 흉리를 투시하는가 싶습디다. 그러나 씨의 모럴에 대한 탁견에는 물론 구체적 제시도 없었지만 — 약간 수미愁眉, 근심에 잠겨 찌푸린 눈썹. 또는 그런 얼굴이나 기색를 금할 수 없었소. 예술적 기품 운운은 그의 실언이오. 톨스토이나 기쿠치 간신현실주의 문학의 새 방향을 연 일본의 극작가이자 소설가은 말하자면 영원한 대중문예(문학이 아니라)에 지나지 않는 것을 깜빡 잊어버리신 듯합디다.

그리고 〈위독〉이상의 연작시에 대하여도 —

사실 나는 요새 그따위 시밖에 써지지 않는구려. 그래서 철저히 소설을 쓸 결심이오. 암만해도 나는 십구 세기와 이십 세기 틈바구니에 끼여 졸도하려 드는 무뢰한인 모양이오. 완전히 이십 세기 사람이 되기에는 내 혈관에는 너무도 많은 십구 세기의 엄숙한 도덕성의 피가 위협하듯이 흐르고 있소그려.

이곳 삼십사년대의 영웅들은 과연 추호의 오점도 없는 이십 세기 정신의 영웅들입디다. 도스토옙스키는 그들에게 선조에 지나지 않는다는 것을 그들은 생리生理, 생활의 원리를 가지고 생리하면서 완벽하게 살고 있소.

그들은 李箱도 역시 이십 세기의 운동 선수이거니 하고 오해하는 모양인데 나는 그들에게 낙망(아니 환멸)을 주지 않게 하기 위하여 그들과 만날 때 오직 이십 세기를 근근이 포즈를 써 유지할 따름이로구려! 아! 이 마음의 아픈 갈등이여.

생 — 그 가운데만 오직 무한한 기쁨이 있는 것을 너무도 잘 알기 때문에 이미 옴짝달싹 못 할 정도로 전락하고 만 자신을 굽어살피면서 생에 대한 용기, 호기심, 이런 것이 날로 희박하여 가는 것을 자각하오.

이것은 참 제도할 수 없는 비극이오! 아쿠타가와아쿠타가와 류노스케, 일본 다이쇼 시대를 대표하는 소설가나 마키노마키노 신이치. 일본의 소설가로 아쿠타가와 류노스케와 더불어 이상이 동경하던 작가 같은 사람들이 맛보았을 성싶은 최후 한 찰나의 심경은 나 역시 어느 순간 전광같이 짧게 그러나 참 똑똑하게 맛보는 것이 이즈음 한두 번이 아니오. 제전帝展, 일본제국미술전람회도 보았소. 환멸이라기에는 너무나 참담한 일장의 난센스입디다. 나는 그 페인트의 악취에 질식할 것만 같아 그만 코를 꽉 쥐고 뛰어나왔소. (중략)

오직 가령 자전을 만들어냈다거나, 일생을 철 연구에 바쳤다거나 하는 사람들만이 훌륭한 사람인가 싶소. 가끔 진짜 예술가들이 더러 있는 모양인데 이 생활거세 씨들은 당장에 시궁창의 쥐가 되어서 한 이삼 년 만에 노사老死하는 모양입디다.

기림 형.

이 무슨 객쩍은 망설을 늘어놓음이리오. 소생 동경 와서 신경 쇠약이 극도에 이르렀소! 게다가 몸이 이렇게 불편해서 그런 모양이오.

방학이 언제나 될는지 그 전에 편지 한 번 더 주기 바라오. 그리고 올 때는 도착 시각을 조사해서 전보 쳐주우. 동경역까지 도보로도 한 십오분 이십분이면 갈 수가 있소. 그리고 틈나는 대로 편지 좀 자주 주기 바라오.

나는 이곳에서 외롭고 심히 가난하오. 오직 몇몇 장 편지가 겨우 이 가련한 인간의 명맥을 이어주는 것이오. 당신에게는 건강을 비는 것 역시 우습고 ― 그럼 당신의 러브 어페어love affair, 연애에 행운이 있기를 비오.

이십구일 배拜

― 1936년 11월 29일

김기림에게 7

기림 형.

궁금하구려! 내각이 여러 번 변했는데, 왜 편지하지 않소? 아하, 요새 참 시험 때로군그래! 머리를 긁적긁적하면서 답안용지를 이리 뒤척 저리 뒤척이는 당신의 어울리지 않는 풍채가 짐짓 보고 싶소그려!

허리라는 지방은 어떻게 좀 평정되었소? 병원 통근은 면했소? 당신은 스포츠라는 초근대적인 정책에 깜박 속아 넘어갔소. 이것이 李箱 씨의 '기림 씨 바 — 레에 진출하다'에 대한 비판이오.

오늘은 음력 선달그믐날이오. 향수가 대두하오. ○라는 내지인內地人, 일본 본토인 대학생과 커피를 마시고 온 길이오. 커피집에서 랄로바이올린 협주곡를 한 곡조 듣고 왔소. 후베르만폴란드 출신의 유명 바이올리니스트이라는 제금가提琴家, 바이올리니스트는 너무나 탐미주의자입디다.

그저 한없이 예쁘장할 뿐이지 정서가 없소. 거기에 비하면 요전에 들었던 엘먼러시아 출신 유명 바이올리니스트은 참 놀라운 인물입니다. 같은 랄로의 최종 악장 론도의 부를 그저 막 헐어 내서는 완전히 딴것으로 만들어 버립디다.

엘먼은 내가 싫어하는 제금가였는데 그의 꾸준히 지속되는 성가聲價, 세상에 드러난 좋은 평판이나 소문의 원인을 이번 실연을 듣고 비로소 알게 되었소. 소위 '엘먼 톤'이란 무엇인지 사도斯道, 어떤 전문적인 방면의 도나 기예의 문외한 이상으로서 알 길이 없으나 그의 슬라브러시아 및 동유럽권 국가적인 굵은 선과 그 분방한 변주는 경탄할 만한 것입디다. 영국 사람인 줄 알았더니 나중에 알고 보니 역시 이주민입디다.

한화휴제 — 차차 마음이 즉, 생각하는 것이 변해가오. 역시 내가 고집하고 있던 것은 회피였나 보오. 흉리에 거래하는 잡다한 문제 때문에 극도의 불면증으로 고생 중이오. 가끔 혈담을 토하고 (중략) 체계 없는 독서 때문에 가끔 발열하오. 이삼일씩 이불을 쓰고 두문불출하는 수도 있소. 자꾸 자신을 잃어버리면서도 양심, 양심하고 이렇게 부르짖어도 보오. 비참한 일이오.

한화휴제 — 3월에는 부디 만납시다. 나는 지금 참 쩔쩔매는 중이오. 생활보다도 대체 어떻게 했으면 좋을지 모르겠소. 의논할 일이 한두 가지가 아니오. 만나서 결국 아무 이야기도 못 하고 헤어지는 한이 있더라도 그저 만나기라도 합시다. 내가 서울을 떠날 때 생각한 것은 참 어림도 없는 도원몽桃源夢, 이상향이었소. 이러다가는 정말 자살할 것 같소.

고향에는 모두들 벼개를 나란히 하여 타면墮眠, 게으름을 피우면 잠만 잠들을 계속하고 있는 꼴이오. 여기 와 보니 조선 청년들이란 참 한심합디다. 이거 참 썩은 새끼조차도 주위에는 없구려!

진보적인 청년도 몇 있기는 있소. 그러나 그들 역시 늘 무엇인지 부절히 겁을 내고 지내는 모양이 불민하기 짝이 없습디다.

삼월쯤은 동경도 따뜻해지리다. 동경 들르오. 산책이라도 합시다.

《조광》 이월호에 실린 〈동해〉라는 졸작 보았소? 보았다면 게서 더 큰 불행이 없겠소. 등에서 땀이 펑펑 쏟아질 열작이오.

다시 고쳐 쓸 작정이오. 그러기 위해서는 당분간 작품을 쓸 수 없을 것이오. 그야 〈동해〉도 작년 유월 칠월경에 쓴 것이오. 그것을 가지고 지금의 나를 촌탁忖度, 남의 마음을 미루어서 헤아림하지 말기 바라오. 조금 어른이 되었다고 자신하오. (중략)

망언, 망언. 엽서라도 주기 바라오.

음력 제야 李箱

— 1937년 2월 10일

H형에게

H형!

형의 글 반갑이 읽었습니다. 저의 못난 여편네를 위하여 귀중한 하룻밤을 부인으로 하여금 허비하게 하였다니 어떻게 감사해야 할는지 모르겠습니다. 부인께도 이 말씀 전해주시기 바랍니다.

형의 〈명상〉1937년 1월 《조광》에 발표된 안회남의 단편소설 잘 읽었습니다. 타기唾棄, '침을 뱉듯이 버린다'는 뜻으로, 아주 더럽게 생각하여 돌아보지 않고 버림을 이르는 말할 생활을 하고 있는 지금의 저로서 적잖이 계발 받은 바 많았습니다. 이것은 찬사가 아니라 감사입니다.

저에게 주신 형의 충고의 가지가지가 저의 골수에 맺혀 고마웠습니다. 돌아와서 인간으로서, 아니 사람으로서의 옳은 도리를 가지고 선처하란 말씀은 참 등에서 땀이 날만치 제 가슴을 찔렀습니다.

저는 지금 사람 노릇을 못 하고 있습니다. 계집은 가두에다 방매하고 부모로 하여금 기갈하게 하고 있으니 어찌 족히 사람이라 일컬으리까. 그러나 저는 지식의 걸인은 아닙니다. 칠 개 국어 운운도 원래가 허풍이었습니다. 살아야겠어서, 다시 살아야겠어서 저는 여기를 왔습니다. 당분간은 모든 제 죄와 악을 의식적으로 묵살하는 도리 외에는 길이 없습니다. 친구, 가정, 소주, 그리고 치사스러운 의리 때문에 서울로 돌아가지 못하겠습니다. 여러 가지를 생각하고 있습니다. 어떻게 했으면 좋을지 전연 모르겠습니다. 저는 당분간은 고난과라도 싸우면서 생각하는 생활을 하는 수밖에 없습니다. 한 편의 작품을 못 쓰는 한이 있더라도, 아니, 말라비틀어져서 아사하는 한이 있더라도, 저는 지금의 자세를 포기하지 않겠습니다. 도저히 '커피' 한 잔으로 해결될 문제가 아닌 것입니다.

《조광》 이월호의 〈동해〉는 작년 육, 칠월경에 쓴 냉한삼곡冷汗三斛, '차가운 땀 세 말'이라는 뜻으로, 대단한 정성을 들였음을 말함의 열작입니다. 그 작품을 가지고 지금의 李箱을 촌탁하지 말아주시기 바랍니다.

과거를 돌아보니 회한뿐입니다. 저 자신을 속여 왔나 봅니다. 정직하게 살아왔거니 하던 제 생활이 지금 와 보니 비겁한 회피의 생활이었나 봅니다.

정직하게 살겠습니다. 고독과 싸우면서 오직 그것만을 생각하고 있습니다. 오늘은 음력으로 제야除夜, 섣달 그믐날 밤입니다. 빈자떡, 수정과, 약주, 너비아니. 이 모든 기갈의 향수가 저를 못살게 굽니다. 생리적입니다. 이길 수가 없습니다.

가끔 글을 주시기 바랍니다. 고독합니다. 이곳에는 친구 삼을 만한 사람이 없습니다. 아직 발견하지 못했습니다. 언제나 서울의 흙을 밟아 볼는지 아직은 망연합니다. 저는 건강치 못합니다. 건강하신 형이 부럽습니다. 그러면 과세過歲, 설을 쇰. 해를 보냄 안녕히 하십시오. 부인께도 인사 여쭈어 주시기 바랍니다.

우제愚弟 李箱

— 1937년 2월 10일

동생 옥희 보아라
_ 세상 오빠들도 보시오

팔월 초하룻날 밤차로 너와 네 애인은 떠나는 것처럼 나한테는 그래 놓고 기실은 이튿날 아침 차로 가버렸다.

내가 아무리 이 사회에서 또 우리 가정에서 어른 노릇을 못하는 변변치 못한 인간이기로서니 그래도 너희들보다야 어른이다.

"우리 둘이 떨어지기 어렵소이다."

하고 내게 그야말로 '강담판强談判, 강하게 옳고 그름을 판단함'을 했다면, 난들 또 어쩌랴. 암만

"못한다."

고 딱 거절했던 일이라도 어머니나 아버지 몰래 너희 둘을 안동眼同, 사람을 데리고 함께 가거나 물건을 지니고 감 시켜서 쾌히 전송할 내 딴은 이해도 아량도 있다.

그것을 나까지 속이고 그랬다는 것을 네 장래 행복 이외의 아

무것도 생각할 줄 모르는 네 큰오빠 나로서 꽤 서운히 생각한다.

예정대로 K가 팔월 초하룻날 밤 북행차로 떠난다고, 그것을 일러주러 초하룻날 아침, 너와 K 둘이서 나를 찾아왔다. 요전 날 너희 둘이 의논 차로 내게 왔을 때 말한 바와 같이 K만 떠나고 옥희 너는 네 큰오빠 나와 함께 K를 전송하기로 한 것인데, 또 일의 순서상 그렇게 하는 것이 옳지 않았더냐.

그것을 너는 어쩌면 그렇게 천연스러운 얼굴로

"그럼, 오빠! 이따가 정거장에 나오세요."

"암! 나가고말구. 이따 게서 만나자꾸나."

하고 헤어진 것이 그게 사실로 내가 너희들을 전송한 모양이 되었고, 또 너희 둘로서 말하면 너희끼리는 미리 그렇게 짜고 내게 작별한 모양이 되었다.

나는 고지식하게도 밤에 차 시간을 맞춰서 비 오는데 정거장까지 나갔겠다. 내가 속으로 미리미리 꺼림칙이 여겨 오기를

'요것들이 필시 내 앞에서 뻔지르르하게 대답을 해놓고 뒤꽁무니로는 딴 궁리를 차렸지!'

했더니 아니나 다를까.

개찰도 아직 안 했는데 어째 너희 둘 모양이 아니 보이더라.

'이것 필시!' 하면서도 끝까지 기다려 보았으나 종시 너희 둘의 모양은 보이지 않고 말았다. 나는 그냥 입맛을 쩍쩍 다시고 집으로 돌아왔다.

와서는 그래도

'아마 K의 양복 세탁이 어쩌니 어쩌니 하더니 그래저래 차 시간을 못 대인 게지, 좌우간에 곧 무슨 통지가 있으렷다.'

하고 기다렸다.

못 갔으면 이튿날 아침에 반드시 내게 무슨 통지고 있어야 할 터인데 역시 잠잠했다. 허허 — 하고 나는 주춤주춤하다가 동경서 온 친구들과 그만 석양 판부터 밤새도록 술을 먹고 말았다.

물론 옥희 네 얼굴 대신에 한 통의 전보가 왔다. 옥희와 함께 왔으니 근심하지 말라는 K의 '독백'이더구나.

나는 전보를 받아들고 차라리 회심의 미소를 금할 수 없을 만하였다. 너희들의 그런 이도(利刀, 날이 날카롭고 썩 잘 드는 칼)가 물을 베는 듯한 용단을 쾌히 여긴다.

옥희야! 내게만은 아무런 불안한 생각도 가지지 마라!

다만 청천벽력처럼 너를 잃어버리신 어머니 아버지께는 마음으로 잘못했습니다고 사죄하여라.

나 역시 집을 나가야겠다. 열두 해 전 중학을 나오던 열여섯 살 때부터 오늘까지 이 허망한 욕심은 변함이 없다.

작은 오빠는 어디로 또 갔는지 들어오지 않는다.

너는 국경을 넘어 지금은 이역의 인人이다.

우리 삼남매는 모조리 어버이 공경할 줄 모르는 불효자식들이다.

그러나 우리들은 이것을 그르다고 생각하지 않는다.

갔다 와야 한다. 비록 갔다가 못 돌아오는 한이 있더라도 가야 한다.

너는 네 자신을 위하여서도 또 네 애인을 위하여서도 옳은 일을 하였다. 열두 해를 두고 벼렸건만 남의 맏자식 된 은애恩愛, 부모와 자식 간의 애정의 정에 이끌려선지, 내 위인이 변변치 못해서 그랬던지 지금껏 이 땅에 머물러 굴욕의 조석을 송영送迎하는 내가 지금 차라리 부끄럽기 짝이 없다.

너희들의 연애는 물론 내게만은 양해된 바 있었다. K가 그 인물에 비겨서 지금 불우의 신상이라는 것도 나는 잘 알고 있다.

다행히 K는 밥걱정은 안 해도 좋은 집안에서 태어났다. 그렇다고 밥이나 먹고 지내면 그만이지 하는 인간은 아니더라.

K가 내게 말한바 K의 이상이라는 것을 나는 비판하지 않는다. 그것도 인생의 한 방도리라. 다만 그것이 어디까지든지 굴욕에서 벗어나려는 일념이니 그렇다는 이유만으로도 나는 인정해야 하리라.

나는 차라리 그가 나처럼 남의 만자식임에도 불구하고 집을 사뭇 떠나겠다는 '술회'에 찬성했느니라.

허허벌판에 쓰러져 까마귀밥이 될지언정 이상理想에 살고 싶구나.

그래서 K의 말대로 삼 년, 가 있다가 오라고 권하다시피 한 것이다.

삼 년 — 삼 년이라는 세월은 이상의 두 사람으로서는 좀 긴 것 같이 생각이 들더라. 그래서 옥희 너는 어떻게 하고 가야 하나 하는 문제가 나왔을 때 나는 —

너희 두 사람의 교제도 1년이나 가까워 오니 그만하면 서로 충분히 알았으리라. 그놈이 재상 재목이면 뭐하겠느냐. 네 눈에 안 들면 쓸 곳이 없느니라. 그러니 내가 어쭙잖게 주둥이를 디밀어 이러쿵저러쿵할 계제階梯, 어떤 일을 할 수 있게 된 형편이나 기회가 못 되는 일이지만 —

나는 나 유流로 그저 이러는 것이 어떻겠느냐는 정도로 또 그래도 네 혈족의 한 사람으로서 잠자코만 있을 수도 없고 해서 —

삼 년은 과연 너무 기니 우선 삼 년 작정하고 가서 한 일 년 있자면 웬만큼 생활의 터는 잡히리라. 그러거든 돌아와서 간단히 결혼식을 하고 데려가는 것이 어떠냐. 지금 이대로 결혼식을 해도 좋기는 좋지만, 그것은 어째 결혼식을 위한 결혼식 같아서 안됐다. 결혼식 같은 것은 나야 그야 우습게 알았다. 하지만 어머니 아버지도 계시고 사람들의 눈도 있고 하니 그저 그까짓 일로 해서 남의 조소를 받을 것도 없는 일이요 —

이만큼 하고 나서 나는 K와 너에게 번갈아가며 또 의사를 물었다.

K는 내 말대로 그러만다. 내년 봄에는 꼭 돌아와서 남 보기 흉하지 않은 정도로 결혼식을 한 다음 데려가겠다는 것이다.

그러나 네 말은 이와 달랐다. 즉 결혼식 같은 것은 언제 해도 좋으니 같이 나서겠다는 것이다. 살아도 같이 살고 죽어도 같이 죽고 해야지, 타역에 가서 어떻게 될지도 모르는 것을 그냥 입을 딱 벌리고 돌아와서 데려가기만을 기다릴 수는 없단다. 그리고 남자의 마음 믿기도 어렵고 — 우물 안 개구리처럼 자라난 제가 고생 한번 해보는 것도 좋지 않으냐는 네 결의였다.

아직은 이 사회 구조가 남자 표준이다. 즐거울 때 같이 즐기기에 여자는 좋다. 그러나 고생살이에 여자는 자칫하면 남자를 결박하는 포승 노릇을 하기 쉬우니라. 그래서 어느 만큼 자리가 잡히도록 K 혼자 내버려 두라고 재삼 네가 다시 충고하였더니 너도 OK의 빛을 보이고 할 수 없이 승낙하였다. 그리고 나는 너 보는 데서 K에게 굳게굳게 여러 가지 다짐을 받아두었건만—

이제 와서 알았다. 너희 두 사람의 애정에 내 충고가 끼어들 백지 두께의 틈바구니도 없었다는 것을 말이다. 또한 내 마음이 든든하지 않으랴.

삼남매의 막내둥이로, 내가 너무 조숙早熟인데 비해서 너는 엉석으로 자라느라고 말하자면 '만숙晩熟, 늦됨'이었다. 학교시대학창시절에 인천이나 개성을 선생님께 이끌려 가본 것 이외에 너는 집 밖으로 십 리를 모른다. 그런 네가 지금 국경을 넘어서 가 있다고 생각하면 정신이 번쩍 난다.

어린애로만 생각하던 네가 어느 틈에 그런 엄청난 어른이 되었누.

부모들도 제 따님들을 옛날 당신네들이 자라나던 시절 따님 대접하듯 했다가는 엉뚱하게 혼이 날 시대가 왔다. 오빠들이 어림없이 동생을 허명무실하게 '취급'했다가는 코 떼일 시대다. 나는 그렇게 느꼈다.

나는 망치로 골통을 얻어맞은 것처럼 어찔어찔한 가운데서도 네가 집을 나가지 않으면 안 된 이유를 생각해본다.

첫째, 너는 네 애인의 전부를 독점해야겠다는 생각이겠으니 이것이야말로 인력으로 좌우되는 일도 아니겠고 어쩔 수도 없는 일이다.

둘째, 부모님이 너희들의 연애를 쾌히 인정하려 들지 않은 까닭이다.

제 자식들의 연애가 정당했을 때 부모는 그 연애를 인정해주어야 할 뿐만 아니라 나아가서는 그 연애를 좋게 지도할 의무가 있을 터인데 —

불행히 우리 어머니 아버지는 늙으셔서 그러실 줄을 모르신다. 네게는 이런 부모를 설복할 심경의 여유가 없었다. 그냥 행동으로 보여주는 수밖에는.

셋째, 너는 확실치 못하나마 생활이라는 인식을 가졌다. '여자에게도 직업이 있어서 경제적으로 언제든지 독립할 수 있는 실력이 있어야만 한다'는 것이 부모님 마음에는 안 드는 점이었다.

'돈 버는 것도 좋지만 기집애 몸 망치기 쉬우니라'는 것은 부모님들의 말씀이시다.

너 혼자 힘으로 암만해도 여기서 취직이 안 되니까 경도京都, 일본 교토 가서 여공 노릇을 하면서 사는 동무에게 편지를 하여 그리 가서 같이 여공이 되려고 한 일이 있지.

그냥 살자니 우리 집은 네 양말 한 켤레 마음대로 사줄 수 없을 만큼 가난하다. 이것은 네 큰오빠인 내가 네게 다시없이 부끄러운 일이다만 — 그러나 네가 한 번도 나를 원망한 일이 없다는 것을 나는 고맙게 안다.

그런 너다. K의 포승이 되기는커녕 족히 너는 너대로 활동하면서 K를 도우리라고 나는 믿는다.

기왕 나갔다. 나갔으니 집의 일에 연연하지 말고 너희들의 부끄럽지 않은 성공을 향하여 전심을 써라. 삼 년 아니라 십 년이라도 좋다. 패잔실패한 꼴이거든 그 벌판에서 개밥이 되더라도 다시는 고토故土, 고향 땅를 밟을 생각을 마라.

나도 한번은 나가야겠다. 이 흙을 굳게 지켜야 할 것도 잘 안다. 그러나 지켜야 할 직책과 나가야 할 직책은 스스로 다를 줄 안다.

네가 나갔고 작은 오빠도 나가고 또 내가 나가 버린다면 늙으신 부모는 누가 지키느냐고? 염려마라. 그것은 맏자식 된 내 일이니 내가 어떻게라도 하마. 해서 안 되면, —

혁혁한 장래를 위하여 불행한 과거가 희생되었달 뿐이겠다.

너희들이 국경을 넘던 밤 나는 주석酒席, 술자리에서 올림픽 보도를 듣고 있었다. 우리들은 이대로 썩어서는 안 된다. 당당히 이들과 열列, 나란히 함하여 똑똑하게 살아야 하지 않겠느냐.

정신 차려라!

신당리 버티고개 밑 오동나뭇골 빈민굴에는 송장이 다 된 할머님과 자유롭게 기동조차 못 하시는 아버지와 오십 평생을 고생으로 늙어 쭈그러진 어머니가 계신다.

네 전보를 보고 이분들은 우시었다. 너는 날이면 날마다 그 먼 길을 문門 안으로 내게 왔다. 와서 그날의 양식거리를 타 갔다. 이제 누가 다니겠니.

어머니는

"내가 말馬을 잊어버렸구나. 이거 허전해서 어디 살겠니."

하시더라. 그날부터 내가 다 떨어진 구두를 찍찍 끌고 말 노릇을 하는 중이다.

이런 것 저런 것을 비판 못 하시는 부모는 그저 별안간 네가 없어졌대서 눈물이 비 오듯 하시더라. 그것을 내가

"아, 왜들 이리 야단이십니까. 아, 죽어 나갔단 말입니까."

이렇게 큰소리를 해가면서 무마시켜 드리기는 했으나 나 역시 한 삼 년 너를 못 보겠구나 생각을 하니 갑자기 네가 그리웠다. 형제의 우애는 떨어져 봐야 아는 것이던가.

한 삼 년 나도 공부하마. 그래서 이 '노멀Nomal'하지 못한 생활의 굴욕에서 탈출해야겠다. 그때 서로 활발한 낯으로 만나자꾸나.

너도 아무쪼록 성공해서 하루라도 속히 고향으로 돌아오너라.

그야 너는 여자니까 아무 때 나가도 우리 집안에서 나가기는 해야 할 사람이지만, 일이 너무 그렇게 급하게 되어 놓아서 어머니 아버지께서 놀라셨다뿐이지, 나야 어떻겠니.

하여간 이번 너의 일 때문에 내가 깨달은 바 많다. 나도 정신 차리마.

원래가 포류지질蒲柳之質, '갯버들 같은 체질'이라는 뜻으로, 체질이 허약함을 이르는 말인 까닭에 대륙의 혹독한 기후에 족히 견뎌 낼지 근심스럽구나. 특히 몸조심을 잊어서는 안 된다. 우리 같은 가난한 계급은 이 몸

뚱이 하나가 유일 최후의 자산이니라.

편지하여라.

이해 없는 세상에서 나만은 언제라도 네 편인 것을 잊지 마라.

세상은 넓다. 너를 놀라게 할 일도 많겠거니와 또 배울 것도 많으리라.

이 글이 실리거든《중앙》한 권 사서 보내주마. K와 같이 읽고 이 큰오빠 이야기를 더 잘하여두어라.

축복한다.

내가 화가를 꿈꾸던 시절 하루 오 전 받고 '모델' 노릇 하여준 옥희, 방탕 불효한 이 큰오빠의 단 한 명밖에 없는 이해자인 옥희, 이제는 어느덧 어른이 되어서 그 애인과 함께 만 리 이역 사람이 된 옥희, 네 장래를 축복한다.

이틀이나 걸려서 이 글을 썼다. 두서를 잡기 어려울 줄 아나 세상의 너 같은 동생을 가진 여러 오빠에게도 이 글을 읽히고 싶은 마음에 감히 발표한다. 내 애정만을 사다오.

닷샛날 아침

너를 사랑하는 큰오빠 쓴다.

— 1936년 9월《중앙》

남동생 김운경에게

어제 동림[이상의 아내 변동림]이 편지로 비로소 네가 취직되었다는 소식 듣고 어찌 반가웠는지 모르겠다. 이곳에 와서 나는 하루도 마음이 편한 날 없이 집안 걱정을 하여 왔다. 울화가 치미는 때는 너에게 불쾌한 편지도 썼다. 그러나 이제는 마음을 놓겠다. 불민[不敏, 어리석고 재빠르지 못함]한 형이다. 인자[人子, 사람의 아들]의 도리를 못 밟는 이 형이다. 그러나 나에게는 가정보다도 하여야 할 일이 있다. 아무쪼록 늙으신 어머님 아버님을 너의 정성으로 위로하여 드려라. 내 자세한 글, 너에게만은 부디 들려주고 싶은 자세한 말은 이삼일 내로 다시 쓰겠다.

— 1937년 2월 8일

故 이상의 추억

__ 김기림

箱은 필시 죽음에 진 것은 아니리라. 箱은 제 육체의 마지막 조각까지도 손수 길러서 없애고 사라진 것이리라. 箱은 오늘의 환경과 종족과 무지 속에 두기에는 너무나 아까운 천재였다. 箱은 한 번도 잉크로 시를 쓴 일이 없다. 箱의 시에는 언제나 箱의 피가 임리淋漓, 흠뻑 젖어 흘러 떨어지거나 흥건함하다. 그는 스스로 제 혈관을 짜서 '시대의 혈서'를 쓴 것이다. 그는 현대라는 커다란 파선破船, 부서진 배에서 떨어져 표랑하던 너무나 처참한 선체 조각이었다.

다방 N 등의자에 기대앉아 흐릿한 담배연기 저편에 반나마 취해서 몽롱한 箱의 얼굴에서 나는 언제고 '현대의 비극'을 느끼고 소름이 끼쳤다. 약간의 해학과 야유와 독설이 섞여서 더듬더듬 떨어져 나오는 그의 잡담 속에는 오늘의 문명의 깨어진 메커니즘이 엉켜 있었다. 파리에서 문화 옹호를 위한 작가대회가 있었을 때 내가 만난 작가나 시인 중 가장 흥분한 것도 箱이었다.

箱이 우는 것을 나는 본 일이 없다. 그는 세속에 반항하는 한 악한 정령이었다. 악마더러 울 줄을 모른다고 비웃지 마라. 그는 울다 울다 못 해서 인제는 누선[淚腺, 눈물샘]이 말라버려서 더 울지 못하는 것이다. 箱이 소속된 20세기 악마의 종족들은 그러므로 번영하는 위선의 문명을 향해서 메마른 찬웃음을 토할 뿐이다.

흐리고 어지럽고 게으른 시단의 낡은 풍류에 극도의 증오를 품고 파괴와 부정에서 시작한 그의 시는 드디어 시대의 깊은 상처에 부딪혀서 참담한 신음소리를 토했다. 그도 또한 세기의 암야[暗夜, 어두운 밤] 속에서 불타다가 꺼지고 만 한줄기 첨예한 양심이었다. 그는 그러한 불안, 동요 속에서 '동(動)하는 정신'을 재건하려고 해서 새 출발을 계획한 것이다. 이 방대한 설계의 어귀에서 그는 그만 불행히 자빠졌다. 箱의 죽음은 한 개인의 생리의 비극이 아니다. 축쇄된 한 시대의 비극이다.

시단과 또 내 우정의 열석[列席, 자리에 죽 벌여서 앉음] 가운데 채워질 수 없는 영구한 공석을 하나 만들어 놓고 箱은 사라졌다. 箱을 잃고 나는 오늘 시단이 갑자기 반세기 뒤로 물러선 것을 느낀다. 내 공허를 표현하기에는 슬픔을 그린 자전 속의 모든 형용사가 모두 다 오히려 사치스럽다. '故 李箱' — 내 희망과 기대 위에 부정의 낙인을 사정없이 찍어놓은, 억울한 세 상형문자야.

반년 만에 箱을 만난 지난 3월 스무날 밤, 동경 거리는 봄비에 젖어 있었다. 그리로 왔다는 箱의 편지를 받고 나는 지난겨울부터 몇 번인가 만나기를 기약했으나 종내 센다이를 떠나지 못하다가 이날에야 동경으로 왔던 것이다.

箱의 숙소는 구단九段, 일본 동경의 지명 아래 꼬부라진 뒷골목 2층 골방이었다. 이 '날개' 돋친 시인과 더불어 동경 거리를 만보하면 얼마나 유쾌하랴 하고 그리던 온갖 꿈과는 딴판으로 箱은 '날개'가 아주 부러져서 기거도 바로 못 하고 이불을 뒤집어쓰고 앉아 있었다. 전등불에 가로 비친 그의 얼굴은 상아보다도 더 창백하고, 검은 수염이 코 밑과 턱에 참혹하게 무성했다. 그를 바라보는 내 얼굴의 어두운 표정이 가뜩이나 병들어 약해진 벗의 마음을 상하게 할까 봐, 나는 애써 명랑해하면서 "여보, 당신 얼굴이 아주 피디아스의 '제우스' 신상 같구려." 하고 웃었더니, 箱도 예의 정열 빠진 웃음을 껄껄 웃었다. 사실 나는 그때 듀비에의 '골고다의 예수' 얼굴을 연상했다. 오늘 와서 생각하면 箱은 실로 현대라는 커다란 모함에 빠져서 십자가를 걸머지고 간 골고다의 시인이었다.

암만 누우라고 해도 듣지 않고 箱은 장장 두 시간이나 앉은 채 거의 혼자서 그동안 쌓인 이야기를 풀어 놓았다. 엘먼을 찬탄하고, 정돈停頓, 침체하여 더는 나가지 못함에 빠진 몇몇 벗의 문운을 걱정하다가, 말이 그의 작품에 대한 월평月評에 미치자 그는 몹시 흥분해서 속견俗見, 통속적인 생각을 꾸짖는다. 재서평론가 최재서의 모더니티를 찬양하고, 또 그의 〈날개〉 평은 대체로 승인하나 작자로서 다소 이의가 있다고도 말했다. 나는 벗이 세평에 대해서 너무 신경 과민한 것이 건강을 더욱 해칠까 봐, 시인이면서 왜 혼자 짓는 것을 그렇게 두려워하느냐. 세상이야 알아주든 말든 값있는 일만 정성껏 하다가 가면 그만이 아니냐며 어색하게나마 위로해 보았다.

箱의 말을 들으면 공교롭게도 책상 위에 몇 권의 상스러운 책자가 있었고, 본명 김해경 외에 이상이라는 별난 이름이 있고, 그리고 일기 속에 몇 줄 온건하달 수 없는 글귀를 적었다는 일로 인해 그는 한 달 동안이나 OOO에 들어갔다가 아주 건강을 상해서 일주일 전에야 겨우 자동차에 실려서 숙소로 돌아왔다는 것이다. 箱은 그 안에서 다른 OO주의자들과 마찬가지로 수기를 썼는데, 예의 명문에 계원도 찬탄하더라고 하면서 웃었다. 니시간다 경찰서원 속에 조차 애독자를 가졌다고 하는 것은 시인으로서 얼마나 통쾌한 일이냐고 나도 같이 웃었다.

음식은 그 부근에 계신 허남용 씨 내외가 죽을 쑤어다 준다고 하고, 마침 소운[수필가 김소운]이 동경에 와 있어서 날마다 찾아주고, 주영섭, 한천 등 여러 친구가 가끔 들러주어서 과히 적막하지는 않다고 한다.

이튿날 낮에 다시 찾아가서야 나는 그 방이 완전히 햇빛이 들지 않는 방인 것을 알았다.

지난해 7월 그믐께다. 아침에 황금정[지금의 서울 을지로] 뒷골목 箱의 신혼 보금자리를 찾았을 때도 방은 역시 햇빛 한줄기 들지 않는 캄캄한 방이었다. 그날 오후 조선일보사 3층 뒷방에서 벗이 애를 써 장정을 해준 졸저 《기상도》 발송을 마치고 둘이서 창에 기대서서 갑자기 거리에 몰려오는 소낙비를 바라보는데 창전에 뱉는 箱의 침에 빨간 피가 섞였었다. 평소부터도 箱은 건강이라는 속된 관념은 완전히 초월한 듯이 보였다. 箱 앞에 설 때마다 나는 아침이면 정말체조[덴마크 체조]를 잊지 못하는 나 자신이 늘 부끄러웠다. 무릇 현대적인 퇴폐에 대한 진실한 체험이 없는 나는 이 점에 대해서는 늘 箱에게 경의를 표했다. 그러면서도 그를 아끼는 까닭에 건강이라는 것을 너무 천대하는 벗이 한없이 원망스러웠다.

箱은 스스로 형용해서 천재일우의 기회라고 하면서 모처럼 동경서 만나고도 병으로 인해서 뜻대로 함께 놀러 다니지 못하는 것을 한탄한다. 미진한 계획은 4월 20일께 동경에서 다시 만나는 대로 미루고 그때까지는 꼭 맥주를 마실 정도로라도 건강을 회복하겠노라고, 그리고 햇볕이 드는 옆방으로 이사하겠노라고 하는 箱의 뼈뿐인 손을 놓고 나는 동경을 떠나면서 말할 수 없이 마음이 캄캄했다.

箱의 부탁을 부인께 아뢰려 했더니, 내가 서울 오기 전날 밤에 벌써 부인께서 동경으로 떠나셨다는 말을 서울 온 이튿날 전차 안에서 조용만구인회 회원, 소설가 씨를 만나서 들었다. 그래, 일시 안심하고 집에 돌아와서 잡무에 분주하느라고 다시 벗의 병상을 보지도 못하는 사이에 원망스러운 비보가 달려들었다.

"그럼, 다녀오오. 내 죽지는 않소." 하고 箱이 마지막 들려준 말이 기억 속에 너무 선명하게 솟아올라서 아프다.

이제 우리 몇몇 남은 벗들이 箱에게 바칠 의무는 箱의 피 엉긴 유고遺稿를 모아서 箱이 그처럼 애써 친하고자 하던 새 시대에 선물하는 일이다. 허무 속에서 감을 줄 모르고 뜨고 있을 두 안공眼孔과 영구히 잠들지 못할 箱의 괴로운 정신을 위해서 한 암담하나마 그윽한 침실로서 그의 유고집을 만들어 올리는 일이다.

나는 믿는다. 箱은 갔지만, 그가 남긴 예술은 오늘도 내일도 새 시대와 더불어 동행하리라고.

— 1937년 6월 《조광》

이상 연보

01세 _ 1910년 9월 23일(음력 8월 20일) 서울 종로구 사직동에서 부 김연창과 모 박세창의 장남으로 태어남. 본명은 해경

03세 _ 1912년 큰아버지 김연필의 양자로 들어가 24세까지 성장

08세 _ 1917년 신명학교 입학. 그림에 큰 재질을 보임

13세 _ 1922년 동광학교 입학. 3년 후 동광학교가 보성고보에 통합, 4학년에 편입

15세 _ 1924년 교내 미술전람회에서 유화 〈풍경〉 입상

17세 _ 1926년 보성고보 졸업. 경성 고등공업학교 건축과 입학

20세 _ 1929년 경성고공 졸업 후 조선총독부 건축과 기수로 근무

21세 _ 1930년 장편 《12월 12일》《조선》 연재. 《조선과 건축》 표지 도안 현상 모집에 당선

22세 _ 1931년 화가 구본웅과 교제함. 7월에 시 〈이상한 가역반응〉, 〈파편의 경치〉, 〈공복〉을, 8월에 〈삼차각설계도〉를 각각 《조선과 건축》에 발표

23세 _ 1932년 큰아버지 김연필 사망. '비구'란 익명으로 시 〈지도의 암실〉을 《조선과 건축》 3월호에 발표. 7월 '이상'이란 필명으로 시 〈건축무한 육면각체〉 발표

24세 _ 1933년 심한 각혈로 총독부 기수직 사임. 요양차 갔던 황해도 배천온천에서 기생 금홍과 만난 후 함께 상경하여 종로1가에 다방 〈제비〉 개업. 《가톨릭 청년》 10월호에 시 〈거울〉 발표

25세 _ 1934년 구인회에 입회, 본격적인 문학 활동 시작. 《조선중앙일보》에 시 〈오감도〉를 발표했으나 큰 반발을 사 10회 연재 후 중단. 박태원의 소설 〈소설가 구보 씨의 1일〉에 '하융'이라는 화명(畵名)으로 삽화를 그림

26세 _ 1935년 금홍과 헤어짐. 경영난으로 다방 〈제비〉 문을 닫고 뒤이어 카페 〈쓰루〉을 인수했지만 실패함. 신당동 빈민촌으로 이사 후 성천, 인천 등지를 여행함

27세 _ 1936년 구인회 동인지 〈시와 소설〉 발표했지만 1권 출간 후 폐간. 소설 〈날개〉 발표, 문단의 총아로 떠오름. 수필 〈선망율도〉, 〈조춘점묘〉, 〈여상〉, 〈낙수〉, 〈epigram〉, 단편 〈지주회시〉 발표. 화가 구본웅의 이복동생인 이화여전 출신 변동림과 결혼 후 재기를 위하여 동경으로 떠남. 그곳에서 〈공포의 기록〉, 〈종생기〉, 〈권태〉, 〈슬픈 이야기〉, 〈환시기〉 등을 씀

28세 _ 1937년 2월에 사상 불온혐의로 일본 경찰서에 유치된 후 건강이 악화되어 보석으로 출감. 4월 17일 오전 4시, 동경제대 부속병원에서 사망. 향년 만26년 7개월

우리가 가졌던 황홀한 천재 이상 다시 읽기

이상의 문장

초판 1쇄 인쇄 2018년 11월 23일
초판 1쇄 발행 2018년 11월 30일

지은이 이 상
주 해 임채성
발행인 임채성
디자인 산타클로스 曉雪

펴낸곳 판테온하우스
주 소 서울시 양천구 목동동로 233-1, 1010호(목동, 현대드림타워)
전 화 070-4121-6304 **팩 스** 02) 332-6306
메 일 asra21@naver.com
블로그 http://blog.naver.com/asra21

출판등록 2010년 4월 22일(신고번호 제 2014-000044호)

종이책 ISBN 978-89-94943-40-4 03810
전자책 ISBN 978-89-94943-41-1 05810

이 도서의 국립중앙도서관 출판시도서목록(CIP)은 서지정보유통지원시스템 홈페이지(http://seoji.nl.go.kr)와 국가자료공동목록시스템(http://www.nl.go.kr/kolisnet)에서 이용하실 수 있습니다.
(CIP제어번호: CIP 2018032356)